一位上海船长的老照片

胡月祥 著

上海浦江教育出版社

图书在版编目（CIP）数据

一位上海船长的老照片/胡月祥著．— 上海：上海浦江教育出版社有限公司,2023.7
ISBN 978-7-81121-828-2

Ⅰ.①—… Ⅱ.①胡… Ⅲ.①回忆录－中国－当代 Ⅳ.①I251

中国国家版本馆 CIP 数据核字（2023）第 143080 号

YIWEI SHANGHAI CHUANZHANG DE LAOZHAOPIAN
一位上海船长的老照片

上海浦江教育出版社出版发行

社址：上海海港大道 1550 号上海海事大学校内　邮政编码：201306
电话：（021）38284910（12）（发行）　38284923（总编室）　38284910（传真）
E-mail：cbs@shmtu.edu.cn　URL：http://www.pujiangpress.com
罗山县盟达彩印有限责任公司印装
幅面尺寸：170 mm×230 mm　印张：18.75　字数：276 千字
2023 年 7 月第 1 版　2023 年 8 月第 1 次印刷
责任编辑：王　艳　　封面设计：曾国铭
定价：78.00 元

一位上海船长的
老照片

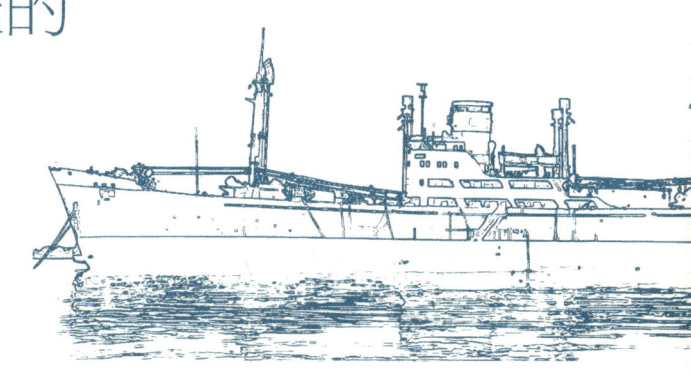

| 目录 |

1. 引子　/001
2. 远洋船舶上第一张合影照　/005
3. 编织网兜　/010
4. 引航员是干什么的?　/017
5. 恐高症　/022
6. 可爱的大副　/028
7. 晕船　/034
8. 咖啡的故事　/040
9. 海员心中的家　/045
10. 我的师傅张启令船长　/049
11. 谁有权第一个登上入境船舶?　/061

12. 太平洋航行 /065

13. 掉头倒开船舶，调整抵港时间 /074

14. 巴拿马运河的风波 /080

15. 游览纽约曼哈顿 /088

16. 命运多舛的滦河轮 /096

17. 我对海员职业产生了动摇 /105

18. 我在沙河轮上继续当三副 /110

19. 伦敦船闸的父女引航员 /117

20. 搜寻"挑战者"航天飞机 /124

21. 外派嘉哈拉轮（1）：出发 /130

22. 外派嘉哈拉轮（2）：香港行 /137

23. 外派嘉哈拉轮（3）：台湾行 /143

24. 外派嘉哈拉轮（4）：寸步不让 /149

25. 外派嘉哈拉轮（5）：巴拿马运河上的伙食 /155

26. 外派嘉哈拉轮（6）：海地太子港印象 /161

27. 外派嘉哈拉轮（7）：岛国风云 /167

28. 外派嘉哈拉轮（8）：与偷渡者针锋相对 /172

29. 外派嘉哈拉轮（9）：航程路漫漫 /178

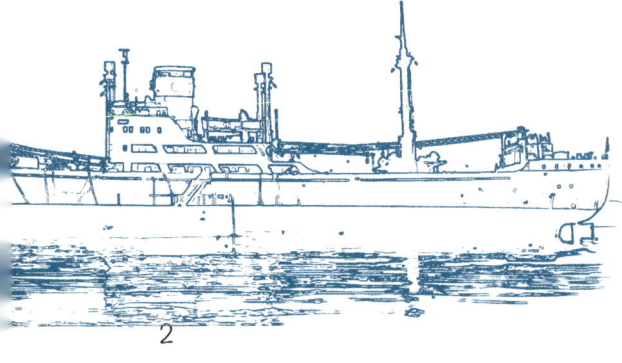

目录

30. 外派嘉哈拉轮（10）：嘉哈拉轮的悲惨结局　/184
31. 外派嘉哈拉轮（11）：回家　/189
32. 回到主船队的秋河轮（1）：装船　/193
33. 回到主船队的秋河轮（2）：紧急调整船舶稳性　/200
34. 回到主船队的秋河轮（3）：新加坡泰昌布庄　/206
35. 滚装船小石口轮（1）：赤道祭　/216
36. 滚装船小石口轮（2）：林船长的故事　/222
37. 半集装箱船抚顺城轮　/225
38. 半集装箱船熊岳城轮（1）：与张船长搭班　/232
39. 半集装箱船熊岳城轮（2）：艰难的雾行　/239
40. 又回秋河轮（1）：冷藏箱突发"心梗"　/245
41. 又回秋河轮（2）："百鸡宴"辞旧迎新　/251
42. 君子兰的故事　/258
43. 船长考证班　/263
44. 提升为实习船长了　/270
45. 迟迟未转正的船长　/277
46. 我实现了船长梦　/281

后记　/291

引子

现在，谁身上都有"照相机"。

手机彻底改变了现代人的生活。人们只要手持智能手机，见到值得留下的镜头都会"咔嚓"一下。相当一部分人会把摄下的影像下载保存在电脑中，在时间渐渐消逝后经常翻阅照片，自我欣赏那过去的岁月，我就是其中之一。

但有相当一部分人，他们不会将照片下载、存储、留档，然后……就再也没有然后了，烟过云消，一切留在历史的长河中，等待后人去费力地去"考古"。

在20世纪50年代，即便是家境殷实者也很少会去玩照相机之类的奢侈品。业余玩照相机的朋友则更加少，如果有，那一定是十分爱好摄影而不惜"倾家荡产"的发烧友。

在20世纪80年代前，个人留下来的照片基本都是照相店里面摆拍的"艺术照"，能够把照片保留至今的也寥寥无几。

几年前，社会上兴起了一股寻找老照片的怀旧风。还真有人家寻找到了20世纪三四十年代如上海滩明星般的照片，引起了一阵轰动。好事者还追根刨底，去寻找照片人物背后的故事，追寻那遥远的、美丽或许凄婉的爱情故事，

激励现在的人们珍惜当下。

现在有了智能手机,还真有不少人将每天的足迹、影像方便地留在手机里,这比在古物建筑上留下"到此一游"文明多了。

这几天,我在家里把尘封已久的、整整五抽屉的老照片拿出来"孤芳自赏",翻阅那些在还没有数码相机年代、在航海职业生涯中留下的胶片版老照片。这一翻抽屉不要紧,我的大脑像点击了电脑视窗一样,马上回放了那些已经基本被封闭了的记忆。

我看着那一张张老照片,好些照片欠缺摄影技术,构图也非常潦草,从审美角度看,它们似乎已经没有什么在世界上留存的价值了。但那些照片于我而言却弥足珍贵,它们豁然间还原了我那段永远回不来的历史。我那青春、那表情、那举动,还有我当海员"周游列国"的故事,都被照片定格了。

令我特别感到兴奋的是,我的相册抽屉里竟然还有我几个月大时的婴孩照片,还有我三四岁时穿着小海军制服的照片,一副傻乎乎、懵懂茫然的小孩儿面相。我在惊讶之余,心中感谢阿爸、阿妈为我留下的这份宝贵财富。

阿奶在世时告诉我:"那是你出生

引子

后,阿爸、阿妈抱着你到照相店拍的满月照。有些照片还是当年政府下放到农村合作社的干部给你拍摄的。"

阿奶还告诉我,1958年上海后滩老宅后厢房是下放干部的住宿点,他们与农民同吃、同住、同劳动。到了晚上还打着灯笼到各家串户了解民情,宣传当年土地改革的政策和方针,普及"人民公社好"的理念。有几位下放干部还是上海级别很高的老地下党员。他们在新中国成立之后,在另一条战线继续着革命事业,又投入到建设社会主义祖国的战场上去了。

当时的下放干部都会摄影,他们下乡时背了135毫米的照相机,那个镜头还是会伸缩的。他们照片拍好后还要在后厢房乌漆墨黑的房间内,把手伸到相机里把胶卷摸出来,然后星期六带回上海市区的家里,放在药水里浸泡显影,再印到相纸上。到了星期一他们就会把照片送到吾伲(我们)手里了。

这些照片用现在眼光看,虽然没有很强的艺术性,但却弥足珍贵,有如丢了照片仿佛是丢了灵魂之感觉。我顺着照片,寻到了自己年幼时留下的那一丢丢印象。

我发现20世纪60年代之前,大部分人没有可圈可点的少年、青年的照片,这是憾事。即便有照片,也是在照相馆内拍的一寸证件照。后来,照相馆开始出租照相机了,这才让我在上大学之前、在农村劳动时,留下了一些珍贵的照片。

在远洋船上工作了三四年后我有了点积蓄,便到中国远洋公司的外汇小卖部去买了YASHICA单反镜头的胶卷照相机。相机很沉,携带不太方便。后来,傻瓜相机流行了,我又买了一架NIKON傻瓜相机。由于拍照的成本较高,并且拍照的效果也不能及时显现,所以我只有带着全家老少出去逛公园时才"开开荤",买上一两卷彩色胶卷,过过拍照片的瘾。我抽屉里的相片由此开始累积起来。

后来,我外派到外国船上当船长,船东要求每个航次都把船况拍摄下来并寄回公司,因此给我派发了一架傻瓜相机。我乘此机会,也拍了不少海外风光旖旎的彩色照片。

一位上海船长的老照片

国际海员应该是较早接触数码照相机的一批人。国外港口的供应商经常把只有几百像素的数码照相机贩卖给海员。外派船上代理还曾经送给船上一架只有几百像素的照相机，我当时如获至宝，还在伊拉克拍摄了美军登轮检查驾驶台时的照片。

再后来回到母公司之后，国内市面上开始流行数码照相机了，我就买了一架数码单反相机，开始了没有胶卷成本的拍摄。那些照片存储在硬盘中，我有空就在电脑中翻看，排解远航途中因思念家人而带来的寂寞和孤独感。

现在，我把单反胶片相机、傻瓜相机全部淘汰了，使用手机拍照。我一直紧随手机市场的变化，购买拍摄效果最好、版本最新且实用的手机，当然主要是国产手机，如华为等。

我用了2天时间整理抽屉中的胶版照片后，把部分照片在扫描仪上扫描，变成电子文档保存起来。

因为老照片激起了那段青葱年代的航海回忆，我就开始回忆起那老照片背后的航海故事了。

远洋船舶上第一张合影照

因为公司调配员派船的缘故，我在毕业半年后才上了航海职业中的第一艘远洋船舶，名叫平安城。

这是一艘中国远洋公司从外国船东手里买过来的德国造二手杂货船。甲板上双吊、单吊和重吊林立，恍若进入了钢铁丛林中；货舱内有底舱、二层柜。海员要用单吊和钢丝绳拴住舱盖板辅助开舱。

据说公司购买这类二手船就是想在杂货船的基础上发展集装箱运输船，所以在舱内和甲板上都有固定集装箱的箱脚。诸如后来熊岳城轮就变成了跑日本定线的集装箱专用船，可见中国远洋公司早有发展集装箱运输的战略步骤。但不知何因，平安城轮最终没有转换成集装箱专用船。

我从大连海运学院毕业后，就把户口报在中国远洋公司集体户口上，落在了公司所在区的水上派出所登记簿上。

公司初创时期，大部分海员都是部队转业军人，所以当时船上都是能战、善战的复员军人。平安城轮主要货源还是散装杂货，她经常返回船籍母港，在上海黄浦江中的杂货码头上装卸至少一星期多，甚至半个月也常有，所以在海员心目中是一艘"好船"。

杂货船的船甲板和设备维护保养工作很重，水手天天在甲板敲锈和涂打油漆，隔三岔五还要做插钢丝绳和打水手结的工作。

当时正是中国远洋船队蓬勃发展的时代，因此船上配员很多。平安城轮配三副两人、正副水手长两人，还包括甲板部、轮机部六个大学实习生，轮机部也是人多力量大；业务部还有管事、船医、大厨、二厨、三厨和大台、小台服务员两人；还有从事船舶行政管理的政工干部两人，他们配合船长共同维持了远洋船舶的和谐关系。

到中国远洋公司人事调配组报到后,调配员就对我说:"给你上一艘跑东南亚航线、经常回上海的好船,好好干,争取十个月完成实习,第二艘船上你就能做驾助了。"

我在黄浦江浮筒上船时,船上还特地将一个舱室改建成两个,又多四张床位。好在那时改建船舶建筑还没有受船检部门的严格监督,只要不超救生艇的额定人员就适航了。

可是,我上船后除了第一个航次从日本装满卷钢回上海外,直到工休都没有回上海。据说我们船长第一次正式当船长,不懂一些工作套路,也没有人脉,所以航运处都没有派发回上海的货源。我第一次饱尝了离家的寂寞、枯燥和思念,加上大风浪中经常向大海"交公粮",一下子打击了我从事海员职业的自信心。好在初次上船遇到很多热情的海员朋友,大家一见如故,没多久都成了志同道合的亲密兄弟,心情还是非常愉悦的。

唯一一次回上海,我像农民伯伯一样,挑了一担船上发的乐口福、华夫饼干、可口可乐、听装罐头等食品回家。这扁担还是木匠师傅帮忙挑选的上好垫舱木板,是我和木匠在木工间内花了几个晚上做好的。当年,木匠师傅主动借给我日元,我用200日元购买了日本国内已经淘汰了的一台21英寸黑白电视机。我家终于有了令人羡慕的电视机,邻居们纷纷到我家观看电视节目。

平安城轮那次从东南亚返回天津后,接受公司航运处命令去往邻国的南浦港装水泥回广东汕头卸货。在军人守备港口中,装装停停地作业,平安城轮愣是在南浦港停了半个月。

很多梯口水手春风得意地与梯口岗亭内的女兵们成为好朋友。

每位水手在舷梯值班时,都会给刚

远洋船舶上第一张合影照

刚上岗的女兵送上白白胖胖的肉包子。邻国经济困难,但海员不看笑话,而是尽可能地提供帮助,感谢他们为船舶安全值班。虽然女兵与中国海员保持距离,不苟言笑,但是在饥饿中站岗,还是经不起肉包子的诱惑,偷偷地搭讪中国海员。当然,换岗的男兵们也能得到肉包子。

平安城轮靠泊南浦港期间,邻国正在举行反美侵犯领土的抗议集会。在会场中,我们目睹了军人和人民同仇敌忾的表情,听到了政府官员慷慨陈词,被集会气氛感染也与邻国人民一起举臂高呼"打倒侵略者"等口号。

作为回报,船舶代理热情邀请船长和海员们参观平壤的街景、引以为傲的首都地铁、国家博物馆和军事博物馆等,还到了朝鲜人民的领袖金将军的出生故居万景台,到烽火里凭吊将军父母金亨稷先生和康盘石女士。

那天,二副拿了船上的装了黑白胶卷的照相机。他就像记者一样,一本正经地为海员弟兄们轮流拍风景照。到了将军父亲的雕像前,全船海员在带队人员的安排下,整齐列队,用他们装了柯达彩色胶卷的照相机,照下了平安城轮海员参观将军父母在烽火里陵园的集体照。这是高级别的接待,据说当天电台还广播了平安城轮凭吊将军父母的新闻。

一位上海船长的老照片

这是我远洋船上第一张合影照片,我在照片的背后还记录拍照的详情:"1983年6月5日,朝鲜烽火里金日成将军父母纪念地合影。"

40年了,我保存着这张合影。公司船多,海员同船缘分难得,只有少部分海员巧合经常碰到"同舟共济"机会,所以这张照片弥足珍贵。我不记得照片上海员的名字了,甚至连他们的职务都模糊了。直到现在,我还惦记着照片上的同行们,你们现在好吗?

据我所知,除了平安城轮任职的陈船长外,随着时间的推移,在那张"古老"的大合照中"走"出很多远洋船长。照片左侧第一人是毕业于南京海校的范船长,当时在平安城轮任职三副,他是一位性格稳重、不张扬的船长。我与他在其他船也同船过,现在与他基本失联了。

后排左数第三位是薛船长。他是部队转业到远洋船上工作的,当时在平安城轮任副班三副。他工作认真,勤恳善于学习,提升很快。在我离开中国远洋公司到海运公司集装箱船队后,我们"失联"了二十多年。他是中国远洋公司著名的劳模船长。后来,两大公司重组后,在工会组织的劳模疗休养中我才再次遇到他。

在薛船长的右侧,样子腼腆羞涩的就是当时做实习生的我。

我的右侧是徐船长,当时任平安城轮二水。他是中国远洋公司在上海中学生中招聘的海员。他与我一起在甲板上同甘共苦做维修保养,上高作业互相配合。他曾跟随后来当了公司级领导的船长在中国南海成功救助了一艘遇险船舶,全船荣获嘉奖。他后来当上了船长,不久就到外派公司人事部门当调配员了,我还曾受到他的差遣去往挪威外派船。据说他后来还到某国做了驻外人员,我现在与他也"失联"了。

远洋船舶上第一张合影照

哦，记得了，徐船长在香港友联船厂修船时，晚饭后曾在后甲板舷梯口拿了大台服务员的一串钥匙开玩笑。不想，他把钥匙抛向服务员时，服务员没接住，那串钥匙在船舷边上的海水溅起了一朵并不漂亮的水花，就在大海中"永生"了。

已经泛黄的彩色照片中的大部分人都已经退休了。在此，我祝愿年事已高的轮机长（第二排右数四）、水手长（右数蹲位五）木匠（右侧2）健在安康。

祝福任职陈船长（第二排五水手长正后）、大管轮（第二排左一）、校友电机员（后排右侧最高个）、船医（前排蹲下中间戴眼镜）及水手、机工们安好。

很希望本篇书出版后，能够与照片上的每一位同人建立联系。

009

3 编织网兜

到老家房子内整理杂物时,我翻出了从船上带回家的还散发陈年隔宿气的老古董。这是我提及的平安城轮上当实习生的另一个故事。

平安城轮有五个舱,但三、四舱是相通的。每个舱都有双吊需要在开航前放下就位绑扎。我跟随水手长整理甲板上的杂物,关舱盖后再把双吊的吊臂收回。我在水手长指导下爬上桅杆,将沉重的吊杆放入"U"形槽中就位,然后将半圆形固定箍合上,再插上安全销。当完成任务之后,我向下望了一下,顿时我的双脚发抖起来了,不敢下来了。急得水手长在下面大叫:"眼睛不要看下面,抓住直梯的把手慢慢下来。"

我表情"哭出乌拉"①地大叫:"我有恐高症!"

水手长爬到我身边安慰我,再用身体护着我,我这才爬了下来。下来后水手长还是"逼我"将两舷散落的吊杆浪风绳进行检查,收拢后再用绳结绑在大舱边上。

平安城轮满载了散杂货在上港九区的杂货码头起航了。船长拿起了对讲机呼叫大副、二副前后分开,准备解缆带拖轮起航了。

作为航海实习生,我还轮不到上驾驶台。我在甲板上听到起航的汽笛后,抬头仰望驾驶台,只听见引航员发出英文舵令"Steady(把定)"和车钟令"Engine dead slow ahead(微速前进)"。这引航员的声音多么的洪亮,我在甲板上都听得到!但在驾驶台的三副回答车钟令却声音小得如同蚊子叫,显得没有底气。

---

① 上海本地方言,意为哭丧着。

编织网兜

此刻,我感觉船舶发出轻微的震动,烟囱冒出了青烟,螺旋桨打出的水花涌出了船尾。当前后的缆绳全部解掉后,浮在水面上的船动了,慢慢地向黄浦江江心移去。随后,我听到驾驶台引航员大喊:"前进一,正舵!"

船向吴淞口驶去。我正式开始了航海生涯,我的处女航就献给了日本的神户港。船长告诉我们预计两天之后才能抵达目的港。

水手长看我盯着驾驶台就喊道:"喂,衣羊!你以后在驾驶台值班的日子长着呢,跟我一起把消防龙头接上去,然后与水手们一起冲洗甲板!再把甲板上货物用绳索绑起来。"

当年还没有严格的长江、海上防污染措施,所以船动了,甲板水手们也动了。开始将甲板上的垃圾统统冲进了长江中,一股黑流被螺旋桨排出流混合,飘向后方。

原来在驾驶台上政委,看到水手们正在冲洗甲板,他也兴冲冲地跑下来参加甲板部劳动,还把烂掉的一具通风筒吆喝几位二水,扔进了圆圆沙南水道底。

正好被引航员看到了,他愤怒地跑到侧翼,指着政委狠狠地痛骂一顿:

一位上海船长的老照片

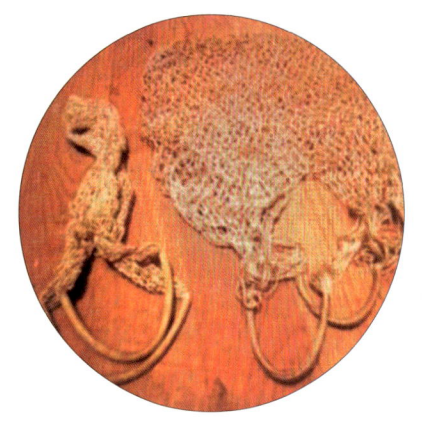

"你还嫌长江水不浅吗?你扔这些东西会阻塞航道的,你是吃猪食长大的吗?"

随后,对着船长指责:"在长江航道中冲洗甲板,不嫌这么脏的水会影响长江母亲河吗?一点航海防污染知识都没有,亏他还在船上当领导。"

船长一句话也说不来。

政委被骂得脸红耳赤,躲在甲板边上不敢出来了。直到引航员下船,才到驾驶台看着远去的引航艇发泄:"什么里的东西,你算了老几,老子在部队当干部时,不知道你在哪里呢?在我面前歪歪唧唧干什么?冲洗的甲板水都会随着长江水流到大海里去的。海洋的自洁能力强着呢!"

水手们一直忙到长江口的九段沙附近,夕阳落在了对岸西边的川沙土地上。我有点痴痴地看着那块家乡的田地,眼睛有点红,但一擦眼睛觉得自己终于长大了,我有职业了,我的职业是大多数人梦寐以求也难以得到的。

"衣羊,跟我去放引航梯!"水手长又召唤我一起去放引航梯。引航员在长江口南水道引航站附近登上引航艇,引航艇拖着艇尾白色的浪花驶向引航母船。

平安城轮在长江口灯船附近开足了马力,以12节的速度向东驶去。我和水手长把引航梯收起来后才回到自己的舱室躺在床上。

水手长是独立的一个人房间,而水手们都是两个人一个房间。晚上,水手们在水手长舱室内把白天甲板上收集的断股浪风绳仔细解股。

编织网兜

平安城轮开启了驾驶台边上左红右绿、前桅低、后桅高的两盏白灯和后尾一盏白灯组合的航行灯。海水在螺旋桨拨动下，在船首飘起了兴波，哗哗地在东海上航行。

晚餐后，政委召集大家在餐厅中学习公司文件。学习了一个小时后，大家才飞快离开餐厅，开始了自由活动。水手们集中在水手长舱室内，一边天南海北聊故事，引得大家面红耳赤哄堂大笑，一边手里面还在忙碌地编织当时非常时髦的网线袋（网兜）。

这些网线袋非常有用，既方便又结实，水手们说到了日本买旧货派得到用场，买好的旧货放在网线袋里不会坏。我看着水手们心灵手巧地将丙纶细绳缠绕在木板两头铁钉上，再打成蚂蟥结或穿上塑料套成为搭攀。水手长在须须头上开始了漫长的编织。编织的工具是用箆青竹片雕刻的梭子和网线袋孔大小的梭片。

呵呵，我心里面想，这不就是我在农村捞鱼摸蟹织四角网一样吗？我仔细地看了水手长起网线袋编织绳头，就记在心里。

杂货船上的竹片原材料都有，工具也十分齐全。第二天晚上，全船政治学习大会结束后，我向水手长借了工具就在舱室内制作梭子和梭片了，还向水手长要了一团丙纶线。

水手长对我说："你能编织网兜？"

我点点头："试试看吧！"

我开始发挥在农村织渔网的雕虫小技了。晚上，我就把蚂蟥搭攀做好藏在枕头下。

第二天等到政工领导在餐厅内念叨公司有关时事政治的文件后，我一头钻进了自己的舱室，拿出了蚂蟥搭攀开始起针织网线袋了。同舱室的水手询问："你会编织网兜？这可是船上熟练水手的活啊，也是一门船艺啊！"

晚上熄灯前，我已经把网兜编织好了，而且还十分登样[①]。"看，我编织的

---

① 上海方言，意为好看。

网兜怎样?"我向同舱室的二水炫耀。"哇,衣羊!你真行,看不出来一个大学实习生上船没几天就自学成才了。"水手长看到后跷起了大拇指说:"你从哪位水手那里偷的编织关子?得道也太快了啊,你以后一定是一个技术精湛的水手。"

我得意万分,不知天高地厚乐呵呵地接口:"不,我上船不仅要向你学习精湛的水手工艺,我还要学习驾驶台的操作,我的目标就是船长!"

"看,这小子口气还蛮大的,我猜你做不了几年就变成了'登陆艇'了!"水手长对着房间里的一群水手乐呵呵地调侃。

"水手长,啥意思?"我疑惑地看着水手长,表示不明白。

"就是吃不了航海的苦,做了一两年后就上机关工作了,所以叫'登陆艇'。"一位水手接替水手长回答我。

正当水手带着调侃的口气讥讽我时,船慢慢开始摇起来了。原来船穿过大隅海峡,进入太平洋,此刻正遭遇了江淮低气压,洋面开始起风浪了。船在风浪中摇来摇去,幅度大得胜过家里小孩舒适的摇篮。老海员们脑袋都昏笃笃,晕船了。

不一会儿,我胸口感觉像舷外的风浪一样涌起了一股酸胖气,我咬紧牙关竭力屏住。无奈,短短的几秒钟,生理呕吐的反应再也控制不住,一股热流毫无节制地冲向喉咙口。随后,我张开大口,呕吐物如同涌泉一样,"哇"一下,整个舱室内都是稀哗啦流动的黄色液体,还随着船舶的摇摆流来流去。刚刚编织好的网线袋中都沾满了臭烘烘的液体。

我现在的想法就是躺在床上好好地休息。

全船广播响了。船长在驾驶台通知全体海员弟兄,马上下货舱检查绑扎和加固货物的绑扎。我不得不支撑着呕吐后虚弱的身体,穿上工作衣,在水手长的带领下,从道门进入了货舱内,一起绑扎在船舶摇摆中正在松动的圆桶。

此刻,晕船被紧张的抢险工作"俘虏"了,我没有呕吐的感觉了。

东方亮了,船进入大阪湾了。风浪小了,我瘫坐在货舱内,再也没有力气爬道门出舱了。我想舱室内还有一堆呕吐物要收拾呢,唉!这海员生活的确够受的。

编织网兜

五个网兜终于在抵达日本神户港前完成了。我与下陆地的海员带着网兜，一起到神户高架轨道客车下的旧货摊上挑选国内没有的电器旧货，然后放在网兜里带回船上。

我少得可怜的外汇津贴只能兑换500日元，不过我还是乐坏了，我有生以来终于第一次看到外币了。

航海科普小知识：《船舶防止海洋污染公约》

由于船舶对海洋环境污染的日趋严重，为了保护人类赖以生存的海洋，必须有一个供各国共同遵守的防止船舶造成污染的国际公约。

1973年TMO在国际防止海洋污染大会上通过了一个不仅限于防止油污染的综合性的《1973年国际防止船舶造成污染公约》，取代了以往的单纯油污公约。

经过1978年议定书的修正，成为现行的《国际防止船舶造成污染公约》即《MARPOL 73/78公约》（以下简称《公约》），并于1983年10月2日生效。进入21世纪后，防污染公约也随着海洋防污染的要求，一直在作不间断的修正和增加防污染的内容。我国是《公约》的缔约国。

"船舶垃圾"和"特殊区域"定义：

"船舶垃圾"指船舶正常营运期间产生的需要不断或定期处理的各种食物、日常用品、工作用品的废弃物、但鲜鱼及其各组成部分不包括在内。

"特殊区域"指的是需要采取防止船舶垃圾污染海洋的特殊强制办法的海域，包括海湾区域、红海区域、黑海区域、地中海区域、波罗的海区域、北海区域、南极区域、泛加勒比海区域。船舶在营运过程中，对水域造成污染的水体、物体禁止向定义中的"特殊区域"排放。

《公约》不间断修订后，船舶垃圾除特殊海域另有说明和处理的食品垃圾可以有限排放外，一律由港口国垃圾接收管理部门依法统一回收、消毒处理。

2009年9月9日中华人民共和国国务院令第561号公《防治船舶污染海洋环

一位上海船长的老照片

境管理条例》，并进行了6次修订。

其中：

第三十一条　禁止船舶经过中华人民共和国内水、领海转移危险废物。

经过中华人民共和国管辖的其他海域转移危险废物的，应当事先取得国务院环境保护主管部门的书面同意，并按照海事管理机构指定的航线航行，定时报告船舶所处的位置。

第三十二条　船舶向海洋倾倒废弃物，应当如实记录倾倒情况。返港后，应当向驶出港所在地的海事管理机构提交书面报告。

引航员是干什么的?

4

我又翻出了一张引航员的老照片,平安城轮的故事又接续下去了。

我刚上船,因好奇便到船上兜一圈,结果就兜出事情来了,不是额头被门挡撞出了肿块,就是在跨水密门槛时,脚盔子(小腿)被铁块磕破了皮。头脚都不同程度受伤,还自我调侃:"怎么船上的东西都会咬人啊?"

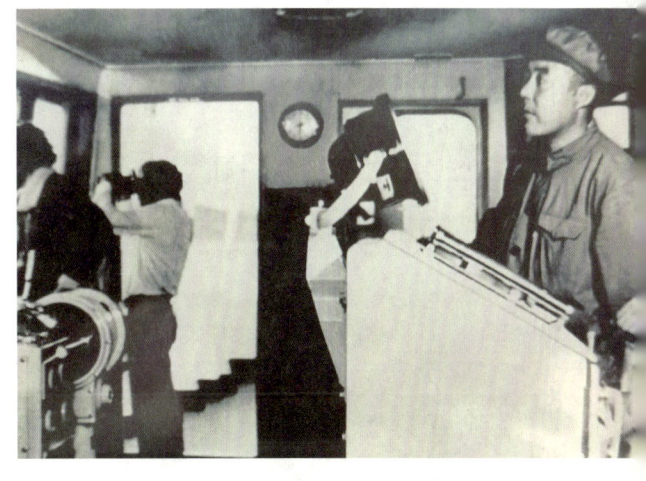

在水手长的指点下,我才悟出了在船上走路的技巧。上船工作只是"万里长征走出的第一步",今后的航海之路磕磕碰碰的困难和险阻更多,要学习的东西也更加多。

船在浮筒上装卸货结束后要移到上港九区的码头再加载货物,我第一次参加甲板部的移泊工作。生活区的广播喇叭中响起了船长离泊通知:"各位海员弟兄,引水员(正规名称:引航员)上船了,全体甲板部人员前后分开,各就各位。轮机部的弟兄们请做好主机备车工作,准备移泊!"

带领水手们在甲板上绑扎吊杆的水手长,连忙招呼大家按分工各自走向船首和船尾的带缆岗位。

紧随水手长一起走向船首的我摸摸脑袋,千思万虑后才理解船长所说的"前后分开"的含义。但我还是对别的一些话语有点搞不懂。我最大的优点就

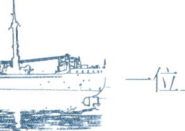

一位上海船长的老照片

是爱打破砂锅问到底。

"水手长,为什么船长不像开大会一样叫同志?叫弟兄好像不太习惯!"我听到船长叫弟兄还真有点不习惯。

"你看,叫你戆大①不错吧!海员沿袭的是船舶的习俗,这是体现了海员同舟共济的精神。你不觉得船长把你当兄弟感到亲切?"水手长向还没有对船舶"情窦初开"的我解释道。

"可是,我还不懂,我们船上有淡水了,为什么还要叫引水员上船?叫他们来加水吗?"我明知故问。这引水员究竟是何方神仙,在开船的时候还劳驾船长特地广播通知?

"唉!衣羊,你真烦!怎么连引水员都不懂?引水员不是上船来接水管加水的。引水员嘛,就是在港内和港外狭水道帮船长开船的驾驶员,相当于船长

级别,是港监派出来的专业驾驶人员。这么讲吧,我们现在黄浦江中移泊就得叫引水员来开船。如果我们要远航,引水员就会把船引到长江口才下去。"水手长想我应该听懂了吧。

我还是明知故问:"水手长,我还是不懂,我们船上有船长,还有驾驶员,为什么要叫引水员开船呢?"

水手长用手抓了一下头皮,被我问得也丈二和尚摸不着头脑了:"唉,我也给你弄糊涂了。你懂什么?这是公司规定的,黄浦江中轮船多,小船更多,为了安全,船长在黄浦江上开船就得叫引水员。"水手长仗着年长给我吃了闭

---

① 上海方言:意为傻瓜。

引航员是干什么的？

门羹。

我跟着水手长朝船首走去，又追问水手长："哦，我明白了，大概黄浦江中的轮船和小船都听引水员的话，所以叫引水员开船！"

"哪能这么烦的？"水手长被我问的话语堵塞了，他的确无法用最简单和妥帖的话回答引水员的定义。水手长认为远洋船上请引水员就是因为安全，忽略了老嘎嘎[①]的我是以大学生的思路在校他的"路子"。我有点得意洋洋。

大副跟了上来，听到新上船的大学生不间断地追问水手长，感到这位年轻人在捉弄水手长。于是把我骂了一顿："你不就是读了一点书吗！"随后，大副给水手长和水手介绍引水员的作用："引水员是引航员的俗称，因为他们对港口情况相当熟悉，也熟悉黄浦江和长江的潮汐和水深变化，是专门在港口内执行引航任务的人员。我们是远洋船舶，长期在海上航行，对黄浦江和长江经常发生的水深变化不太了解，为保障船舶航行安全，我们远洋船要请引航员来协助船长开船。"

"那他也是我们船上的人了？"我故意接着大副的话追问。

大副说："引航员是船长雇佣的人员，当引航员在船引航时，船长还是绝对的指挥者，他必须和驾驶员一起督察引航员的操作情况，发现引航员的操作明显对船舶安全造成影响时，船长可以断然决定收回指挥权，由船长亲自操控船舶航行。就这方面来讲船长也必须掌握黄浦江的航道情况，如果不熟悉航道的话，就措手不及了。"

大副继续介绍引航员："还有，引航员负有行使国家主权的责任。过去半殖民时期，上海长江口的引航权就被殖民者剥夺，成了中国人民的耻辱。后来中国有了象征国家主权意义的自己的引航员。现在悬挂外国旗的远洋船舶，无论船长对港口和航道是否熟悉到可以闭着眼睛都能开进来的程度，都得请中国引航员引航进港靠泊。此时引航员成为在外国船上第一个登船和最后一个离船的人员。"

---

① 上海方言，意为牛哄哄。

一位上海船长的老照片

我点点头，装出一本正经地回答："大副，我懂了，引水员不是来接水管加水的人，而是来帮助船长开船的人，标准地称呼叫引航员！他是有开船技术的并代表国家主权的人员！"水手长是当兵回来的，用嘉定话回敬了得意的我："小赤佬①，侬（你）假装不懂，捣糨糊本事真大啊，叫吾（我）吃药呀？"

他们边说边走，走到中间引水梯边上，一艘悬挂了一半红一半白的"H"旗的引航船飞驰过来，在两舷还用白漆写了"PILOT"英文字。引航员从引航梯上爬上来。只见引航员戴着印有国徽的檐帽跟着三副和当班一水直奔驾驶台扬长而去了。

引航员威风凛凛的高傲态度，让我看得眼睛都发直了。忽然，我又脑子发昏，装憨询问大副："大副，小艇边上写了英文字'PILOT'？这'PILOT'不是飞行员吗？"

大副闷住了，一下子反应不上过来。原来大副是部队转业的航海长，航海业务培训几天后就当上了远洋船大副，因此，大副还在拼命学习英文。

水手长看到大副被问得很尴尬，连忙把还拎不清场面的我拉过来："走啊，到前面去给拖轮带缆去！'PILOT'就是引航员，懂哇！小心被大副吃牌头！"

我这才憨头憨脑地跟着水手长前往船首带缆。

水手长拿出了一捆撒缆，似田径场上掷铅球姿势，稍稍蹲了一下后，撒缆头潇洒地在头顶上飞快地转了几圈后手一松。引缆从我头顶上飞向30米远的拖轮，不偏不倚落在了拖轮上。

我看到水手长敏捷地撒缆，再看看自己结实的臂膀肌肉，心

---

① 方言：意为小鬼。

引航员是干什么的?

想：我也会，而且一定比水手长撇得更远。

我开始七想八想起来，竟然忘乎所以了，也不知道现场情况就蠢蠢欲动起来。我学着水手长的姿势，把撇缆头旋转得像直升机的螺旋桨，然后甩了出去，可是撇缆头就尴尬地坠落在脚跟头。刚当上水手的同伴也把手里的撇缆学着水手长的样子甩了出去。突然，我的背后被什么东西狠狠地击了一下。原来，水手把撇缆头撇歪了。我捂着被打的部位，"唉吆"蹲了下去。

恐高症

要成为一个合格的驾驶员、实现船长梦，实习生阶段就是梦的开端，但是实习生阶段也是航海生涯中最为艰苦的阶段。海运学院航海毕业生都要经历这一段难忘的经历。

请看，我在实习生阶段又碰上了难过的"上高"关。

我在船舶靠泊作业时被水手撇缆头砸了一下，有了那次教训之后我操作带缆就特别谨慎了。不久，我在船首依样画葫芦，学着水手长一遍遍地示范，马上就能把撇缆绳在头顶上也像直升机螺旋桨一样兜几圈子后，飞向码头上了。这是后话，我上船后吸取的安全经验教训也不少。

当时船上配员很多，大概有五六十号海员弟兄。人多了，思想也复杂了，政委忙不过来了，于是公司派一个副政委，然后再来一个政工干部管理文件。一套班子热热闹闹的，保证天天有人读文件，可以传达上级有关指示。

吃饭的人多，事务部当然也相应人多了。除了事务长外，还有大厨、二厨、三厨、大台服务员各一名以及小台服务员两名，吃喝拉撒睡的问题全部解决。你说当时的海员寂寞吗？

杂货船似乎成了一艘邮船，好在凡事都是船长说了算，否则的话"老大一

恐高症

多行（发音'hang'）翻船。"

没有办法，杂货船上的事也多，要是没有这么多人，船上的活儿怎么能及时拿下？充分体现了当年"人多力量大，人多能办事"的企业经营模式。

我被分配进入了中国远洋公司，融入海员群体中了。我持有一本样板戏《海港》中韩小强梦寐以求的海员证，高兴得连灵魂都要出窍了，上船后的心情特别好，也很冲动。

我是大连海运学院毕业的，在学院海滩边上的水手训练室内经过短期水手技艺培训。但大学毕业后，我的那些插钢丝、打绳结的水手工艺基本忘了，连三脚猫的搭僵功夫都没有，实操能力到船上便显得远远不够了。接下去上船发生的事情让我对职业特性记忆了一辈子。

我在船上实习比较认真，尽管对水手工艺的悟性没有其他人快，但我始终相信笨鸟先飞的道理，我要学会水手活，这对以后当驾驶员绝对有好处。船舶开出上海港之后，我开始积极主动地向水手长学习。

水手长带领水手们一起冲洗甲板，水手长对我和老水手说："轧煞在船首司托间（Forecast Deck Stores）内，你们去拿些铁锹和扫把，从船头往后清扫！"

"什么人被轧杀了？"我没有听明白水手长说的，还要拿铁锹、扫把清扫。

旁边的老水手笑侃："副水手长是轧煞（Cassab）！水手长要你去看看！"

我有点害怕了："人轧杀了，还这么高兴啊？"

水手长喝住："捣啥糨糊，是轧煞，不是轧杀，轧煞是副水手长，这是英文的叫法，懂哇！"

我恍然大悟，原来"轧煞"就是副水手长！"那么，水手长叫什么呢？"

老水手脱口而出："猢狲（Bosun）！"

水手长一脸嗔斥："多嘴！罚你带领衣羊到猴子甲板爬大桅去，叫你做做猢狲生活！吃，不对，叫猴子生活！注意爬高安全，让衣羊锻炼锻炼上高作业。"

上高作业包含了大桅敲锈、涂打油漆、更换航行灯、汽笛零部件等。

我听得莫名其妙，船上还有猴子甲板？这么说船上还有老虎甲板、狮子甲板？我在海院学习的时候还真没有听到过船上的俗语。我摸摸脑袋，带着稀

023

里糊涂的表情继续追问水手长："水手长，那么船上有没有蠢驴命名的东西和人呢？"

水手长看我揣着明白装糊涂，知道又在胡闹，顺着我的思路说："蠢驴？有啊！你就是蠢驴！告诉你，这些都是机舱里面的俗语，譬如你熟悉的机舱辅助锅炉，叫 Donkey Boiler；副机叫 Donkey Engine；辅助泵叫 Donkey Pump。"

"这么多啊，那干脆把机舱里面的轮机员叫 Donkey Man 可以吗？"我傻笑。

"还给你说对了，三轨的绰号就叫 Donkey Man，他的正规名称就是叫副机操作人员！"

"哦，帆船时代，甲板的辅助上桅帆就叫 Donkey Topsail！你说是吗？"

老水手把舌头怪异地一缩，其实他也不知道。

"好了，不要搞了！你带他去猢狲甲板吧！"水手长叫老水手带着我去猢狲甲板。

"走吧，跟我走到那里，你就知道什么地方叫猴子甲板了，哪有这么多乱七八糟的老虎甲板和狮子甲板！"

水手长在很远的地方，还手掌握成喇叭状，教我一个词："喂，告诉你，我们船上没多少事情做、游手好闲的事务长英文叫 Purser，俗称'拍杀'！就是拍死苍蝇的意思，懂了吗？"

"懂了……老猢狲！"我哈哈大笑，这不是变成了趣味英语了嘛！

我乖乖地服从水手长安排，跟着水手来到了驾驶台顶上的甲板。这是全船的制高点，大桅更是船上最高的位置。你如果在大桅底下看大桅顶，安全帽都无法戴在头上，就像第一次来上海的人，看见国际饭店会惊呼"大厦造到了天上"！

"这不是罗经甲板吗？怎么还叫猴子甲板？"我看着耸立在甲板中央的磁罗经。

"衣羊，你就不懂了，驾驶台甲板上有船舶的主桅，过去有主桅的地方就叫猴子甲板，因为在帆船时代，水手们经常爬上爬下收拾风帆，所以就被称为

恐高症

猴子甲板了。"水手说。

船在航行,迎面来风。杂货船上布置的钢索如同琴弦,发出铿锵、尖锐的撕裂声响,似一首高歌猛进的交响曲。

我听到这个声音,望着高高的桅杆,顿时觉得热血沸腾,有一股跃跃欲试的冲动:"这有什么可怕,不就是爬高嘛!"我忘了那次爬高安放吊杆时的恐高窘态,又开始张狂了。

老水手正准备招呼我带上安全带,我已经迫不及待地在大桅的底部抓住直梯,蹭、蹭、蹭地爬上去了。

"衣羊,快下来,危险!"老水手在下面呼叫。水手长也闻声赶来了。

我抬头看看天上白云,还是一股劲地往上爬:"没关系,不太高,等我上去后再把安全带给我吧。"我一个鹞子翻身就到了大桅的平台上,然后以胜利者的姿态向上看、向左看、向右看。白云在蔚蓝的天空中慢慢飘动,飘向我的大桅边上,我仿佛伸手就可以抓一把棉花状的白云。我陶醉在一幅美妙无比的天空景色中。我梦幻奇想,像孙悟空一样一个筋斗十万八千里,翻上片片云彩遨游太空,到玉皇大帝那里一展中国海员风貌和豪迈气概。

我再向远处眺望,海面一片湛蓝。我闭起眼睛想象自己纵身一跃,跳入沱沱大海,去东海龙宫,我不会像孙悟空乱拔定海神针变成金箍棒,但也让东海龙王知道驾驭现代钢铁大船的海员气势,告诫东海龙王现在不是你能主宰大海了。

我站在十几米高的主桅上壮志豪迈,在大桅上念起了当代伟人的诗词:"军民团结如一人,试看天下谁能敌。"我仿佛把世界都装在自己胸中了。

然后我闭眼低头转向大桅下面,我要让水手们看看,我就是有胆量爬大桅的。高兴之际,我渐渐地张开眼睛。这一看可了不得,我赶紧把眼睛又闭了起来,腿骨子①身不由己地颤抖起来了。此刻,刚才的白云在我的眼里变成了张牙舞爪的魔云扑过来。大桅也随着船舶的摇摆,左右晃动,真的想让我实现纵

---

① 方言,意为双腿。

一位上海船长的老照片

身一跃见东海龙王的幻想。

我连忙抓住大桅平台的栏杆,带着哭腔对着天空大叫:"水手长,快来救我啊!"我患了恐高症!我眯起眼睛看看海面,海面还是那样湛蓝,船尾拖了一条尾巴向着来的方向。我已经没有刚才浪漫的想象了,脑子糊涂起来后六神无主了,唯一的想法就是尽快下去。

水手长在下面高喊:"衣羊,别害怕,把眼睛闭起来,抓住栏杆,我马上爬上来救你!"

我带着哭腔回答:"水手长,我的腿好像不是我的了,我好像站在棉花上!"

水手长嗖嗖动作麻利地爬到我身边,安慰我:"没有关系,你现在可以睁开眼睛,看看前面、看看左边、看看右边,然后再把视线慢慢收回来,看船头、看大舱、看驾驶台下面。"

我遵循水手长的话,情绪渐渐稳定下来,但还没敢移动脚步。

水手长把保险带帮我系好,并将保险绳系在大桅栏杆的另外一端,还不断地安慰我别害怕,上高两三次后就好了。可是,我被刚才刺激后,还是害怕,不敢移动脚步。

我带着哭腔说:"水手长,你一定要救我下去啊!我以后不敢了。"

水手长点点头说:"一定,一定!"

我还是不敢迈开脚步,水手长没有办法,只得叫下面的水手吊上一捆马尼拉绳和神仙葫芦(吊货组合滑轮)。水手长把神仙葫芦用卸扣挂在大桅平台的地令上,绳子穿过葫芦,再把绳子打了一个水手结,叫我把双腿穿到水手结孔中,叫我捏牢绳子,保险绳捆在我腰上。

一切准备妥后水手长对我说:"伸出一只手抓住我的手,然后挪动脚步到梯子上。"此刻,我感觉到一点踏实感。水手长慢慢松绳,神仙葫芦真神仙,我慢慢把脚踏在直梯杆上。一点点降低高度。当下面的水手扶住我后,我哇一声哭出来了。

水手长长吁一口气,我的裤裆已经湿了,水手长脱口而出:"没出息!"

恐高症

我对水手长说:"不敢了!"水手长说:"你今后不敢爬?哼,我还得把你赶上去,当一个水手不敢爬大桅还算水手吗?还能成为合格的驾驶员吗?"

我究竟还敢爬大桅吗?

提示

船舶上高作业和舷外作业是非常普遍的工作。初次上高任何人都会产生恐惧心理,必须在老水手们的示范和带领下做好安全防护工作才能上高。数次上高习惯之后可以消除恐惧心理。上高作业应该在风平浪静的海况下进行。

一般高度1.8米(含)以上就算上高作业,上高作业必须戴好安全帽、工作衣和工作鞋,还要穿好安全带。安全带必须戴在船体不同受力点的上方。

上高可以戴纱手套但不能带皮手套,以免滑脱产生坠落事故。

上高爬梯和作业必须全过程都有人在下面照看,不允许两人同时爬梯。也不允许手里携带物品、工具进行单手爬梯,只有在上面站稳后才可以用绳子吊工具和材料。

可爱的大副

那次我心血来潮,突然询问大副引水艇上写的"PILOT"英文单词啥意思。给大副出了难题后,我心里一直忐忑不安,大副是否会记在心里,到时会让我难堪吗?

果然不出所料,在中国南海航行去往东南亚时,晚上大副下班后很严肃地来到我的舱室内:"衣羊,到我办公室来一下。"

我垂头丧气地跟着大副上楼了,心里如同在井里打水的十五只吊桶——七上八下。该如何向大副道歉呢?我在短短的几步扶梯上脑袋发胀地想着心事,心不在焉一脚跨了两个踏板,急忙用手撑地,嘴巴咧了一下:"哎呀!"

"衣羊,到船已经有个把多月了吧?船上工作、生活还习惯吗?"大副平时脸上一直带着军人的严肃,现在一反常态,态度罕见的和蔼。到了他的房间,大副就给我冲了一杯咖啡,端到沙发边上的台子上。

"在甲板上要注意安全啰,特别是上高作业,不能凭一股血性冲动就上去了。那次你上去了,还大发豪情壮志,精神可嘉啊。这可是违反公司规章制度的,万一出事故了,你就废了。你上船实习就得听从水手长和老水手指导,安全措施是不能瞎来的。"

大副还真的开始数落我了:"你是第一届大学生,公司对你们寄予厚望,你

可爱的大副

们实习期满后就要当驾助、当驾驶员。今后一定要严格要求自己,甲板工作不能莽撞,任何工作都要安全第一!"我的心情在大副和蔼的指点下稍稍平静下来了,脸有点红扑扑的了。

我点点头。

"衣羊,你刚刚从学院毕业,除了在甲板熟悉水手的维修保养技术外,还要抓紧学习航海驾驶技术,不要把水手船艺学到手了而荒废了航海驾驶、远洋业务,要两者兼顾。对船舶配载应该熟悉吧?"大副把我的实习期间的注意事项一一道来。

我点点头。

大副拿出配载图放在我面前:"这是本次在北方港口实际配载图,我现在考考你,你能否根据装货清单,把在货舱内的实际配载货物位置核对一下,再计算出抵港吃水和稳性。"

我点点头。

"你怎么老是点点头,不说话呀?"大副有点看不懂上船表现非常活跃、提问多多的我,怎么到了他的舱室后就变得另外一个人了,貌似一个腼腆的大姑娘。

我会心一笑:"大副,向你学习船舶配载知识,请你把船舶稳性图表、货物配载清单、配载图给我,我拿到自己舱室里今晚就核算一下船舶吃水和稳性。"

原来大副"醉翁之意不在酒",兜了很大一个圈子,才把他要求计算稳性和吃水差的核心问题放在我面前。

"不,明天我跟水手长说,你在我办公室里帮助我大副配载计算。"大副端起咖啡喝了一口。"嗨,你也来喝咖啡!"他示意我喝正在冒热气的咖啡。

"苦哇?要不要放糖?"大副看到我喝了咖啡后微微蹙紧了眉头,用镊子从标有"太古"字样的方盒内捡了一块方糖放入我的咖啡杯中。

时钟已经在22:00了,我识趣地说:"大副,您该休息了。我明天早晨班前会后,就立即到你舱室,你就把配载资料放在桌子上,我争取尽早完成抵港吃水和稳性计算。"

我不习惯喝咖啡。临走时大副如同酒桌上劝酒一样，硬是让我把那杯咖啡一咕隆喝了下去。我回到舱室后异常兴奋，眼睛在灯光下炯炯有神，睡不着了，估计此刻就是吃安眠药也无济于事。我把带上船的《船舶配载》一书拿出来临时抱佛脚，温习货物配载知识。

同舱室的水手躺在上铺上睁开惺忪的眼睛，向下睬了我一眼："衣羊，夜深了，明天还要干活，你夜游神啊，还不要睡啊？"

他在上铺打了一个滚，不一会儿又开始拉风箱似的打起呼噜了。

在船上的一个多月，我都是参与甲板维修保养，如敲锈、涂打油漆等工作。水手工艺熟练了，我的手上也磨出了厚厚的老茧，这在当时绝对是自觉、勤快的表现。

货运知识是大副的业务，我暂时用不到配载计算，所以就基本不看、不复习了。现在，我在咖啡刺激下，挑灯夜战把货运知识从第一页看到最后一页，觉得临阵磨枪不快也光啊。到了凌晨，我还兴奋异常，心里面嘀咕，明明是苦得要命的兴奋毒药，怎么被冠上咖啡之名呀？

配载要考虑货物品质、重量、气味、危险品等因素而合理隔离堆装，还必须权衡重量分配，保证货舱底部的局部强度。综合各种因素后，才能在合适的货舱放合适的货物。配载吃水、稳性计算要考虑不浪费货舱容积，因此在装货清单上获得每票货物的积载因素、货物体积。货物积载后，要知晓货物在货舱中的堆积高度、距船中的实际距离等。

不过，大副要我做的抵港吃水差、稳性计算，仅仅是核实航行燃油消耗之后的抵港稳性、吃水数据，类似的计算只要参考开航前大副保存的配载数据即可，所以稳性计算不是太复杂的。

第二天早晨，我按大副约定的时间进入了他办公室。大副08：00下班之后就把资料堆放在办公桌上了。我把平安城5个舱列了5张表格，把船舶货物重量、各类燃润油料重量、物料重量、无法见到的船舶常数也列了一张表，再加上空船排水量得出了实际载货排水量。

"大副，请你把船舶稳性计算手册递给我，我要根据静水力曲线表查找平

可爱的大副

均吃水和其他稳性数据！"大副在我的边上紧盯着计算中的我不断地点头，然后置换了主副位置，表现得特别的虔诚，听我的指挥，拿我需要的稳性计算资料。

当他听到我叫他拿稳性计算表时，他把一堆资料都推到我眼前："资料都在这里，英文的，你自己查找吧。"我从资料中抽出了手册，很快翻到了要查找的数据。

我分别将船舶纵向、横向货物堆装力矩计算出来后，按公式求和，得出了抵港的船舶纵向稳性值和纵向力矩。根据船舶吃水差计算公式得到了前后吃水差值。再对照目的港泊位的实际水深，计算结果都满足靠港要求。

"大副，这就是我们抵港需要的船舶吃水、稳性数据。请你检查一遍是否正确？"

大副在边上挥挥手："无须检查了，你计算全程我都看了，不错，大学生就是不一样！花了2个多小时就完成计算了。来，我给你泡好咖啡了。"

我拧紧了眉头："好的！"我不是轻轻啜一口咖啡，而是像喝茶一样一下倒入喉咙。大副并没有免去我上午的甲板劳动，我还得打起精神继续工作下去啊。

后来我才知道，从部队转业过来的大副根本不会船舶稳性计算。他每一次抵港稳性、吃水计算都是通过代理代为计算的。当船长需要抵港吃水、稳性状态时，他不敢对船长说自己计算不来，便每次拿出招待品让海校毕业的三副代为计算，来向船长交差。

大副无法解决配载问题，却对甲板部的维修保养抓得很紧，甚至非常苛刻。我嘀咕如果大副的船舶稳性计算出错了，船舶开出去还有航行安全吗？这维修保养做得再好，一出事故就全都泡汤了。

水手长听到后说："咸吃萝卜淡操心，该干嘛就干嘛？船上还有船长呢。"我被噎住了。

换一个角度看，在当年缺乏技术力量的情况下，转业干部发挥了承上启下的桥梁作用，是中国远洋业获得大发展的基础。他们除了克服大自然的风浪外，还在如同白纸般的航海知识上勇敢学习，不断进步。有些转业干部后来成了船长，他们的敬业精神真的值得称道。

我利用帮助大副计算配载的机会，实际掌握了配载技术。我不点穿大副不会配载的弱点，只要大副需要解决船舶货物配载的问题，都主动地帮助他排忧解难，计算核对配载。

为方便大副配载，我还利用业余时间将静水力曲线表转换为数据表，根据办公桌的尺寸，把静水力曲线表的数据誊写在纸上，压在玻璃下面，省去了他去查看不懂的稳性计算手册了，简化了他的查阅方式。但是，大副计算配载还是非常吃力，连那些稳性符号也常常忘记，算出来的结果还是有差错。大副在船上干得很吃力，心理压力很重，得了高血压，一直在吃降压药。

工休后我在公司大楼里碰到大副，他说从平安城轮下船后再也没有上船，他被安排在公司某个科室做管理工作了。他不会到公司技术部门去工作的，这是他的弱项。

我继续在船甲板上吃力地举起打磨机，在铁锈斑斑的甲板上除锈。然后

可爱的大副

同水手长一起用防锈漆把甲板涂得花花绿绿"一塌糊涂"。在水手长的带领下,我居然把船舶甲板维修保养学得深透了。

我直到现在还是感谢大副给我机会的,在第一艘船上就学会了大副业务,为今后当大副打下了扎实的基础。

我以实习生身份上船去,还是以实习生身份下船来。因为我不谙船舶复杂的人际关系。我性格外向、大大咧咧,话又太多,又因为大副要求我做稳性计算,让船长看得极不舒服,似乎我与大副走得很近,船长认为我在巴结大副。但我依然"乐扣乐扣",改不了性格。

船长和政委在一起总是议论,看来还是技校和高中生中提拔的驾驶员实惠,像衣羊的大学生就是"老嘎嘎",还不太听话,可惜啊,今后就是他们的天下了。

我耿耿于怀我航海生涯中的第一位船长和政委另眼看待和挤兑大学毕业生。但不管怎么说,他们也是我的航海启蒙老师。

晕船

海水渐渐地变蓝了。

那天闹了一次上高下不来的笑话后,我还被水手们取笑了一场,让他们笑得直不起腰来。笑过之后大家都沉默了,因为大家都有上船之后的第一次,其中不乏闹的笑话比我还有过之而无不及者。

我仿佛身经百战,一点憨劲中还带有灰色幽默,饭饱之后又恢复到了生龙活虎的快乐航海之中了。我还调侃:"刚才在大桅上不知怎的,鄙人下面的阀门开关失灵了,好像不是自己的,任由它像小桥流水一样源远流长,又像是'飞流直下三千尺,疑是银河落九天'。我不得不去享受一次热水澡。水手长,你的谆谆教导我记住了,爬高需要有人帮助,要胆大艺高,灵活得像你一样,当一只猴子,不能像日本影片《追捕》中的横木敬二那样毫不犹豫地跳下去,这要出人命的。以后我先从站在凳子的高度上锻炼上高作业,像猴子一样跳上跳下也不会扭伤、跌伤、骨头断脱,经过这些高度锻炼,我肯定可以克服恐高

晕船

症。"我说着就情不自禁地站在餐厅的沙发上。

我突然发现水手长怒目圆得像两只电灯泡,就赶紧想把要讲的那些话憋进了喉咙,但就如泼出去的水收不回来了,把水手长气得胡子都上翘了。

我做了用手捂牢嘴巴的样子:"水手长对不起,又把你当猴子了。"水手长张开满手老茧的样子,狠狠地扯了扯我的耳朵:"叫你骨头轻!"

第一次去往日本途中我遭遇了晕船,但那是一次蜻蜓点水般的经历。这个航次又遭遇了更大的风浪,我在风浪中晕船了,这才是对海员的真正考验。

船去往东南港口,一路上大海辽阔无垠,我心情欢愉地享受着热带风光。记得有本书上曾经写道:"海员的胸,像大海一样阔;海员的情,像大海一样深;海员的职业,像初升的太阳一样朝气蓬勃。"我竟然全部深深体会到了。

我和几位水手吃好晚饭后在甲板上散步,大家站在船首深深地呼吸了一口带有海腥味的清新空气,顿觉肺腑通畅。与我同时毕业的海大校友——实习电机员在南海血红夕阳下,声情并茂,以文艺青年的貌相,坐在船首的缆桩上弹起了吉他。悠扬的琴声飘出了船舷。我伴着校友的吉他,轻轻地哼起那首《军港之夜》,伴随着哗哗的船首破浪声,歌声留在了船尾透迤航迹中。

我把头伸向舷外,看见几条海豚正在和船球鼻头并驾齐驱,不时还蹿出水面,卖弄着它们的水上杂技。原来当海员还这么潇洒!海员生活充满了想象中的乐趣。

晚霞涂抹了西边的天空,似一幅中国水彩画,波光粼粼,更加勾勒出我在陆地上从来没有享受到的海上风光。这是暴风雨来临之前的平静。

夜幕降临了,月亮升起来了。海员弟兄们都回到了生活区了,月光下的甲板落下一条孤零零的身影。随着船舶轻轻地震动,那身影在月光下拖得越来越长了。我若有所悟地自言自语:"舷墙不属于上海外滩浪漫的情人墙,我好孤单啊!不知道家里都好吗?"

我回到生活区。生活区传来了海员们晚餐后休闲的温馨场面:下象棋,打八十分扑克牌,打大怪路子等。大台里,正在放映的银幕上出现了非常生动的表演:在坑道中,战士们都干渴得嘴唇裂开了,女卫生员拿出了一个红苹果,

一位上海船长的老照片

可是苹果在战士们手里传来传去,最后还是回到女卫生员的手里,她脸上流露出战场上难得的异性笑容,战士们马上精神抖擞起来。"一条大河波浪宽……"

船长在驾驶台广播:"根据气象传真图和气象预报,今半夜我轮将遭遇8级以上的风浪,请各部门抓紧时间检查全船各处物品备件,把易移动的物品绑扎牢,做好抗击大风浪的准备。"

听到船长的广播后,海员们马上扔掉象棋、扑克,关掉电影机,出现在各个关键的地方。

据船长说浪头开花,风力至少超过4级了。海面开始起风了,开花浪越来越大,浪头上方还有飞沫。船长站在驾驶台镇静地指挥驾驶员、一水,让船在大风浪中尽可能平稳航行。

这一次的海面风浪与上一次遭遇的风浪是完全不一样的感受。

一万多吨的远洋巨轮开始轻微地摇晃起来,一会儿向左、一会儿向右地摇摆,像在摇篮中。我感觉蛮爽、蛮惬意的,呵呵,当海员很舒服。我跟着水手长一起来到了大舱内。大舱空气流通不畅,几盏舱灯发出幽暗的亮光,同伴们正在抓紧时间加固绑扎。水手长一股劲地催我把工具拿过去。此刻,我觉得胸口很闷,头也好像不是自己的,手里拿的东西也变得沉重起来。我的胃开始像大海的浪花一样翻滚了,喉咙口似乎被一根鹅毛搔痒痒一样。

风,越来越大。船舶剧烈摇摆起来了。

那是三维摇摆的综合:横摇,摇到单边35度,我几乎站立不稳了;纵摇,船头被大浪一会儿被抛到天空,一会儿船尾翘出水面;螺旋桨空转飞车,振动似乎把船都拆散。我如同被唐僧念经的孙悟空,脑袋瓜裂般的剧痛。颠摇,船被大浪整体抛在水面,船舶绕船中轴线旋转,我像筛子一样摇摆。

我狠狠地把刚刚到喉咙口的东西咽了进去,然后把水手长要的工具递了过去。再后来,我口腔味觉神经感到酸酸的,憋不住了,一股热热的液体从咽喉口喷出来,我连忙扔掉手中之物,把手掩在嘴上,呕吐物从指缝中挤了出来,嘀嘀嗒嗒地漏在大舱甲板上。

水手长拾起工具,唯恐被我的呕吐物染脏,大声训斥我:"滚,滚到大舱上

晕船

面去！"

我无所适从地用袖口擦了一下嘴巴：走吧，被水手们笑话；不走吧，头晕眼花还真受不了。

水手长见状继续发话："走啊，别在这里碍手碍脚！上去，到舱口围吹风去！"

我抿紧嘴巴坚强一下，想把呕吐屏住。可是我刚张口回答水手长，那一股苦水又像天女散花般喷向水手长，呕在大舱内。我歪着嘴巴，扭曲的脸蛋痛苦极了。

水手长一撸脸孔："喷得我一身臭水！滚开！"他闻到呕吐物的酸胀气，也感觉喉咙口痒痒的。他气恼得破口大骂不争气的我时，嘴巴也窜出来一股热乎乎的浆糊状的东西，同时也喷向站在旁边的我身上。水手长也在船舶剧烈摇摆和空气混浊的大舱中呕吐了。

这下可好了，水手长一呕吐，舱内其他弟兄们也说好似的，像被传染病传染一样开始你呕我也吐，整个大舱内好不热闹。

久经考验的水手们呕吐完后，又赶紧拿起工具，把可能移动的货物加固。

水手长歪着脸颊看着我，艰难咽下一口酸胀气，然后用手指指舱壁直梯，示意我："衣羊，吃不消就上去吧，不要硬屏！"水手长边打嗝边指挥，好像忘了晕船，直到完成货物加固绑扎。

我被水手长训斥后有点委屈，又被他温馨关怀感动，眼泪不听话地流了下来。我眼泪汪汪地看着水手长，坚强地说："水手长，我不上去！你不是说水手是在风浪中锻炼出来的嘛。"

水手长把眼睛一瞪："上去！不要逞能！以后我教你怎么克服晕船！"

我想你自己还在货舱内晕船呢，还能教我不晕船？但是水手长的坚持让我退却。"那我爬上去了。"我有气无力地爬出道门。舱外空气新鲜，我顿时感觉好了一点，但头还像裂开一样疼痛。这晕船难受啊！我胡思乱想起来，难道这样的海上生活要持续一辈子？我能坚持下来吗？我坐在舱口围边上，用手支撑耷拉的脑袋。

水手长爬上来拉起我朝生活区走去:"衣羊,别害怕,海员就是在大风浪中锻炼出来的,几次过后就不会再吐了!另外大风浪中船舶摇摆厉害,不能上甲板,如果非去不可,一定要做好防护,要有人陪伴,这样就可以互相照顾避免危险了。"

水手长说着,嘴巴里又一口黄水喷了出来。水手长苦笑:"船摇得实在太厉害了。"

"我……不敢!"我的双腿都直不起了,说话直打哆嗦。在水手长搀护下,我步履艰难地向生活区移动。舷外的白色浪沫打在舷墙上,在灯光的照耀下,泛出了如同烟火般的折射光。随后,海浪溅起的海水劈头浇在我和水手长的头上。

我和水手长浑身湿透,赶紧加快步子闪进了生活区。水手长说:"去洗洗,然后坐在椅子上,喝一点温开水,暂时不要吃东西,也不要躺在床上。否则,你将永远克服不了晕船!"

我看着既慈祥又严厉的水手长,松了一口气,非常感谢水手长自从上船以来对我的照顾。我从水手长身上学到了待人接物的那种豪爽、侠义的海员气质。我在以后的航海生涯中深受水手长性格的影响,也时刻把安全和关怀融在海员生活和工作中。

大风浪把船舶颠簸了十几个小时,我坐在椅子上难受了十几个小时。因为水手长告诉我晕船不能躺下,我只能坐在椅子上捂着肚子度过了漫长的黑夜,旁边还放着塑料桶,随时张口方便把一肚子苦水倒出来。方便是方便了,但随着船大幅度地摇,苦水在塑料桶内翻滚,这个味道更加"方便"弥散了。我从来没有经历过如此剧烈的呕吐。

豁然间我好受多了,头不痛了,胃也舒服了。大风浪来去匆匆,我坐在椅子上感觉好多了。

几个一起上船的实习生和我一样东倒西歪、嘴里哼哼吃不消。风浪过后的第二天早晨,我支撑着疲惫的身体拉开了窗帘,只见东方一轮红日喷薄而出,海面景色特别诱人。我眯起眼睛看着旭日,心情马上转好,仿佛一下从地狱又

晕船

来到人间。

水手长从厨房间端了米粥来到我舱室。闻到喷香的白米粥,胃里吐得精光的我顿时来了食欲,忽觉肚子也叽里咕噜向我提意见。

水手长说:"小鬼头,把这碗粥吃了先垫一垫肚子,榨菜丝过粥,保证你精神马上好起来。昨夜风浪对海员来说就是实际锻炼,今后你们再遇到大风浪,晕船就不会这么严重。"

我喝完粥后对水手长说:"真的晕船不能躺在床上吗?昨天我听你话后,硬是在椅子上坐过来的。"

水手长听到我这么一说,哈哈大笑:"我还没有把你拽到船头去呢!过去水手晕船,水手长都是把人拉到船头去经受大风浪的考验,考验过了,你晕船也不敢了。"

是我错误领会水手长的意思,认为只要坐着就能治好晕船。

几年后我描述平安城轮上晕船的经过,还会犹如长江之水滔滔不绝。当时我的五脏六腑都是颠倒装的,功能全部反了。胃里面食物吐完了吐黄水,再到后来吐口水。喝一口水,就像吃饱饭打嗝,进去的少,吐出来的多。一夜折腾下来,身体完全脱水,眼睛都凹进去了,再脱水下去便要成木乃伊了。

水手长说:"有人对晕船还有富有诗意的描述呢,一动不动,两眼发直,三餐不进,四肢无力,五脏六腑,七上八下,久久(九九)不能入睡,实(十)在难受!"

我摸摸后脑勺,嘻、嘻、嘻地憨笑起来。

8 咖啡的故事

看到老照片中橱柜里的这瓶雀巢咖啡，我不禁掩面偷偷地笑出声来。

故事还是发生在平安城轮上。

热带海面风平浪静，海员们觉得海洋都这样温柔的话，大概世界上最舒畅的职业就是航海了。

海员只身海外独享世界美丽风光，无法带上心爱的老婆周游世界，这是埋在海员心中最沉重的隐痛，海员缺少情感的传递，却把一件事情做得特别完美。

船要返航了。大厨盘点伙食后决定到新加坡再购买"晕浪食品"。所谓的"晕浪食品"就是当船舶在大风浪中因无法开锅烧饭而用来临时充饥的食品。其实也是远洋船上分摊剩余伙食的变相做法，雀巢咖啡和乐口福也是其中之一。

海员的小囡带同学回到家里，撬开听头用调羹舀了一勺给同学吃，麦乳精太好吃了，个个吃得嘴巴周围全是白乎乎的麦乳精，像只毛面狗。同学家长追问后，了解到海员屋里厢壁橱中都是乐口福听头，非常羡慕。后来邻居就把故事传出去了，由此海员在当年声名鹊起，被人刮目相看。追求海员职业也成为吃"乐口福"的福利和代名词了。

水手老范是从部队复员进入中国远洋公司工作的，家在安徽贫穷的山区农村。他经常把船上发的"晕浪食品"带回家,惹得全村人都把他看成土豪。试想,当年中国的农村一穷二白,还过着食不果腹的日子,这"晕浪食品"可是商店也买不到的奢侈品啊。

老范在村里人缘好,回到家后总是拿出船上带来的饼干、罐头、香烟、咖啡等招待邻居们。邻居们称赞老范是菩萨给的航海职业,还说看到他家祖坟直冒青烟。

在船上第一次分"晕浪食品",老范不懂雀巢咖啡上的英文。水手长指着雀巢咖啡的英文字母教他,"Nest就是鸟窝的英文名字,中国知识分子把Nest翻译成了高大上的'雀巢',一改土里吧唧的'鸟窝',你看新加坡的雀巢广告词'雀巢咖啡,味道好极了'!"

老范跟着水手长默默地念了几遍"Nest、Nest、Nest"。点点头示意已经记住了。没几天他就忘了,记得最清晰的还是鸟窝,小时候上树掏鸟窝的事记忆犹新,雀巢忘了,鸟窝还是念念不忘。

邻居喝着老范带回来的雀巢咖啡询问:"这是什么食品?"

老范摸摸脑袋语无伦次地说:"这叫Nest咖啡,中国人叫它什么来的?哎呀,我忘了。哦,我记得了,叫鸟窝咖啡。就是说这咖啡是外国人在鸟窝内掏出来的咖啡豆磨成了咖啡粉,是高档的饮料啊。如果你不想喝纯咖啡,可以加特制的咖啡伴侣。"

"什么叫伴侣?"农民邻居不识几个大字,但咬文嚼字起来也是让老范挠头的:"就是,就是城里人对女朋友的另外一种称呼,我们农村人直来直去叫对象。"

"哦,明白了,就是咖啡的女朋友!对吗?这么说来,咖啡还有雌雄之分啊!"

老范被邻居问得愣住了,突然灵机一转:"是的,咖啡原产地在巴西,咖啡是长在树上的豆。一片咖啡豆树中必定有几棵雄树长在其中,起到传授花粉的作用。否则,咖啡豆结不出来。就像我们村头的银杏树有雌树、雄树一样,都是成双成对的!"当他天衣无缝说完毫无根据吹牛的话后,邻居们已经昂起头

发呆了:"看看出国的人就是见识广,聊起天来海阔天空,滔滔不绝,还一套套的。"

从来没有出过大山的邻居们听得眼睛扑棱、扑棱地直闪。老范很客气地冲好了咖啡,恭恭敬敬地端给邻居们。一阵咖啡香袅袅扑鼻来,邻居们很高兴老范用最好的东西款待他们。

一位邻居拿起了咖啡像喝茶一样,用盖子先撇撇咖啡表面的泡沫,将嘴巴凑到了咖啡杯的边上,闻闻香味,再轻轻地啜了一口。他的表情发生了从微笑到苦笑的变化,他忍受不住"扑哧"一声,将喝到嘴里的咖啡喷到老范脸上:"这鸟窝咖啡不怎样,怎么这么苦啊!吃中药啊?"

老范没有露出为难的脸色,反而一抹脸上的咖啡,乐呵呵地说:"大哥,人生苦短,外国人喜欢的就是这种咖啡味道,这叫品味人生,先苦后甜呀。哦,我忘了你不喜欢苦味,我给你咖啡伴侣,多放点太古方糖。"

"太古方糖?是放在酒缸里几十年绍兴黄酒吧?这糖到底放了多久才能冠名'太古'?"邻居们竖起耳朵想听听远古时代的方糖。

"太古方糖就是专门为方便冲咖啡用的人造方糖,'太古'是商标名称,就像村里人的姓名。"老范费了很大的劲,才把太古方糖的解释讲到点子上去了。邻居们点点头似乎有点明白了。

老范女人将老公带回家、市场稀有的食品,除了自己留一点自用外,或多或少地送给来访的邻居以及亲朋好友。反正家里留一点就够了,吃完了,老公还会带回家的,她非常满足自己的生活。与其放在家里过期浪费,倒不如做个人情,给邻居们尝尝外国来的东西。

老范与大家闲聊完了摇摇手:"好了,明天尽早,请听下回分解!"老邻居们还在餐厅里起哄,要水手老范继续讲下去。

"傻瓜,你老婆真是傻瓜。怎么能把雀巢咖啡喂猪啊。"作为实习生,我被娱乐室内的一阵哄堂大笑吸引了。看到水手长正起劲调侃坐在身边的老范。

老范接着娓娓道来一则发生在他女人身上的笑话:"咳,你们还真不懂,现在外国富人都不想吃肥肉了,他们正在培育瘦肉型的猪。我家养的肥猪吃了咖啡后，就是优质的瘦肉型猪肉了，这不是瘦肉精养出来的猪，是绿色食品呢，出口是可以赚大钱的。水手长，你听说过日本鬼子就养了喝啤酒的牛不？那叫'神户啤酒嫩牛肉'，据说价格出奇的高。"

我听了老范的故事，也哈哈大笑起来！

船上发下来的"晕浪食品"中，因为咖啡太苦，到了老范老婆手里成了滞销食品了。

随着时间的推移，女人愁于堆积了数十瓶的咖啡和咖啡伴侣。在她的头脑里想到丈夫带来食品都是营养品，再说丈夫千叮咛万嘱咐说咖啡很贵重，是富人享用的食品，不能浪费。当她打开一罐，舀了一勺，冲了开水，喝得满嘴都是苦味，连小孩也不愿意喝之后，她对咖啡的印象就不是特别好。而老范孩子们喜欢的是太古方糖，他们偷吃了不少，还说爸爸带回家的大白兔奶糖粘牙不好吃。

"老公说过雀巢咖啡很有营养的。"她想人不愿意吃，富贵的东西给猪吃肯定会长膘的！正好再过几天猪将出栏了，饲料内多拌点咖啡加伴侣给猪吃，长点肥肉卖个好价钱！

主意立刻变成行动，她在猪饲料中掺和了一大瓶咖啡加伴侣。

这下好了，接下去的情景女人是真的意想不到的。"二师兄们"开始几天对加入了醇香扑鼻的咖啡和伴侣的饲料不肯吃，感到味道太苦了，嗷嗷乱叫。

几顿饿下来后，"二师兄们"实在屏不住了，尝试着吃起加咖啡的饲料了。这一吃不要紧，"二师兄们"开始争先恐后抢着吃，胃口大开！女人几天前还以为"二师兄们"生病绝食了，现在看到它们拼命啃食颇为高兴："还是'二师兄们'通人性，给了它们吃，仅仅咕咕地叫嚷一番，吃好了就满足了。"

"二师兄们"吃了咖啡后特别兴奋，一改过去吃了就睡、好吃懒做的惰性，到了晚上还在猪栏里噢、噢、噢叫，整天在猪栏里奔跑，有的甚至还越过猪栏跑到外面撒欢。"二师兄们"经过体育运动后，没几天都掉膘了，无形中变成了现代人喜欢的瘦肉型猪了。女人又开始担忧起来，但她怎么也没有意料到这咖啡竟是"二师兄们"掉膘的罪魁祸首。

她写了一封信给船上的老公。

老公，你好！

　　家里一切都好，小光头和小丫头都在好好学习，天天向上，公婆和我家父母身体硬朗，莫挂念。你说过鸟窝咖啡很有营养，我尝过，很苦，我不想喝，老人们也不习惯喝，小孩更是不喜欢喝。他们最喜欢的太古方糖已经吃完了，你过几个月回家时，多带些孩子们想吃的太古方糖。家里的几头肥猪准备出栏了，我想鸟窝咖啡很贵重，浪费了实在可惜，就把鸟窝咖啡喂给猪吃了。不知道咋的，猪吃了鸟窝咖啡后特别有精神，白天不睡，晚上也不肯睡了。现在猪的筋骨非常好，就是不长膘了。难道猪知道我要卖它们了？

　　你说鸟窝咖啡真的很有营养吗？

　　致意！

你的家主婆

在外国返航的最后港口，水手老范收到老婆的信，大叫："完了、完了，老婆千万不能再给'二师兄们'喝咖啡了，这是人吃的，可不是猪能享受的。"

女人眼睁睁地看着"二师兄们"变成潇洒帅哥、窈窕淑女了。

水手老范写信回家告诉老婆，不要再喂鸟窝咖啡给猪吃了。可是水手老范到家一个星期后，才收到自己写的这封信，重要信息就这么迟到了。

在下象棋、下世界大战军棋、打扑克的其他海员都停下来听老范吹牛了。大家听了之后，裂开嘴巴开怀大笑。

"呵呵，农村改革开放、接受外国货就从国际海员家庭开始。"水手长在船上对老范讲的故事进行了总结，非常超前地发表了自己的看法。

水手老范有声有色地演讲雀巢咖啡喂猪的故事。他的雀巢咖啡喂猪的事迹在海员中激起了涟漪，扩散到全中国远洋公司的船上了。为中国海员寂寞的航海生活提供了有趣的新段子。

海员心中的家

我在平安城轮上完成了十个月的实习生合同之后,就在广州下船乘普快列车回家了。坐在火车硬座上,我伴随着车轮在铁轨上铿锵有力的、有节奏的摩擦声,眼皮耷拉下来了,在半醒半梦状态中,眼前闪现了离开大连海运学院前的一段经历。

毕业前夕,学校的老师突然活跃了起来。他们一改原来教书匠的矜持,到教室内找个别同学热情且神情诡秘地交谈。我感觉很奇怪,被老师谈心的同学都露出了腼腆的笑容。我去询问同学,他只用一句话把我打发了:"没事,个人思想问题交流。"

一天我在阶梯教室最后一排复习功课,准备参加港监的适任考证,一位年长受人尊敬的专业课老师走了过来,在我边上坐下:"衣羊,在复习功课啊?毕业后准备上哪里去?是到中国远洋公司船上工作吗?"

因为我们是恢复高考后的第一届航海系毕业生,踌躇满志的航海学子第一志愿都是填报上船工作,都有做远洋船长的梦,所以老师毫无顾忌地问同学们。

"老师,我是从上海来的,我想到中国远洋公司工作。"我不假思索地说。老师听了之后非常高兴:"那好呀,顺便问一下,你有女朋友了吗?有位老师的女儿很漂亮,高中毕业后在小学做老师,她非常喜欢勇敢的海员,希望在航海系同学中找一位男朋友。"

我听了老师话后,脸突然变得通红,不知道该如何回答这位月老的善意:"老师,非常感谢您的介绍,不好意思,我在农村已经有女朋友了。"老师说:"没关系,我是随便问问的。"

我明白了,为什么临近毕业的几天,老师们的活跃度突然增大了。

还真有同学在"月老"的撮合下成了老师的女婿。

正好浦东改革开放前夕,浦西民众都在调侃和讥笑,"宁要浦西一张床,不要浦东一间房"。上海政府下定决心在浦东开发房源,让居室逼仄的上海人到浦东乡下去改善住房。

我们生产队碰到国家征收农田建居住房的机会,而女朋友所在的生产队还没有轮到征收撤队的机会。此刻,只要办理了结婚证,将女朋友户口本迁入我家,她就可以名正言顺当上征地工,进入工厂务工了,可以一改过去脸朝土地背朝天的务农生活。邻居们对成为城镇居民户口都兴奋异常。

学校学生处通知,有女朋友的毕业班学生,离校前可以在学生处开具结婚证明。我获得信息后,马上写信告诉了已经等待四年的女朋友,女朋友也马上回信同意开具结婚证明。我们都是农民,时代改变了我们的身份,我们成了工人阶级了,我成为了骄傲的国际远洋海员。我记得那是1981年的年底,我即将跨出人生奋斗的第一步。

在离开学院时,我站在凌水桥上看着校园,在心中默默地念叨:"感谢母校的四年培养,我在远洋船上不做到船长,绝不返回校园!"

就这样,我离开学院时,兜里揣了大学毕业证书和结婚证明,乘上海运局的客船"长山"轮回家了。巧的是我第一次也是乘"长山"轮去大连海运学院上学的。更巧的是这艘船是我父亲亲自参与建造的,在甲板上还有父亲焊的焊缝。

1982年1月的春天对于我来说是人生旅途上的重要转折,我进入了中国远洋公司报到,到公司供应站领了工作服、海员制服和大檐帽。帽徽上面有五颗红五角星和金灿灿的大锚,还有极富海员特征的纹样。我拿到了第一份月薪48元。公司领导讲上船还有水陆差补贴,户籍可以迁到公司集体户口也可以迁到自己家里

海员心中的家

的户口本上。我到大连读了四年书回家后，我摇身一变成为上海市区户口，无论迁到哪里都享受了城镇居民的待遇。

我在上船之前和家主婆拍了穿海员制服结婚照，成家立业了。家庭的角色改变了，我将女朋友的身份改变成了妻子，然后就用上海浦东话很亲昵地叫她"家主婆"。

我上平安城轮当实习生了。8个月后，当我从日本返航时正好小女满月了。我兴奋地抱起了女儿。女儿"哇"一声，哭声如同海鸟迎着旭日嘹亮啼叫。这不就是我在海洋见到的拂晓中飞翔的海鸥吗！于是，我给小女起了富有航海元素的名字"晓鸥"。

家主婆对我说了生产的过程。她上午还在市区的工厂上班，回家后在半夜忽然肚子痛了，羊水也流出来了，她连忙叫起了婆婆帮忙，我的弟弟们获知嫂子要生产了，马上到生产队借了铁杆劳动车放了躺椅。阿弟们拉了铁杆车急匆匆地赶到了卫生院。当赤脚医生的阿姐进入产房，与产科医生一起接生。还好是顺产，母女平安。

家主婆跟我唠叨："人家女人生产老公都在身边，我只能一个人承受痛苦。以后家里条件改善后，你还是回来到陆地上工作吧。"

我点点头："好吧，为了家庭，为了自己的专业，我得在船上继续干几年，条件成熟了，我会慎重考虑的，但我也得实现当船长回母校的目标啊。"

家主婆默默地点头。我十分感谢阿姐、阿弟们对家主婆一直无微不至地关照，也感恩父母在我离家后对家主婆的照顾。

我迷迷糊糊地听到列车播音员的声音："各位旅客，上海站马上就要到了！"我向列车外的春光中看去，熟悉的田野布满油绿的麦子，杨柳在江南水

 一位上海船长的老照片

乡的河畔随着列车风驰电掣刮起的风轻轻荡漾。我兴奋地站了起来:"十个月了,我终于能回家了,不知道我在船上写的家信,她收到吗?"

我用船上木匠做的木扁担,吭哧、吭哧地将船上发的食品挑出了火车站,然后倒了几辆公共汽车到了江边码头,过了黄浦江后,我终于到家了。

家主婆推开了腰门,抱了小女迎了上来:"女儿,爸爸回家了。"我连忙撂下扁担,激动地接手将女儿抱在怀里。女儿看着家主婆惊恐地哭了,她把小手伸向她妈妈。

过了几天后,我收到了自己在东南亚马六甲港寄出的信。怪不得家主婆说:"你怎么这么懒,连写封信报个平安的时间都没有吗?"

我拆开了自己的信,递给家主婆:"你看这是我在两个月前给你写的信!"

第一次工休,我才感觉到家是多么的温暖啊。我开始了在家做"马大嫂"①,享受天伦之乐的家庭生活。渐渐地,女儿也咧开了小嘴、张开了小手让我抱了。

一个月后,公司开始接收德国造的二手1100箱位的集装箱船。那天,我抱着小女在弄堂口遛娃。突然,一阵幸福牌摩托车声响传入耳膜。摩托车上的邮差跳了下来:"衣羊!有你的电报!"我跑过去:"我就是!"我拆开电报:"请你马上到公司人事调配二组报到,准备上船!"我知道这是公司发来的上船电报。

"离中国远洋公司这么近,还发电报通知?"附近邻居听到稀有的摩托车声,都齐聚过来:"衣羊,你又要上船出国了?"

是的,我又要上公司新买的旧船了,这是一艘比较先进的集装箱船。

邻居们拍着汇聚过来的小孩说:"好好学习,像隔壁爷叔和衣羊一样,去读海运学院,当周游世界的国际海员!"孩子们都看着我,似乎想知道我开的远洋轮是什么样子的。

三天后,我提着行李,回头抱了有点疑惑表情的小女,向眼睛红红的家主婆招招手,又恋恋不舍地放下行李,将伸手要抱的小女抱在怀里:"爸爸会尽早回家的。"然后,头也不回上船去了。

---

① 上海方言,即上海话"买汰烧"的发音,即"买洗烧"。

我的师傅张启令船长

我背起了行李，头也不回地告别了妻女，男子汉坚强的面容上同样也是一双红红的眼睛。我从平安城轮下船到邮电局的摩托车邮差来电报为止，仅仅在家休息一个月零八天。我恋恋不舍家庭，但听到公司召唤，又义无反顾背起行囊，从上海北站去往天津塘沽新港上船。

上海北站候车厅中显得空间狭小、老旧，已经不适应经济剧烈变化的上海。九月"秋老虎"的余威把北站旅客烘烤出浓烈的汗酸臭，我觉得空气中的

氧气都快被旅客吸尽了。我拿着一张纸板票上了绿皮车，找到了座位，把行李搁在头顶行李架上后安顿下来。

列车起动了，这时才感觉一阵凉风拂面而来，我心静了下来。

接电报后我到公司调配科报到，正好碰到海员兄弟们的发薪日。熙熙攘攘人群中，我见到了平安城轮同船的海员兄弟。听一位水手洋洋得意地说，他要乘飞机到德国不来梅接新造的1234标准箱位的"河"字号集装箱船。我非常羡慕水手乘飞机到国外接船。我说我即将上滦河轮集装箱船。这位水手嗤之以鼻："额，虽然是集装箱船，可那是一艘二手船！我们去接的是崭新的、最先进的集装箱船。"

调配员告诉我本次上船做驾助，我点点头表示知晓了。调配员说近来公司正在接新船，驾驶员有点吃紧，希望你好好学习航海知识，累积航海经验，争取早日提升三副。

火车奔跑了22小时后到了塘沽站。天津中国远洋公司人事调配科派车将我拉到了新港海关通关。海关通道边上从船上刚下来工休的海员，把行李上捆绑的"海关结"打开，对照免税簿实施严格检查。所谓的"海关结"是海员发明的捆绑啤酒纸板箱绳结，只要抽出绳头就可以非常方便地将海关人员需要查验的纸板箱打开，检查后很快就能重新快捷捆绑好的绳结打法。

环境激发了智慧，这是海员专门应对海关官员检查的快速绳结。水手发明的水手结中，唯有中国海员发明了外国水手想不到的"海关结"。

等下船工休海员检查完毕放行后，我递上免税簿交给海关盖章后放行出关。

集装箱泊位在新港最里面，仅有的两座桥吊是上海港机厂出品的。桥吊下面一艘墨绿色的集装箱船停在泊位上，烟囱两侧的三条黄色水纹线上镶嵌了一颗红五星远洋船标志，非常显眼，可以很远就知道这是中国远洋公司的船舶。船首两舷显赫写着"LUANHE"，但没有中文。在我的工休簿上写的中文船名叫滦河。

舷梯口上一群水手在水手长带领下正在除锈打油漆。"看，实习生衣羊来了,哦,不,是驾助上船了。"原来是平安城轮上的水手长宛宪荣!他下船休息没多久就乘飞机到西欧接船去了。从船长那里他早就知道来顶驾助岗位的是我。我刚从车内出来,他就认出来了。

水手长匆匆地奔下舷梯,从我手里接过行李引领进入生活区。人高马大的我低头跨过水密门时,额角头还是碰到天花板(水密门上部门挡),我摸摸额角头:"这门怎么还咬人啊?"水手长看到后说:"在平安城轮就告诉你船上行走规矩,怎么又忘了?这船上都是冰冷的铁块,碰到了就是变成你的肿块了!"我咧嘴憨笑:"回到家里就忘了,现在刚一上船就给我一个下马威了,今后一定注意行走安全。"

滦河轮船长叫张启令,他正在舱室内跟政委交谈船上工作事宜,看到水手长带着我站在门口马上招呼:"是驾助上船了?进来,进来!"我看到个子并不高的船长和政委站了起来,走过来和蔼可亲地伸出手握住我的手:"终于来了一位大学生驾助了,我向公司调配科申请驾助的时候就要求有学历的驾助来填补空位。你看现在公司新船不断地进来,我们需要年轻人来接班啊。"他乐呵呵地看着政委。

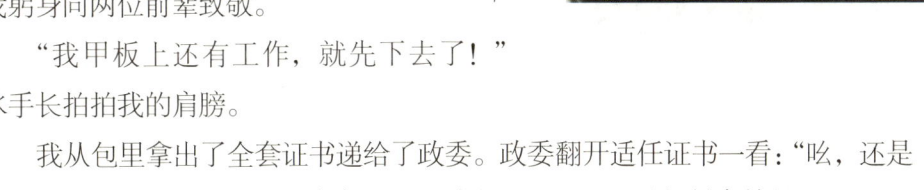

政委接着船长的话:"欢迎大学生上船!"

"我向张船长、政委报到,你们好!"我躬身向两位前辈致敬。

"我甲板上还有工作,就先下去了!"水手长拍拍我的肩膀。

我从包里拿出了全套证书递给了政委。政委翻开适任证书一看:"呀,还是二副证书呢!好吧,我就给事务长登记造册'Crew List(船员名单)'。"

船长叫大台服务员冲了一杯咖啡,热气腾腾的咖啡飘出了香气。船长招呼

一位上海船长的老照片

我坐下,把驾助工作岗位详细地介绍给我。

从欧洲接船回来的滦河轮在天津新港满载1000多个集装箱又解缆起航去往欧洲了。

我在天津上船之后终于以驾助的职务名正言顺站在碉堡似狭窄的滦河轮驾驶台。

在驾驶台,张船长对我说:"驾助,在实习时你到驾驶台知晓驾驶员的职责吗?"

我跟船长说:"在平安城我没有机会上驾驶台体验船舶离泊。现在到滦河驾驶台我倍感兴奋,我终于可以从驾助起步了,看船长操纵指挥离泊了。"

船长笑了:"一张白纸啊!对,可以绘一幅好画。好的,没有关系,从头学吧。现在离泊,你先站在三副边上学习如何听从船长、引航员的指令摇车钟,控制主机前进、后退。记住有引航员在船的狭水道航行时,作为驾驶员,你的责任就是要协助船长、驾驶员瞭望并对一水(舵工)实施监舵。"

1983年7月起,中国远洋公司开始经营自天津、上海港始发开往西、北欧各国港口的全集装箱定期班轮运输。由辽河"唐河""沙河""潍河""滦河""沱河"等六艘船运营,两个港口每月一班。每月9—12日在天津新港装货,15—19日在上海港装货,沿途挂靠中国香港、新加坡、英国伦敦、比利时安特卫普、德国汉堡,然后再按原路返回。

我们习惯上将其称为"钟摆航线",也就是航线来回都是像钟摆一样荡过来荡过去。

我浏览了一遍驾驶台四周,导航仪器、雷达都是集中安装在中间的控制台上,在当年也算得上一艘设计理念新颖的船舶驾驶台。在控制台前有两把航空椅。据说右边是船长的座

位,左边是舵手的座位。让我纳闷的是驾驶台上没有常规的舵轮。我偷偷地询问三副:"三副,我们船上的舵轮在哪里啊?"

三副笑了笑:"我们船上没有舵轮。"

"什么?船上没有舵轮!"我感到奇怪,这滦河轮未免太先进了吧。

三副说:"哼,少见多怪!先进?我们的车钟是二极管灯显示数据的。驾驶台摇'前进一',机舱轮机员也会见到同驾驶台一样的车钟显示,不像过去轮机员要看车钟,手动操纵调速器,改变主机转速,现在油门自动达到规定的转速,没有了轮机员操纵迟钝和船长、驾驶员急刹式人的后顾之忧了。现在轮机员只要监督自动装置动作就行了,我们轮机员首先步入船舶自动化操纵了。"

三副继续得意地说"今后船舶都是自动化了,驾驶台上无须做成当年甲午战争时,邓世昌管带在北洋水师'致远'号军舰驾驶台上操纵硕大无比的舵轮了。你看当年的水手操舵是多么典型的动作啊!头上辫子一甩,用牙咬住大辫子末梢,双手握紧舵柄狠狠地盘转起来,数小时操舵完毕就满身大汗了。现在舵轮也跟车钟一样,彻底改变操控方式了。你看我们船上的一水多轻松,坐在航空椅上轻轻松松,用手指头拨弄操纵手柄就能让巨轮乖乖地转向了。"

船长在边上听了三副的解释满意地点点头:"驾助,好好向三副学习,你一定能够成为本轮下一个三副的。"我听了船长和蔼可亲的话,更加坚定了学好航海技术的信心。

船在渤海里航行了,船长把指挥权限交给了三副:"前面海域已经开阔,我下驾驶台发开航报和ETA(预计抵下一港时间)报文,请保持正规瞭望、对来往大小船只早让、宽让、清让,特别是小渔船更要远离,避免引起麻烦。有事情马上叫我!"

船长根据船舶上的具体情况,调整了初次上船跟班大副的安排,让我与三副一起值航行瞭望班,这样我在三副班内可以尽可能多地得到船长的指教。

我在平安城轮航行时偷偷上驾驶台,向驾驶员偷学驾驶技术。当年船舶海上航行还没有规则规定高频电话值守避碰要求,平安城轮上的VHF(无线电甚高频电话)是关闭的。驾驶员看见本公司船舶才打开VHF互相通话,但是对

方并不一定会开 VHF 守听。没有办法,只能拿出信号旗向对方乱挥,以便引起姐妹船注意后再开 VHF。那么再远一点超出视距范围怎么办呢?只能在普通雷达上观察和分析来船是否对本船有碰撞危险。

当我上了滦河轮后,船长接到港监通知,要求航行中的船舶必须常开 VHF 电话,以保持海上航行通信。从此以后,船上的 VHF 高频电话成了船长、驾驶员的瞭望手段了。

两天后,滦河轮在东南沿海、台湾北部航行了。

人的瞳孔具有亮光下缩小以减少进光量,黑暗中放大以增加进光量的生理功能。为了夜航值班需要,人眼必须变成"猫眼",以适应黑夜环境。"猫眼"需要两三分钟左右的适应时间,所以瞭望值班纪律规定驾驶员和舵工必须提前 15 分钟上驾驶台,以便人眼变成"猫眼"。值班时能看清海面的环境后才能与前面驾驶员交接班,否则前面驾驶员是会拒绝交班的。

滦河轮一路乘风破浪向香港驶去。此时,东南沿海东北风 5 级,海面呈现小小的开花浪,还因为冷热空气的交换,海面出现了薄撩撩的轻雾。海面视线不好,三副把一台三厘米波段的雷达打开横扫海面,雷达射线管荧屏上显示大片的大小不一的亮点。

三副在雷达屏幕上判断大亮点就是商船,小亮点是渔船和小船。三副在雷达上看到对遇船航线有点交叉,就用常开的 VHF 协调避让,海上避碰有条不紊地按规矩操作。

正当大家因为瞭望枯燥而在驾驶台笃头笃脑、眼皮瞌睡时,我突然发现左前方一艘商业帆船正在从左边穿越船首。夜间感觉帆船距离太近,我声音颤抖地大叫一声:"三副左前方……"

三副头皮一紧,瞌睡被紧张消除了。他思路还是清晰的,马上跳起来向坐在操舵航空椅上的一水(舵工)大叫:"手操舵!"接着下令"右满舵"。

然后,再拿起望远镜观看船首附近的情况。

高速航行船舶舵效很好,只见船舶开始向转向侧的右舷大幅度倾斜,随后又向左侧恒定倾斜了。驾驶台窗台上的茶杯摔在地板上,"啪嗒"一声,杯把骨折了。

顾不了这么多，我马上跑到左舷，但见帆船帆樯几乎要刮到左舷了，帆船上的船民都吓得大声惊呼。帆船飘向船尾，我们成功避让了。

三副有惊无险的操作避免了与帆船碰撞的危险。如果撞上帆船的话，我与三副可能要有重大处分了，也就不能在航海领域有今天的建树了，教训深刻啊。

船舶突然大幅度摇摆惊动了船长，船长急忙噌地奔到驾驶台："风平浪静的，为什么会突然船舶倾斜？是不是碰到紧急避让？"

三副支支吾吾地回答刚才有艘小船距离较近，我用舵较大。

富有航海经验的船长讲得没错，他立即严肃地在驾驶台现炒现卖起来："保持正规瞭望，绝对要目视前方，驾驶船舶不是玩碰碰车！"他问明情况后马上下令左舵10，掉头追踪这艘帆船，到了帆船的尾后，看到她还在正常航行才放下心来，然后再恢复到原来的去往香港的航线上，船长仍然观察帆船，直到消失在视线中才叮嘱三副几句下驾驶台了。

这么一来一去花费了一个多小时。

事后，我们都受到船长严肃批评，并在安全会议进行避碰培训，要求驾驶员做到谨慎瞭望，及早避让。特别是在夜间雷达保持常开，借助雷达瞭望。船长说雷达是导航仪器，不允许驾驶员使用雷达瞭望的习惯已经变成历史了，除了雷达瞭望外，希望驾驶员在航行时还得保持正规视觉瞭望辅以VHF电话听觉瞭望，以弥补雷达在各种海上环境下对木质小船反射电波弱的缺陷。

从此，我和三副在驾驶台值班时变得非常严肃了。三副、一水和我在驾驶台都是干瞪眼瞭望，四小时值班下来累得就是想睡觉，似乎航行值班像古代少林寺僧人一样，面壁练功，连讲话的功能都颓废了，我才深深体会到航海生活的确是枯燥的。

船长每次上驾驶台都觉得气氛死气沉沉的："是不是那次瞭望发生偏差后都消沉了？我没批评你们在驾驶台不准讲话，而是保持高度警惕，再憋下去你们都得忧郁出心理毛病了。"

 一位上海船长的老照片

"哎,请解答一个问答题,你们发现没有,世界上的高速公路为什么都不是笔直的?"船长突然出了一道题目要求三副和我回答。

三副摇头,一水摇头,我也使劲摇头地说:"如果公路弯曲,那肯定要多走路了。我猜前方有障碍物,建设公路时不得不拐弯抹角了。"

船长还是摇头:"不是,为了让公路上开车的驾驶员集中注意力。"

我们点点头,但是想不通笔直大道会产生精神疲惫。

船长看着我们:"不懂了吧,我告诉你们这叫'驾驶空闲疲劳',引起疲劳的原因就是道路笔直。为了消除'驾驶空闲疲劳',所有道路设计工程师都会把高速公路建造得弯弯曲曲,以减少高速公路上的车祸。但除了航海上大圆航线,哦,大圆航线微分后也是恒向线,我们航海上就不可能把航线画弯曲的。怎么办?驾驶员保持正规瞭望时,很有必要在驾驶台吹牛皮!对!就是吹牛皮!吹牛皮可以缓解驾驶人员的值班疲劳!驾驶员、水手在驾驶台吹牛皮还是一门船艺!要看你们驾驶员如何正确吹牛皮了。"

"啊,吹牛皮还是一门船艺?"我惊讶地张开嘴巴。

"对,是船艺!可是海运学院的老师不会教你们边吹牛皮边瞭望,因为他们从来没有上过船,黑板上驾驶船舶绝对没有'驾驶空闲疲劳'的认知和内在发生原因。我告诉你们边保持正规瞭望,边吹牛是有程序的!两者不能颠倒顺序。"船长也开始吹牛皮了。

"其实道理很简单,驾驶员开车,方向盘一直不变化,长时间不动方向盘,就会产生精神疲惫,反应迟钝了。所以高速公路没有一条是笔直的,道路弯曲可以让驾驶员在高速道路上一直保持高度紧张的操作状态,谨慎驾驶,这就是高速道路的弯道原理!但是在放洋航行中,一个航向或许数天不变。驾驶员就会在大洋上没有可引起注意的心理因素,瞭望思维发散而不能集中精力,从而产生'空闲疲劳'。"

我弱弱地询问船长:"那么,在远洋船上如何吹牛皮呢?"

"当然,牛皮不能吹得野豁豁,不能转身面对面聊天,也不能背对瞭望玻璃窗,也不能吹得忘乎所以、得意忘形。看这不是一门船艺吗?"

我的师傅张启令船长

船长笑笑，其实吹牛皮聊天应该在海面渔船少、海上交通流不密集的海区、洋区，或者航线附近没有碍航物、狭水道等海区。反之，渔船、海上船舶多的时候，驾驶员肯定会精神紧张而注意力集中，也就是无形中形成了"弯道驾驶"概念了。在宽阔的海域，吹牛的时候，面部应该朝向瞭望玻璃窗，至少眼睛盯在正横前方视觉范围内，还要耳听八方，注意正横后方的海面情况。特别是在夜晚漆黑的驾驶台上值班，吹牛皮是消除打瞌睡的一方良药。做不到就是吹牛皮功夫不到位，也不是一位合格的船舶驾驶员，船长也会禁止你们吹牛皮。学好这门船艺可以享用一辈子！好了，我告诉你们这就是航海心理学！

哈哈，船长这牛皮吹得让我们受益匪浅啊！船长还说："记住！不会在驾驶台吹牛皮的驾驶员，就不会成为一名出色的远洋船长！"

从此，在我当驾驶员的航海生涯中就因为经常吹牛皮而写文章，牛皮至今吹不完。这也奠定了我做船长之后，用师傅吹牛皮的哲理方式来管理船舶的基础。

滦河轮从欧洲返回后，三副工休离船了，船长请示公司人事部门，由我接任三副岗位。后来滦河轮跑美东航线，要通过巴拿马运河。当船舶在太平洋一侧抛锚后，运河当局人员上船进行设备安全检查。

新买的旧船主机毛病还是挺多的，机舱空压机存在不足以启动主机的压力的缺陷。张船长在船舶抛锚后，立即要求轮机长及时抢修，确保满足连续启动十二次要求。

果不出所料，检查人员上来就是专项检查空压机启动压力。张船长防患于未然的处理使得船舶安然度过危机，安全通过运河。

他随后积极向公司安技部门申请备件，要彻底解决空压机问题。

张船长告诉我做船长一定要有处理问题的预案。做驾驶员还要养成谨慎瞭望的习惯，一定要做到眼观前方、耳听八方，把航海设定在危险的环境中，才能预防海上事故的发生。

美国远航满载归来，在珠江舢板洲附近锚地抛锚。正好在二副班上，张船长命令崇明刘大副和我一起到船头抛锚。张船长对大副说："把对讲机交给三副指挥，你在边上监督。"

"三副现在马上备左锚，离开水面2米！这里的水深是20米，地质为泥底。"

"三副明白！备左锚，离开水面2米！"

此刻，张船长迎流驶向标注好的锚地，我在船头看到船尾向左漂移了，再一看后面的烟囱中冒出一团黑烟，船体剧烈地抖动起来。大副说船长开倒车了，你可以提醒木匠就位了。

船首在倒车横向力的影响下开始右转了。大副侧头看着倒车的水花已经到了船中位置了，告诉我注意对讲机声音。大副刚说完，船长从对讲机中传出来："三副，抛左锚一节落水！"

我在船首对着木匠大喊一声："抛左锚一节落水！"锚机发出轰隆隆的声音伴随着一股黄色的铁锈粉尘飞扬到天空，向着下风方向飘去。木匠手握船钟把手，一记清脆的钟声悠扬地传向驾驶台，水手长在船首桅杆上升起了一个黑色的锚球。

"请告锚链方向！"张船长传令过来。

"锚链十点钟！"我伏在舷墙上向张船长汇报。

"OK，请缓慢刹车松锚链至七节，保持锚链轻微受力！"

我用手势指挥木匠继续松链，发现锚链垂直了就示意停止，再向船长及时汇报锚链情况。

"三副等锚链松弛下来后告诉我，然后你们就可以回来休息了。"在张船长的指挥下，仅仅二十分钟就把左锚抛好了。我回到驾驶台，张船长就把刚才抛锚的过程给了详细分解技术细节。"记住，在一些政治家的眼里，'锚定'就是稳定大局的意思。反过来，锚和锚链是锚定船舶安全的设备，我们得好好利用。船长和驾驶员在平时也得学习锚和锚链的在水下默默无闻锚定全局的精神。"

我航海生涯上真正意义上的启蒙船长从美东返航后也离船工休了。

我依依不舍这位富有激情、技能高超、又善解人意的张船长。我不知道，

我的师傅张启令船长

以后还会有机会跟他同船吗?

滦河轮从黄埔港卸完集装箱后,回到了上海港,下航次还是执行美东航线。一位公司刚刚提升的新船长接任张船长。

我眼中的张启令船长

张启令船长是大连海运学院毕业,宁波人,四方脸,两眼炯炯有神,一身正气,不会拍上级马屁,人品端正,航海技术娴熟,不吸烟不喝酒,早晨起来一杯咖啡。船上设有烟酒库,有船长专用的招待烟酒,但他绝不染指招待品。他的办公室和房间都收拾得干干净净,没有一丝烟酒味。

船停在国内港口,码头指导员后面跟着十来个工人坐在大台中,逗留很长时间就是不走,张船长知道来人的目的:"对不起,我要办公了。来,给你五包烟,舱室内不许抽烟。"国内港口不少办事人员都感觉张船长不近人情。但正是张船长这种特殊处事方式,使整体船舶保持了廉洁、清明严正的风气。

我与张船长同船,在他手下工作,学到了什么叫作严谨、什么是一丝不苟,也懂得了驾驶员的责任,懂得了航海技术的精益求精对船舶安全的重要性。他教导驾驶员们不要混日子,要把精力花在学习上,把追求船舶运输的安全放在首位,为航海事业贡献力量。

如今,张船长已经80多

一位上海船长的老照片

岁高龄了,依旧精神矍铄,两眼炯炯有神,敏捷的思路不减当年。想起一件事即话题展开,滔滔不绝,其语速之快捷,手脚之活络,实在叫人欣慰!

张启令老船长是交通运输部任命的高级船长,也是国务院科技干部局任命的高级工程师,享受教授、研究员级别待遇。

无论如何,作为老一辈船长,他为国家的航海事业作出了巨大贡献,是我们的国家宝贵财富,向后辈年轻海员传承吴淞商船学校的精神风采,实现祖国强海梦!

谁有权第一个登上入境船舶?

滦河轮又驶向太平洋去往美西港口了。

夜间,三副在驾驶台又跟我和水手吹牛皮了,不过经过张船长画龙点睛般的指点,大家都知道了吹牛皮的注意事项,把眼睛盯在前面,嘴巴才能滔滔不绝地吹牛皮。三副还一个劲儿说客套话:"以下吹牛皮的故事,如有谬误,请不必当真。"

他说在北方某港口碰到一件非常纳闷的事儿。

那天晚上船舶靠上了北方某港。船是从国外驶入国内的,首靠国内港口,属于入境船舶。由此需要国家执法部门上船办理复杂的入境手续。代表国家主权的海事、边防出入境管理、动植物检疫、海关等公务员们为了早点完成入境手续,他们都提早候在码头,聚集在舷梯口附近。

也许是代理没有协调好,也许各管理部门都是新晋的年轻人,比较血气方刚,对自己的管辖范围都自居高傲,谁也不买谁的账。

舷梯安全放下后,各部门年轻人都争先恐后地爬上梯子,其主要争论焦点是谁先上去。

海关年轻人:"你怎么搞的,为了防止走私我得先上!"

检疫年轻人:"你知道吗?谁先有权力上入境船舶的梯子?为了防止传播疾

病，我先得检疫后，你们才能够上船！"

边防年轻人："为了维持保安要求和防止非法入境，边防先上！"

海事年轻人："船舶靠泊码头第一重要就是安全，因此我们海事应该先上！"

看来，大家都有先上去的理由。应该说根据法律规定执法部门人员都有谁先上去的常识，可是偏偏发生了法律、权力和常识冲突问题。

不是三副无中生有，现实中我也曾经碰到过，我觉得这是航海业务上的简单问题。

过去没有电报检疫时，根据中华人民共和国原交通部的要求，船舶入境检查都是由海事局（过去叫港监）牵头协调边防、海关和检疫人员一起登船检查的，航海上称为出入境联合检查。

现在，检疫都是通过检疫部门发放卫生证书实行了电报联检。外国船没持有中国检疫部门签发的卫生证书还得进行联合检查（简称"联检"）。

当一艘船舶（不论是外国船还是国内船）从境外开进国内港口前，代理就会通知各个执法部门的人员安排联检。由于特殊条件限制，船舶进入国内水域后不可能在开阔的水域就由相关人员登船办理出入境手续，因此国家制定了法律，规定只有行使国家主权的引航员可以第一个登上出入境船舶。再也没有第二个人能够享有特权首先登船。这也是国内外航运界的惯例，每一个国家都是这样行使引航权以凸显国家尊严。

"三副，我懂了！在前一艘平安城轮上，大副说过这个话题。只有引航员才能第一个上船，在开航后，也是引航员最后一个下船。"我点头表示理解引航员先上晚下的道理。

"说的就是这点！但你还不懂。"三副有点忘乎其形。

当船舶进入内水海域，如长江吴淞口锚地、港口泊位，联检人员能够有条件登船了才由代理派车、派交通艇上船执行联检任务。

在登船的细微小节上大家都心照不宣让出通道，请其中一位联检人员登船实施检查后方能让其他人员再登船检查各自的手续。这位人员是何许人也？你

谁有权第一个登上入境船舶？

猜呢？

实际上这些执法部门的工作对国家安全都是非常重要的。这就要从普遍意义上对船舶入境后产生的影响和后果的重要性去考虑。

海关行使了对入境货物控制的职能，以防走私和违禁物品流入中国，扰乱国内市场。重要！

海事就像交通警察一样，必须检查船舶的安全状况并了解其安全可靠性，判断是否会给港口带来交通安全隐患和港口污染问题。重要！

边防检查出入境人员身份，筛选入境人员是否合法入境，核查入境人员是否属于国际刑警组织通缉的人员或恐怖分子，以保护国家安全。重要！

那么检疫呢？这事关入境港口人员的防疫问题，还有港口当地市民的卫生防疫问题，当然还有港口的一切生物的防疫问题，更为重要！因为有一些船舶来自境外的疾病疫区，有携带疫病的风险，疫病会传染给人和动物。

来自境外的植物如果被携带入境，极有可能会对本地植物造成危害。假如船舶储藏的水果蔬菜携带病菌、害虫肯定也会对当地农作物造成一定的影响。

船上携带的植物种子，带籽的蔬菜、水果都是被管控的，在未经检疫人员同意前和未出境前是要被铅封的，假如发现海员擅自动了铅封，那么将面临巨额罚款。如果造成严重后果，还会有牢狱之灾。

过去的经验教训还历历在目，一枝黄花、水葫芦等外来入侵的生物造成了一发不可收的疯狂蔓延，给当地生态环境带来极为恶劣的影响。上海黄浦江遭受水葫芦的侵害，每年都要投入巨资去治理水葫芦。

来自疫区的牛羊猪肉也是被严格控制的食物。因为没有经过检疫消毒就有可能将病菌、病毒传染给当地的牲畜，那么一场灾难就会降临到本地的牲畜头上了。

还有一些危害当地的鱼类也不容许入境，例如亚马孙河流域的食人鱼就被禁止入境。

再以人类生存环境举例，假如船舶来自某国霍乱疫区，那么此船就会被严密控制。人员不能上下船，船舶还得进行扑灭疫病的消毒措施。严重的还会被

一位上海船长的老照片

检疫部门拒绝卸货,更严重的还会被依法驱逐出境。

看来联检最为重要的就是检疫了,检疫人员把守着检疫这一关卡,以确保国内人类、动物、植物的健康。这一关对国家而言才是最为重要与关键的。

这样应该明白了联检工作人员谁应先登船了吧?

当年轻的海关、海事和边防人员明白此道理后,他们还会以自己的身体健康为代价去争执谁先登船的权利吗?

所以,在联检中都是检疫人员代表国家首先登船行使主权进行检疫。

三副喝了一口茶,为自己完美无缺地吹牛皮而洋洋自得!

我突然来劲了:"三副,前面有船队驶过来!"

三副听了之后,马上命令舵工:"手操舵!"

我躲在黑暗中掩口暗笑。

12 太平洋航行

这是我在航行中用船上照相机摆拍的照片，装了135毫米黑白胶卷。这张照片让我回忆起执行美东航次过程中曲折的航海故事。打开了我深藏于脑海中的那段滦河轮上的大洋航行记忆。

滦河轮回到广州黄埔港后，又回到上海港，再一次执行美东航线。海员在定海桥江心浮筒上惬意地休整了一个多星期。

每天定海桥市轮渡公司经营的交通艇上非常热闹，本公司不同船上但互相认识的海员兴致勃勃互相交流他们的航线和海外趣闻。交通艇每隔一小时一个

065

来回。家属也乘此机会上船与夫君共享"乐口福"般甜蜜的天伦之乐。但最近"家属不能在船过夜"的规定也让家属们很无奈。海员只能早上带着妻孩乘交通艇上班,晚上再带妻孩下班回家,开始了短暂而特殊的上下班。

这般难得江心浮筒上的海员的快乐生活充分体现了"船舶是我家,爱船如爱家"理念和中国远洋公司对海员和家属的关爱。

停顿一星期后,海员工作情绪积极高涨,注意力高度集中,一改在航行过程的粗鲁话语,说话也和蔼可亲了。家属到船后,让海员语言美了。

好日子很快过去了。一个星期后溧河轮移泊到了军工路集装箱码头装货了。一段美好的海员和家属、孩子共同上下班的日子结束了。

张船长在航海日志重大记事栏中签上"双方交接清楚"后,就与我们在舷梯口一一道别。

新船长处事风格完全不同于张船长。作为刚接班的三副,我主动适应新船长的个性要求。

我发现新船长在驾驶台忙忙碌碌地翻阅英文《海图索引手册》,在海图抽屉中抽出了一大捆海图,然后将海图搬进船长舱室,舱门紧闭。他交代值班驾驶员:"请二副专心在甲板上值码头装卸货班。没有紧急的事情不要打扰我,我在舱室内绘制下航次美东航线。"

于是,从他上船开始到开航,船长的人影就被海图粘在船长舱室里了。他没有上甲板巡视,也不出现在餐厅里,午餐也是让服务员送到舱室里。

这服务员也乐得为船长服务,还振振有词地对海员弟兄们说:"我为什么要为你水手服务?我为船长服务是职责,是我应该做的。如果你是船长,我也会给您端碗端汤到房间的。"

可是,前任张船长在船上时,他从来没有这样做过。甚至张船长在驾驶台与引航员在狭水道进出港,需要把饭菜送上驾驶台时,服务员还抱怨说:"这老家伙,又要我送餐到驾驶台了!"我真的不清楚和蔼可亲的老船长在什么地方得罪了他。

海员弟兄们还真的没有见到这位新船长"庐山真面目"。船长没怎么露过

太平洋航行

面,仅仅到了下班时间才拿了公文包乘交通艇回家,脸上闪烁着阴晴不定的笑容,也从来不与海员兄弟们打招呼。

开航前两小时,船长把驾驶员全部叫到驾驶台,把绘制好航线的海图拿出来开了航前会。船长拿出藏在口袋中的记事本,将航线注意事项分成"十三点",向驾驶员宣读。最后汇总了航前会的重点,然后一句经典话语:"航线千万条,安全第一条,希望驾驶员记住十三点!"

船舶在日本神户加载集装箱后就开始放洋航行,先去往美国西岸的长滩港。

刚刚当上三副,我站在驾驶台放洋航行值班,来往商船几乎不见踪影。滦河轮在太平洋上孤单地航行,只有海豚、鲨鱼和鲸鱼相随,还有不畏惧海浪的海鸟在天空中翱翔。

我的远航心情并没有受到毫无边际的太平洋所影响,别人说太平洋好过,船上的相思日子难过。海员离开家庭总是被莫名的生理之火,把脾气燃烧火爆。寂寞枯燥其实是表象,而实质就是人人都有的两性欲求,想象中只要船上来一个女性,那么整个船上的氛围就会完全变了。

我原本也有这样的心理情绪,但我的烦躁情绪渐渐地被站在驾驶台当三副的自傲所替代了,在别人看来,我时常表现出傻乎乎的样子,但我内心深处充盈着为自己能够积累船舶操纵技能的兴奋之情。

那寂寞、枯燥、孤独和郁闷的心情早已被大自然海上旖旎风光吸收殆尽。整个大洋犹如野生动物园,但人类和海生动物位置本末倒置了,人变成"高级动物"在移动"囹圄"中观看动物世界。鲸鱼、鲨鱼和海豚蹲在船首下面的海面虎视眈眈,把人类当成它们眼中的"动物"了。海员仿佛置于的海洋公园中。

驾驶台使用美国海军卫星定位系统,简称卫导。卫导发射的是多普勒信号。海院学习时导航仪器老师告诉我,所谓的多普勒信号,就像铁轨上从远处呼啸而来的列车声波传递方式,只不过卫导上发射的多普勒音频是人听不到的超声波而已。老师说:"只有当卫星与地球水平面倾角在20度之上,船舶才能

一位上海船长的老照片

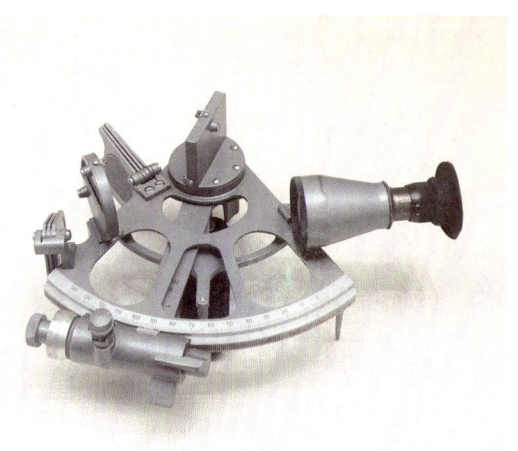

准确定船位。"

老师还说:"有时头顶卫星掠过较多时,最短15分钟会有准确船位。卫星轨道稀疏的赤道附近,最长可能4个小时才能获得船位。在洋中没有岛屿物标时,驾驶员还得拿起六分仪测天定位。"

每天10:00左右,我拿起六分仪将太阳下缘拉到极目水天线相切的位置,测太阳位置线,计算后绘制在海图上。到正午时刻,再测头顶上的太阳中天位置线。根据推算船速,我将十点钟的位置线位移到中天位置线上,两条位置线交叉的点就是中午太阳移线船位。

我将测天船位与"卫导"船位进行比较,误差在半海里内(大洋中允许测天船位误差小于2海里)。新船长上驾驶台检查我的测天簿,看到我的计算格式清清楚楚,绘制在空白海图上的船位也准确无误。他点点头,什么话也不说。我想大概严肃的船长都是这种表情吧。

每天晚上,海洋上的星空是多彩的。夏天一条数不清星星组成的银河是那么的漂亮,独一无二。在冬天我可以欣赏到"大熊斗狮子"的壮观天象。北斗星忠诚地指引着海员:"看着我,你永远不会在大洋上迷失航向!"

这与城市灯光污染隐没下的星空完全两样,海员独享了海洋上原汁原味的星空。

每天早起的大副和水手站在驾驶台上,就能看到满天星星露出了夜间"值班的疲惫",懒洋洋地眨眼。太白金星总是在这个时候,展现出战场上的大将风范,指挥一颗接一颗星星隐退,逐渐消失在东方渐渐显现的鱼肚白中。

上航次,我跟大副值班时,大副兴奋地等到晨昏蒙影,测星定位的最佳窗口时间,在短短的15分钟时间中,大副拿起事先准备好的六分仪、秒表,熟

太平洋航行

练地对着知名的星座认恒星、看着天文历查询行星的位置进行测天。他快速地记下测星数据后，再飞也似的奔跑进海图室内，对着天文钟掐停了秒表，记录下六分仪将星体拉到水天线的一瞬间的读数。

根据不同的季节和地理位置，轩辕十四、参宿四、牛郎星、织女星、北极星、天狼星、大角星等都是大副经常测天的星星。三颗最亮、位置线角度最好的星星被大副抓到了海图室后，他翻开"航海天文历"和"天体高度方位表"在测天簿上演算位置线，随后在海图上画出天文船位。大副得意地说："与卫导船位相比较，我的测天均差仅在300米范围内。"

大副得意地对我说："测天技术，你还嫩着呢，跟我相比还差好几个级别。"

"可是，几年后我也会当大副和船长的。"我开玩笑地跟大副捣糨糊。大副听后说："要是我和你一样能读海运学院该多好，我现在是凭经验航海啊。

水手询问大副："大副，船上现在已经有了卫导更精确的船位了，你为什么还要用六分仪测天定位？看你总是早晨和太阳下山之前就用索星卡找星星测天，数学运算花费很长时间，才辛辛苦苦获得两三条天体位置线。"

大副说："阿弟，这你就不懂了，这叫古典天文航海技术，它是船艺！每一位船长、驾驶员都必须熟练掌握天文航海技术。当无线电和卫导仪器一旦失电时，导航仪器都成为美好摆设了，你就回到15世纪、17世纪帆船时代了。如何在漫无天际，船被水天线大圆包围时将船驶往目的地？就靠六分仪、天文钟和秒表进行测天，再天文航海计算！好好学着点。"大副开导欲考三副证书的水手。他传授给水手的是唐僧到西天取的真经！

公司海务部门要求安装了"卫导"的船舶上，驾驶员还是要根据船舶定位要求，用六分仪测天定位。也就是让天上的太阳、月亮等较亮的恒星和行星作为定位天体。也就是说，即便现代天上有了卫星导航，也不能过分依赖，毕竟这是美国军方的"卫导"，一旦美国人关闭信号源，我们商船还能在海洋上利用最原始的航海器具定位，确保船舶安全航行在既定的航线上。

东方一道霞光喷薄而出，太阳在海洋水天线上，仿佛洗了一个海水浴，湿漉漉地露出了一点红,渐渐变成了火红的盘子,当离开水线的一瞬间,太阳一个漂亮的跳跃,升起来了。

对于看风景的海上游客来讲,他们会大呼海洋风景壮观,然后就开始赋诗作词大肆赞美大自然。

对于海员来说在顾暇美景的同时,要把天上的星星、月亮和太阳化为航海定位位置线。

大副看着太阳即将跃出水天线,又上了驾驶台顶的磁罗经甲板,打开罗经罩开始测太阳低高度方位,校对磁罗经差和电罗经差供船舶精确指向。

我是三副,由船长保驾航行值班。在太平洋放洋航行,我的心情很放松。

太平洋有洋流,船在风流的作用下会漂移出既定的航线。我突然间发现船舶正在太平洋暖流中顺流航行,比额定的航速还要快2节。

我听老水手说过15世纪漂流瓶的故事。这不是一个很好的机会吗?根据大副定的天文船位,船舶正好到了180度日期变更线附近了。

于是,我心血来潮,就在房间里拿出了一只空的啤酒瓶。随后用一张中国远洋公司的信纸,写了一段中、英文字:"我是衣羊,今天是198×年×月××日,我在'××°××'N,×××°××'E'抛下一个漂流瓶,请祝愿我能够在不远的将来成为一名中国的远洋船长。无论中国朋友,还是外国朋友,捡到漂流瓶之后,请按如下地址邮寄给我,祝您一切顺利。"

我相信漂流瓶在向东抵达美国西海岸后,可以被美国人或者墨西哥人捡到,再不就是太平洋洋流重新以赤道流向西边,抵达台湾东部或台湾海峡大陆东南海岸线后,北上长江口。

太平洋航行

可惜过了四十多年了，我还没有收到这只漂流瓶。原来，漂流瓶并不浪漫，而是15世纪以来一直是海员在大洋失事的灾难的象征！

我突然想到现代船舶下水或者从船厂交付出去时要举行一个仪式，在仪式上要请一位端庄、贤惠的知识女性敲碎香槟酒瓶，叫"掷瓶礼"。船长还把这位女性称为船舶的教母，这大概就是海员出于对航海环境的敬畏的态度。

我七想八想后回过神来，走进了海图室里。

我利用各种定位手段，发现船位在洋流中漂移出计划航线了。作为当班驾驶员，我主动调整航向，增加了风流压差，让船舶回到航线上。

可是，刚刚做了船长的新船长的航海理念却不是这样的。

新船长看见我改变了航向，马上严肃地指出："你为什么要擅自改变航向？"

"船长，对不起，我发现船舶偏离了航线，我想增加风流压差角，把船压回到航线上。"

"难道你不知道吗，任何时候没有船长的指令是不能改变航向的。虽然船舶受到洋流的影响产生漂移，但总有涨落潮，船会自然回到航线上的，无须你添加风流压差来纠正漂移的。如果受到强烈的风流影响而偏离航线很大，需要增加风流压差，你可以通知我，我会根据当时风流环境进行调整的，懂吗？"

我羞愧地点点头："船长，对不起，我现在马上纠正。"

"算了，以后注意了！"新船长拉长了脸一甩手推门走了，门在自闭装置的弹簧作用下发出了"砰"的巨大响声，我知道这是新船长发脾气的情绪外溢。

当他出驾驶台门后，我自嘲我自己："唉，什么涨落潮？这比恒定的太平洋暖流还要强吗？船舶真的会自动回到航向上？"我有点怀疑我自己的航海水文知识。

滦河轮在太平洋上的航迹，在小比例尺海图上都变成弯弯曲曲的蛇形状。可是，船舶并没有像新船长所预计那样，总是围绕计划航线飘过来、飘过去的"Z"字形。船向南漂移越来越远了，我查阅了洋流图，航行海域主要受太平洋

一位上海船长的老照片

恒流影响！并没有新船长所预测的由月亮的周期性变化，引起的潮汐流，所以潮汐流不会把船推来推去，最后回到航线上。

　　船继续在太平洋中航行，我瞭望值班中碰巧遇到了新船长绘制的转向点。我遵循船长的指令，没有对船漂移进行修正，我直接从漂移的船位上绘制了一条航线直插到下一个航向上。这也符合数学上"任意三角形两边相加大于第三边的长度"原理，在大洋上没有任何障碍物和来往船舶安全情况下，走斜线将缩短航线距离，又能返回下个计划航线上。我认为没有必要航行到设计航线转向点上再转到下一个航向上。我头脑热昏又犯浑了，擅自转向了，直插下个航向。

　　当船舶在新航向上航行了半个多小时了。船长姗姗来迟上驾驶台查看船位，看见我转向船位并没有定位在转向点上。他拉长脸颊，命令值班水手操舵掉头180度，沿尾迹再将船驶回到转向点上，再转向180度驶回到下一个航线上的转向点上。

　　这时他才缩短了脸颊，露出了笑容："三副，我知道你是新手，这次就不批评你了。不过你应该好好学习最基本的航海理论知识,你知道转向点的作用吗?转向点就是一定要到这个点上才能转向。"

我点点头又摇摇头,口头表示服从船长的转向点操作:"船长,假如我遵照你的漂过去、漂过来指令,船也不能漂到转向点啊。"

新船长傲慢地说"你可以叫我上驾驶台处理啊!"

"可是,船长,我是有了准确卫导船位后,再绘制航线,转向插到下一个航线上的。"

新船长听到我的语气仍然怀疑他的操作方式,脸又拉长了:"有你这样不服从船长指令的驾驶员吗?在船上我的指令必须服从。"

我噎住了。十年后我当船长了,却还始终弄不明白这位船长转向方法的依据。直到现在,我也没有发现航海教科书上介绍这种转向点操作方法,老师也没有讲过这样的航海船艺。我就权当这位船长正在研究航海转向操作的理论并创新航海技术吧。

13 掉头倒开船舶，调整抵港时间

我在家整理老照片时，发现了这张照片。看到这张照片上的新船长和海员弟兄们，我就想起了在滦河轮上与这位新船长同船期间的故事。

滦河轮到了美国东海岸的查尔斯顿港。船长和代理办理完了进港手续后，美国的移民局官员给我们发放了登陆证（Landing Permit）。

晚上，当地教会人员开车过来接我们到教堂办的海员俱乐部（Seaman's Center）游玩，船舶领导安排不值班，允许不是驻船安全班的海员下地踏踏地气。

掉头倒开船舶，调整抵港时间

教会人员脚踩油门一鼓作气，嗖地一下，就把我们载到了教会办的海员俱乐部。两位美国女士是教会志愿者，他们叫另外一名志愿者持相机为我们拍一张集体照。

毕业后我上了第二艘远洋船工作，在一年多时间中，碰到了三位学历、资历和管理迥异的船长。我成长过程有缘遇到这些船长们，我认真学习他们的优点，也对他们不符常理的枝节仔细观察、思考和琢磨。当然，这些思考都是善意的，以便我在他们身上学到真正有用的航海知识和船艺。他们的言行举止影响了我一辈子的航海生涯。

船长们当年横渡太平洋都选择中纬度航线，而不选择高纬度大圆航线，因为在我的耳际总飘来船长们的见解："高纬度大圆航线虽然比恒向线更近彼岸港口，但高纬度冬季是惊涛骇浪、夏季是浓雾笼罩，几个星期都在压抑的浓雾中摸索航行，犹如盲人走路很危险。我们的船舶2万吨满载排水量，经不起风浪折腾，所以最好还是避免走大圆航线。"

滦河轮新船长秉承公司老船长的经验，所以用的也是中纬度太平洋航线。滦河轮在太平洋上风平浪静地航行了17天，才抵达航次中的第一港——长滩港。

海员在放洋航行中，没有逛马路踏地气的条件，也没有外滩"情人墙"的温情脉脉；倒是常常依偎在舷墙上观看鲸鱼、海豚和鲨鱼跳跃的风景；还会在满天星星下痴痴地孤独冥想，想家里事、想老婆孩子。

很多人长途跋涉到泰山、黄山、昆仑山等，深更半夜不畏艰难险阻，冒着高山寒冷爬到山顶开阔处，只是为了一睹红日东升、夕阳西下的美景。海员却可以居住在海景舱室里透过舷窗，非常轻松地每天早晚见到流光溢彩的太阳在东边水天线边上升起、在西方水天线边落下。

太阳仿佛热情地鼓励海员们继续努力，不要停止航行，明天你就可以在水天线下拥抱太阳了，可是航船的前方永远是航行不到的水天线。

不像陆地上工人上班挤公共汽车，还得在上车前买一个大饼油条果腹，海员职业的优点是吃喝拉撒、工作都是在船上，没有上下班的概念。海员只要睁

一位上海船长的老照片

开眼睛到了餐厅,就会有热乎乎的早点随你挑,可以一边拿工资一边开着万吨巨轮"自驾游"世界。

17天的大洋航行,海员们都与人类世界完全隔离了,没有男男女女自然和谐的社会环境,船变成了"海上流动的和尚庙"。"做一天和尚撞一天钟"的枯燥每天陪伴着海员们,他们干着船上重要的、日复一日的维护保养工作。至多晚餐后在甲板上船头船尾毫无目的地兜圈子散步,几圈下来也要半个多小时,美其名曰:锻炼身体!

终于抵达美国长滩港了。

在长滩港外的分道航行航道前,船长命令驾驶员掉头180度,开了3~4小时回程后才与港口引航站联系上引航员。据新船长说,我们抵港时间比发的船舶准确抵港时间提早了8小时,所以用掉头倒开4小时,再顺航向继续开4小时的办法来调整抵港时间。

我还以为这是新船长偶尔把预抵港时间(ETA)计算错误而为之。接下来港口进港时,新船长都是用这种办法调整抵达港口的抵港时间。

有一次,船长没有考虑好潮汐流方向变化,船掉头开了一段时间,回头再向港口引航站开时遭遇了顶流,超出了预计抵达引航站的时间,让在引航站等待的引航员大为恼火。

"船长,这样调整ETA未免太浪费燃料了?我们是否可以提前告诉港方,或者我们降低速度,慢慢地淌航过去?实在不行,我们可不可以滞航?这样还可以节约燃油。"在船舶开阔洋面航行时,我没大没小地向新船长提出了疑问。

"你是船长还是我是船长?你懂什么?这是为了船舶安全!记住!我们在

掉头倒开船舶，调整抵港时间

大洋航行时都会受到航海气象、洋流的影响而不能以扣卡口时间发出ETA（预抵港时间），我们要充分考虑航行过程中意外发生所耽误的时间。在交通流密集的狭水道淌航，船舶操纵性能不良极易引起事故的。船长'口袋'里一定放足充裕的调整时间（Pocket Time），这节约燃油的事，不是我作为船长需要考虑的问题。否则，代理突然收到确报早到，那么会打乱港口装卸计划；如果比确报晚到了，除代理抱怨船长外，港口方面会依据情况给予待工赔偿的。换一句话说，就是要额外支付工人的待工工资。这样，我们船公司就会增加港口使费。所以，我们应该掉头倒开船舶，调整抵港时间……"

我点点头，觉得新船长讲得非常有道理。我继续竖起耳朵，神情专注地听着船长口若悬河地讲解如何处理早到港口的问题：

"旧社会吴淞船政商科学校出身的毕业生都坚持严谨的学风，当时培养出了很多像我师父一样的优秀船长。商校老师们运用教科书的理论和实践经验，教导航海学生采用掉头倒开调整抵港时间。这是基于当时只有罗经、六分仪的情况下，没有精确导航仪器。为了保障船舶安全，船长靠累积的航行经验控制抵达港口的时间，避免因自然环境的变化出现'迟到早退'抵港时间的误差。所以，在航海界就形成了调整ETA的海员通常做法。你、我都是海运学院出来的，学校航海老师难道不给你们讲这个道理吗？我们应该学习和继承航海前辈们的航海知识和经验。"

"我向船长你学习了很多书本上没有的知识，我敬佩航海技术精湛的老船长们所传授的实践经验。船长您的师傅是哪一位老法师啊？"我想继续听船长讲下去。

"告诉你会大吃一惊的，他就是公司的总经理，据说还会到部里去做高管呢！"

船长有点得意洋洋。他又开始滔滔不绝把刚才被我打断的话拾起来："经过大洋长时间航行，船舶在各种风流影响下接近港口了。如果天气条件不好，乌云将太阳、月亮和星星都掩盖了，长时间推算的都是毛估估船位，我们的船开到什么地方了？船长也没有底了。我们没有办法测天获取准确天文船位，若

继续全速前进,可能会开到浅滩上去了或者开错港口航道。船长此刻就得当机立断停止航行,使用测深锤测量水深,使用那时发明不久的雷达扫描,借以海图的水深等深线、陆地等高线寻找该港口的显著物标确定船位,确定港口的航道,保证船舶安全。"

"船长,过去的航海中,接近港口海岸线,不就成了瞎子摸象了吗?这样驾驶船舶太危险了。"

"呵呵,是的。所以就有了船长们最经典的一句话'航海者永远将自己放置在危险的海域环境中!'意思就是航海必须谨慎,不能马大哈!"

我连连点头,这方法的确可以啊。船长接着我的话:"船舶通过测深、雷达扫描找到了显著进口航道物标,辨明位置后,时间就显得早了。老船长们算好时间后马上操舵调转180度反航向航行,直到收到港口引航站确切进港时间再掉头,驶向引航站进港。"

"哦,我懂了!"

"我钦佩船长的说法,可这是20世纪70年代前的故事了。那时船舶的雷达甚为宝贵,卫星导航还没有。我们现有雷达、有无线电导航了,甚至还有美国海军的卫导了,定位精确,基本不会发生您船长的师父摸不到进口航道的尴尬局面了。我们还要用倒开船舶调整ETA吗?有必要吗?"我装糊涂。

船长噎住了,等了好大一会儿,他才缓过神来回答我,还谆谆教导我:"这是经验,老祖宗的知识还不能随便丢弃的。"他还是像在太平洋航线上,船偏位后不能直插转向点的固执性格。

据说新船长在其他船上仍然采纳他师父、祖师父的操作方法,早到港口就是采纳倒开船舶方式调整ETA。他根本不考虑船舶在安全水域漂泊或者在锚地抛锚等待。他向我传授祖师父的经典做法时说:"三副,这是我师父教我调整抵港时间'十三点'经典方法,我感到我师父太聪明了,活学活用,每次都准确调整抵达时间,每次都是准时抵达港口!"

船长接着还唾沫横飞、滔滔不绝:"你要好好学习老前辈的航海技术,老一辈的操船作风,你看我的操作就是我师父教我的。"他沾沾自喜地对我说。

掉头倒开船舶，调整抵港时间

但我自己做船长后从来不愿意倒开船舶调整 ETA。

我当了大型集装箱船舶船长以后，导航仪器进一步发展了。自动避碰雷达、GPS 定位系统、电子海图、AIS 等先进的导航仪器接踵而来，随时显示每时每刻的船位和抵港时间，因此，控制船舶抵港时间变得十分方便、准确。这是 10 年之后的故事了。

时过境迁，新船长退休还是闲不住，大有"春蚕到死丝方尽，蜡炬成灰泪始干"的劲道继续发挥余热。怪我骨头轻，我无意中又追随他到了另外一个航运公司，他又变成了管理我的总船长。那天我在公司碰到他，他还是谆谆教导我说："衣羊船长你到我们公司来了，还得要改变一下你与我同船时的工作作风，谦虚一点啰！我觉得我师父的方法现在还是适用的，你如果用漂泊、抛锚调整抵港时间，在操船时多一个动作就多一分危险。因此，你一定要注意安全！需要调整船舶抵达港口时间最好还是采取……"

我猜他要说的话，马上口是心非地接上他的话："总船长，我坚决执行您在 20 年前的言传身教，还有继承师父的师父的传统，到港口时间早了，就倒开船舶！"

他听了很高兴，不断地点头称是："不愧为我的好徒弟。"

14 巴拿马运河的风波

接船的张船长告诉我，滦河轮是二手船，可用于装载集装箱，甲板机械设备复杂。船上有5个大舱，一舱和五舱是纵向前后折叠式开舱。二舱、四舱是左右位移式开关舱，利用千斤顶把左（右）舱盖顶起，再把右（左）舱盖位移到另一舷舱盖板上，再收起千斤顶叠在舱盖板上，而三舱是前后位移。甲板上还配备了4个安全负荷25吨的克林吊，属于重装备的多用途船。

机舱的动力系统也是按照多用途配置的。所以设备操纵复杂，故障率极高。空压机提供主机启动的空气压力勉强满足船级社操纵要求。当不熟悉设备操纵要求的海员操纵船舶时，关键时候就会出现关键的问题，立马给船长、老轨颜色看看，如果功夫不到家，就会在故障面前束手无策，在复杂的海域也会出现复杂的安全情形。

船长的操纵、船长的管理、船长对外的语言交流重要性都是相互迭现的。只要船长存在一点差错，可能就会引起所到国家、地区海事部门的关注，或许会引起麻烦。

在驾驶员成长阶段，我当三副，进出港、狭水道航行时就在驾驶台协助船长瞭望、摇车钟、看船长操纵船舶。我每到一艘船都十分注重船长的操纵技艺

巴拿马运河的风波

和管理方式,不管对错,我都会在日记中记录下来学习,然后通过自己的知识去分析,我要学的是航海真本事。

张船长下船后,接班的新船长并没有在船舶设备上多放一只眼睛关注。再加上轮机部也换了轮机长和轮机员,对机舱主副机、锅炉和空气压缩机的状况并没有知晓多少,在这样的情况下船舶在美东航次上就出洋相了。

洛杉矶装卸作业结束起航,滦河轮开始在墨西哥太平洋沿岸南下航行,目的港纽约港。

船长在航行途中召开了全体海员大会。他面带微笑发表了本次会议的主题,介绍巴拿马运河的历史发展过程。他慢悠悠地从中山装制服中掏出了一本泛着黄色、皱巴巴的笔记本,用手蘸着唾液,翻开了日记本:"今天,我给同志们介绍巴拿马运河,内容分为六章十三节。请同志们仔细听讲,特别是第六章中穿越运河的操作第十三点是今天讲的重点……"

于是,船长开始了漫长的运河开挖介绍,仿佛让我们全体海员穿越到了20世纪初叶,巴拿马运河初次开挖的时代。我也似乎也成为当年远渡重洋过来挖运河的华人劳工。

还没有讲到第十三点,我起身向船长举手:

"船长,我值20:00到24:00航行班,我马上要上驾驶台了。"我总是在不适合的场合,用不适合气氛的语言表达自己离开餐厅的理由。

其实我还可以这样做的,起身,引起船长注意,做一个手势,然后再离开。

船长停顿演讲,看看手表:"好的,请告诉大副和值班水手,下班到餐厅参加会议。"

接着,二副和值班水手举手:"船长,我们值00:00到04:00航行班,我要去休息了。您说过的,不懂得休息的二副,不是一个合格的驾驶员!"

"船长,今天晚上拨快一小时,明天甲板上还要做过运河的准备,我们要休息了。"水手长举手要求休息。

船长:"好的,既然同志们要值班回去休息,我就讲最后一句话,无论如

何,我是一船之长,在过运河的时候都要遵守组织纪律,听从我的指令和命令。引航员上船,要有中国海员的风度和礼貌,有关技术的问题,由我给引航员解答。今天讲到这里,还有2个章节没有讲完,明天晚餐后继续开会。"

随后他把铺了一台子的运河资料和那本皱巴巴的笔记簿往兜里一放:"三副,把台子上的资料帮我收拾一下,拿到我房间里去。"说着扬长而去,仿佛他讲话就像是风里飘过来的。

船长用了一个多小时还没讲完运河介绍,海员还要等待明天船长继续演讲。

滦河轮终于到了巴拿马运河的太平洋一侧的锚地抛锚等待过河。

晚上,巴拿马运河当局派了技术人员乘交通艇上船,进行过河前的设备检查。看着船舶整洁的面貌,运河当局的人员感到很满意,经过严格的设备检查也符合过河要求。他们在临下船之前通话,当局检查满意。

第二天凌晨,运河引航员上船开始引航过河了,绞锚、主机启动一气呵成,船在引航员的指令下驶向运河航道了。

"引航员先生,我们空压机压力只能满足连续启动6次,请你尽量减少停车或换向操纵!"刚一讲完,船长就为在不当语境中讲了不当的话而后悔,可是泼出去的水已经收不回来了。

"What is the problem with your main engine(你的主机存在什么毛病)?"引航员突然反问船长。

船长马上否定:"对不起,我刚才表达错误,我们船主机正常,仅仅是启动反应较慢。"

引航员眼睛直直盯着船长,船长却不敢直视引航员。引航员怀疑船真的存在问题,发布车令:"Stop Engine(停车)!"然后拿起无线电话,向港口当局汇报自己怀疑的情况。当局同意引航员的意见,取消过河计划,到锚地抛锚等候检查官员,对全船轮机设备全面检查。

船长见事情被说话弄糟,此刻到药铺临时买后悔药都来不及了,他一个劲地缠着引航员继续解释,但引航员根本不理睬船长的解释,继续下令前进二,直驶锚地抛锚。

引水艇把引航员接走了。

船长沮丧地看着引水艇破浪疾驶而去，无奈地摇摇头。他变成了中药铺柜台上的抹布，有苦也无法表达出来。他马上起草电文向公司调度部门汇报情况。我在驾驶台看着新船长的语言表达偏差，或许是他刚刚做船长对外交流较为生疏，还不能灵活、老练地应对突发事件。但是船长在大会小会上个别约谈时，一直对我说在不恰当的时间和地方和船长说话要悠着点。所以当时我只能干着急，驾驶台被船长的情绪感染下，只听得到引航员的指挥声。

船长后来的几天中一直很郁闷。我作为三副，在锚泊期间，为了顺利通过当局的后续检查，除了值锚泊班外，还向水手长借了一名水手从前到后、从左到右地将消防设备、救生设备和可能存在的隐形缺陷都进行了详细和彻底的检查。

轮机部更是对空压机系统检查到了每一颗螺丝钉，以确保在运河当局检查官员上船检验时，能够按照造船规范的要求达到停车、正倒车换向操作压力达到12次！

船长出现语言表达错误之后，我一度也不敢去冒天下之大不韪，向船长打听与运河当局和公司联系的结果。但在驾驶台值班时，我还是斗胆询问船长，船舶什么时候接受运河当局检查？

我真是没事找事管了闲事，船长马上脸拉得比丝瓜还长："做好你自己的事。"

我碰了一鼻子的灰，以后再也不敢在驾驶台多出一口气。这对驾驶台的操作是十分不利的。毕竟在船舶航行过程中，船长注意力太集中前面的船而无法顾及左右船的危险时，驾驶员提醒、水手提醒都是值得船长参考的信息，这就是当年所提倡的和谐驾驶台的理念。用现代船舶管理理念描述，就是驾驶台资源管理！可是刚刚当上船长的新船长，却在他无意说话的语境中，破坏了驾驶台和谐的环境。谁也不愿意伸出头来被船长骂。

直到第四天，我在值锚泊班时，运河当局高频电话通知船长，检查官员和

引航员即刻上船检查动力设备,请船长做好备车起锚准备,我立刻通知船长。

船长在几天的沉重压力中变得有点恍惚了。当我电话通知他后,他在电话里勉强挤出一句非常生硬的话:"知道了,请你通知机舱集控室马上备车,大副做好起锚准备。"

全体海员都紧绷了脑神经,仿佛一根蓄力待发的弹簧,"崩"一下都从舱室里蹦了出来,各就各位,谁也不敢懈怠。值班水手们急忙拿了提包绳,在下风舷侧放下引水梯等候检查官员和引航员上船。这是决定船舶是否能够通过检查,顺利过河的大考验。

不一会儿,检查官员上船。他们在船长的陪同下,先上驾驶台录入一些航海资料,再在轮机员的陪同下来到了震耳欲聋的机舱,他们在轮机长的陪同下彻底检查了空压机。

本来主机设备系统的都处于正常状态,就是因为船长不小心说了不该说的话,导致了不可预想的结果。对于运河当局来说安全是第一位,他们宁可怀疑一切也不错放一个缺陷。

检查官员在机舱集控室观察空压机仪表盘的压力。引航员在驾驶台开始主机正、倒车换向操作试验,试验的要求很简单,就是空压机满负荷状态下可以连续启动12次!

船长与引航员在一起,传达指令。我站在车钟边上,主操车钟。驾驶台的紧张气氛如同一罐刚充满的液化天然气的罐子,几乎只要一颗火星就会燃爆。每一个人都处于高度、莫名的紧张状态。唉,这种事关过河的考验,谁还敢吭声,就是有生理需求要放屁也只能熬一熬,或者屏住慢慢释放。

而我成为本次检查空压机的主要"操盘手"。我要按照引航员的命令摇车钟,而且要动作流畅,才能让空压机不浪费启动主机的气压值,我的压力绝对泰山压顶。

1次、2次……引航员在较短时间已经发布正倒车启动主机第11次了,因为是考验空压机功能,他压根没给空压机启动打压空气的机会。

船长抬头看着空气压力表,那指针就指向低压红线报警区域上一点点。船长的额头上一滴锃亮的汗珠"啪嗒"一下,滴在地上,落地开花,蹦出了看不见的碎片消失得无影无踪。他的头顶微微冒出了一丝丝的蒸气。我也随着船长紧张起来,紧握车钟操纵手柄的手心也跟着沁出汗水,滑滑的,仿佛被热火烤出来的油脂。驾驶台空气仿佛凝固了,谁也不敢出声。

此刻,能够肆无忌惮向引航员、检查官员怒吼的就是机舱发电机轰鸣声!

唯一"生气"的就是胆大妄为、所有的辅机和带动发电机的柴油副机冒出来的青烟。

正当驾驶台成员把空气进一步凝固到冰点时分,引航员发出了车钟令:"前进一!"

引航员突然指令,打破了驾驶台沉闷的空气,随后又叫了:"Stop Engine!"。

当主机转速表回到零位后,他又发出了命令:"正舵,后退一!"引航员同时也在测试舵机的反应时间。

我被突然间的车钟令击晕了,一瞬间根本没有听清楚引航员的车钟令:"Sir, repeat your order please(先生,请您重复一下车钟令)!"

引航员被我一问打乱他的思维节奏:"What did you ask(你刚才要询问什么事情)?"

"Sorry, please repeat your telegraph order(对不起,请您再重复一下车钟令)!"我还是紧张地回答引航员。

"Take easy, relax please(自然点,请放松)!"引航员也发现驾驶台气氛太沉闷了。

我紧张心理情绪成了"无心插柳柳成荫",引航员被我岔开了注意力,我无意识地为主机空压机争取了继续打空气加压的机会,此刻空压机正在撕心裂肺地轰鸣工作,空气压力指针慢慢回升了。

船长盯着空气压力表回升,刚刚泄气的情绪又回来了。他向我点点头,又直指压力表,低吟:"看来没有问题了吧?"我没有理会船长的话,张开嘴巴大口吸气,希望同主机气缸一样增加氧量,瞬间混合油气,再在压缩过程中积蓄

能量爆发。

"Please engine slow astern（主机后退一）！"当引航员回过神来再喊车钟令时，我浑身颤抖了一下，船长也把眼睛直直地盯在我的手上。船长重复了引航员的口令："Slow astern！"边做出了后拉车钟的动作。我听清楚了引航员的车钟令，也看明白了船长的手势，把车钟拉到了后退一的位置上，车钟二极管呼啦一下，跟着我的感觉停在了后退一的车钟位置上。

机舱内发出了空压机尖锐的注气声："噼气"一声，只听见机舱内发出了"轰"一记响声。我看到驾驶台空气压力指针一下子甩向了零位，接着又返回到了表上极限红线位置上。

机舱里终于传出了主机连续轰鸣声，一位水手跑到驾驶台外面看着烟囱中，一团"乌云"喷薄而出直冲云霄。这团黑气终于被压抑了四天后重重地吐了出来。

我看到驾驶台主机转速表稳定在后退一的位置上后，马上响亮回答完成车钟令："Engine slow astern！"我的大拇指和食指捏成圆圈，中指、无名指和小指张开，成为"OK"的手势，向船长一挥示意："船长，我们顺利完成主机正倒车测试12次！"

此刻，船长上一秒还布满阴云的脸上绽放出了微笑，他一扫阴霾："Pilot, all test procedure completed without failure（引航员，所有的测试程序完成，没有失败）！"此刻，船长的英语也开始飙得流利起来了。

引航员回答："很好，请告诉船首的人员，准备绞锚起航过河！"

全船海员听到过河的消息后，马上行动起来了。一位在船首的水手说："这几天早餐都没有心思吃了，现在，我突然感觉肚子很饿了，是否让我到厨房间拿点馒头出来垫饥？"

"我也饿了！"在旁的水手长也是这样对大副说，"多拿点馒头，我也要！"

船首左锚如同腌制的一条咸鱼，在水里浸泡了四天了，当木匠开动起锚机后，这起锚机也有灵犀的一样，欢快地、轻松地升出水面！

巴拿马运河的风波

"锚离地!"大副对着无线电对话机向船长喊话。

引航员听到船长说"锚离地"!马上喊出了车钟令:"主机微速前进!"此刻,我将引航员的车钟令听得明明白白:"微速前进!"船尾螺旋桨翻动起了白色的水花!

前面的船闸到了,带缆工人上船了,船闸边上的牵引小火车也在轨道上等待滦河轮进闸。拖轮在前面鸣笛,渐渐地,船身进入了船闸,闸门关闭,船慢慢地提升,过了第三套闸后,我们已经在海平面 26 米高程的巴拿马运河的加通湖中遨游了。

船长在驾驶台上笑着对我说:"看来我讲的'十三点'真的很重要,船舶无论什么时候,遭遇怎样的艰难困苦,安全一定要放在首位,你看即使船被巴拿马运河当局滞留在锚地了,船舶领导首先考虑的事情还是确保船舶安全。"

我点点头。"船长,你看!加通湖中还有条鳄鱼向我船游过来!"

一场雷阵雨倾盆而下,正好补充一下大西洋出闸时的湖水消耗量。

15 游览纽约曼哈顿

这张老照片是我在滦河轮抵达美国纽约港后拍摄的。历史久远，我记得是在双子塔里面平台上拍摄的。众所周知，经历了"9·11"恐怖袭击后，双子塔倒塌了，现在双子塔仅仅存在于回忆中了。

滦河轮摇摇摆摆，令人胆战心惊地穿过了巴拿马地峡上开凿的运河，开始驶入大西洋侧的加勒比海，船长在黑板上写出晚上海员大会的通知。

当弟兄们晚餐停当之后，大家纷纷涌上甲板观看加勒比海的无限风光。听多了"加勒比海盗"的故事，大家都希望目睹真正的"加勒比海盗"。波光粼粼的海面上，热带雨林的海岸线已经远了，海鸟还跟在船后鸣叫。哪里还有海盗船长杰克站在海盗风帆船上鸣炮迎接？

船长拿了一沓文件来到了餐厅里，三三两两进来的海员们都找位置坐下了。

"同志们，在巴拿马运河当局的刁难下，今天我们终于克服重重困难，顺利通过了运河。由于先天缺陷，我船仍然存在一系列海员无法克服的潜在设备缺陷，接下去的航行还可能出现设备故障。请大家放心，我们一定会克服前进航路上的困难，顺利抵达纽约港。感谢轮机长带领的机舱全体成员，为安全通过运河竭尽全力地配合驾驶台工作。好了，今天开会的主要内容是关于加勒比海航行防海盗的措施。我首先介绍加勒比海盗的来历……"

船长的演讲仿佛将一部大片展现在海员们的眼前。船长将加勒比海盗的起源、发展和消亡足足讲了半个小时。但此时的加勒比海盗基本上都被以海盗起家的北美强国剿灭了，在加勒比海遇到海盗的概率甚至比在马六甲海峡还要小。

他还是讲了十三点要求："海盗并不可怕，可怕的是我们没有认识海盗劫持船舶的危险和思想上的麻痹大意。只要我们做好了应对准备就会粉碎海盗劫船的阴谋……"

我慧兮兮地又在会上举手发言："船长，你讲的加勒比海盗的故事非常好听，但我弄不明白，现在加勒比海盗到什么地方去了呢？"

船长错愕地看着我："三副，我怎么知道海盗到什么地方去了？但说不定海盗会突然之间出现在船舶附近袭击我们，我们必须提高警惕，提防突然来犯的加勒比海盗！"

"船长，我告诉你，现在加勒比海盗改邪归正了，但为了生活，他们不得不通过劳动去赚钱了，他们继续发挥海盗劫持财物的余热，不过形势发生了变化，现在杰克船长带着一帮海盗兄弟与美国老百姓共同娱乐了。他们到美国人为他们建造的迪士尼乐园去工作了！"

我用开玩笑方式发泄对他啰哩啰嗦的废话的不满。

餐厅内突然爆出了海员弟兄的爽朗笑声。让正讲得起劲、不知道我"阳谋"的船长也忍不住笑了："三副，好好听我讲下去！"

船长讲完防范加勒比海盗十三点注意事项后，船长低下头，翻着皱巴巴的日记本，然后用沾着唾液的手指一页页翻着补充："本航次去往美国纽约，我们要做好航行安全工作，尤其是未来几天都是在以'魔鬼三角区'著称的百慕大洋区航行。"

"好，我再来说说百慕大吧。百慕大三角（Bermuda Triangle）又称魔鬼三角区，位于北大西洋的马尾藻海，是由英属百慕大群岛、美属波多黎各及美国

一位上海船长的老照片

佛罗里达州南端所形成的三角形海域,面积约 116 万平方公里(45 万平方英里)。百慕大三角洲并非传言中特别危险或异常的海域,相关的谜团多是对失踪事件的长期误解、误传和夸大。无论如何,航海是有风险的,关系到全船的安全,我要求值班驾驶员认真航行瞭望,发现异常情况立即报告给我,由我来处置……"

海员大会又开了一个多小时,讲话中的要求何止十三点?他滔滔不绝的"优点"在海员大会上发挥得淋漓尽致,炉火纯青得可以站在娱乐舞台上表演脱口秀了。

"哦,我想起来了,曼哈顿纽约港内的自由女神像是世界著名的旅游景点,在美国停靠期间,经船舶领导研究,我们将组织海员下地活动,分两批下地到纽约市中心参观旅游!"船长又增加鼓舞人心的一点,打破了只讲十三点的全员大会纪录。

弟兄们听到这里,餐厅内响起了雷鸣般的掌声。船长满意地宣布:"散会!"

我们带着船长描述海盗所带来的恐惧,穿越了古巴东海岸线外的"向风水道",驱散了笼罩在值班海员心中的海盗阴霾,来到了风平浪静的百慕大三角。

一个多星期航行中,主机有时候也会停顿一下。资深的轮机长告诉船长,分油机的滤清器一直发生堵塞,可能是添加的重油含有过多杂质所致。有时轮机长通知船长短暂停车清洗一下滤清器,但无甚大事。

一直说百慕大三角的可怕,百慕大三角却以博大的胸怀迎接来自东方的滦河轮。

晚上滦河轮驶入了纽约湾海峡外面了。第二天早上上班,我看到海图仍然在我下班前的位置上。原来,船长还是用老办法掉头开,来调整抵港上引航员的时间。

在韦拉扎诺海峡大桥前,引航员上船了。我们在引航员的引航下进入了纽约湾。远处一座古铜色的雕像出现在滦河轮的正前方,这就是船长介绍的自由女神像。更远处是著名的双子塔。船长在驾驶台又以渊博的学识,向驾驶台值班的驾驶员和水手介绍说:"自由女神像手里拿的那本书是基督教的《圣经》。"

我真不好意思打断船长的话,其实自由女神像手中的那本书是美国《独立宣言》。

据说西方文明和资本财团就在这里孕育,我的眼前就是西方"自由、民主"的世界吗?

到了中午时分,船舶徐徐靠上纽约伊丽莎白集装箱码头。现在,我站在驾驶台透过高大的码头桥吊,用望远镜看自由女神像的背影和耸入云天的双子塔。

船长说好了明天上午代理派大巴接送我们去往纽约市中心踏地气旅游。我兴奋了一夜,这免费出国旅游的馅饼还真的从天上掉下来了。

虽然隔岸观看纽约的高楼大厦近在眼前,但是实际上路途很遥远,绕一个很大的弯才能抵达市中心。开大巴的驾驶员是华裔,能讲普通话。因此,在路上成为天然的兼职导游。一路上把纽约介绍得挺详细的。他说到美国历史上的《五月花号公约》,给我们娓娓道来其中的一段故事:

在1620年9月16日,英国的普利茅斯港,一名清教徒领袖带领一百零二人登上名叫五月花号的帆船,那艘船只有我们中国1405年7月11日从江苏刘家港出发的郑和下西洋船队宝船的三分之一!所以五月花号并没有在大西洋中如同船名一样尽情绽放,而是吃尽了苦头。

他们在大海上经历了无情的风暴、饥饿、疾病的折磨,漂泊了两个多月后,才于1620年11月21日,在后来被命名的普利茅斯湾靠岸了。这群英国流浪者望着这片陌生的土地,在船上签署了一份约束大家的、著名的《五月花号公约》,成为美国殖民者宪制的第一部法律:"我们都保证遵守和服从殖民地全体人民都最合适、最方便的法律、法规、条令、宪章和制度。我们将视需要任命我们应当服从的行政官员。"

五月花号上41名男人签了公约,妇女没有政治权利而被剥夺了签署权。

乘坐五月花号帆船到达美洲的基督教清教徒上岸之后,活下来的大约只有一半,没有吃住,穷困潦倒,饥寒交迫。土著印第安人给移民们送来吃喝等必

需品，教移民狩猎、捕鱼和种植。移民们生存下来，过上了富裕的日子。为了感谢土著人的真诚帮助，移民们举行了盛大的庆祝活动，由此有了感恩节。

1941年，美国国会通过一项法令，把感恩节定在每年11月的第四个星期四。可是，疯狂的盎格鲁－撒克逊人忘恩负义，在立国过程中把土著几乎杀绝了。他们的确非常昂撒①，美国的繁荣建立在土著、黑奴和少数族裔的累累白骨之上，我们华裔也是被剥削的阶层。美国殖民者奴役、杀戮、剥削，无恶不作，成为世界上最霸权的国家之一。他们还赤裸裸地表示：我们撒谎、欺骗、偷窃、贩卖黑奴，我们需要的是美国第一、美国利益。这就是帝国主义的嘴脸！

呵呵，这大巴驾驶员还蛮有正义感的。大巴还没有到纽约市中心，他已经给我们的旅游热情点燃了"春天里的一把火"。当我站在曼哈顿岛上的高楼大厦丛中，站在华尔街上看到那尊吞噬资本的铜牛时，才真正感悟资本主义国家的繁荣就是资本嗜血！

华尔街上一群年轻黑人背着书包，把我们紧紧围住，胁迫我们购买当年最原始、简易而且没有录音功能的WALKMAN（随身听）："Chinese, the best walkman for you! Just 10 dollars（中国人，十美元买最好的随身听）！"

看着这群有着可怕文身、有点黑社会凶相的人，我们有点无助，被迫拿出了十美元买下了随身听。不错，每人一架！当这些人拿了钱之后才带着可怕的笑声，纷纷扬长而去。

后来上车后，大巴驾驶员见到大家人手一支随身听，他告诉我们这些都是垃圾货，用不到国内就坏了。果然大巴驾驶员说对了，还没有离开纽约就坏了。

曾记得我在船上插上磁带，还听了至今还没有忘记的那段台湾流行的、不知名的中文歌曲："爸爸、妈妈，你们都有家，为什么我被抛弃没有家……"

但没有听到底，磁头就折断了，气得我把随身听丢进了舱室的垃圾桶里，

---

① 上海方言，意为下流、恶毒，据说来自英文"On Sale"的谐音。

游览纽约曼哈顿

这下它真正变成了大巴驾驶员所说的"垃圾货"！

纽约一日游回船后，船长叫我和驾驶员到了他办公室内。他告诉我们本次在纽约港将装载大量危险品集装箱，箱内是装载在木桶中浸在水里的硫磺。你们都知道硫磺是闪点极低的易燃品，航行中若船舶摇晃，箱内绑扎不牢，木桶互相撞击，漏水了或者经过热带地区水分蒸发了，那么整艘船都将处在极度的危险之中，所以我决定拒载。船长想取得我们的同意，以便向商务代表谈此危险品拒装是船长、驾驶员们一致意见。

可是商务代表汇报了总公司后，总公司立即来电告诉船长，这是国内所需的重要化工原料，急需运回国内，错过了时间，将影响工业生产。公司商务部和货运指导船长发来电文，告诉船长如何堆装木桶硫磺，在航行途中如何保障硫磺安全运输。可是船长借口船舶安全迟迟不同意。最后，公司商务部发出了强制指令："必须装回这批危险品！"

船长无奈地又把我们召集在一起，根据公司推荐的措施一一落实。船长告诉大副将硫磺集装箱全部装载在远离生活区的甲板上，尽量装在顶层！驾驶员在场监装，特别注意木桶有否渗漏。就这样，船长带着忐忑不安的心情，开始了下港的航行。滦河轮后面还要在查尔斯顿、墨西哥湾内的休斯顿港加载后返回广州，目的港是上海港。

话说回来，滦河轮是当年中国远洋正式开启美洲集装箱运输的船舶，的确没有运输危险品的实际经验，所以面对低闪点的硫磺，船长的担忧情有可原，作为驾驶员看到这样包装的硫磺也是提心吊胆，这是35天左右的跨大西洋、太平洋的航行，万一在热带洋区发生火灾，即便我们船上30名海员，人人都是称职的消防员，能够扑灭硫磺大火吗？

船长绞尽脑汁终于想出了一个办法："大副，动员甲板部水手长率领水手从三副消防备品中拿出全部消防皮龙带，把皮龙放在集装箱顶，每隔50厘米戳一个小洞，当洋面气温超过25摄氏度之后，就开启消防水，让皮龙喷雾降温，确保硫磺集装箱运输安全。"

就这样，我们在海洋上与鲸比赛谁喷水喷得高！当抵达大西洋侧的巴拿马运河时，整艘船都是湿哒哒的，那船壳子两舷都泛着黄色锈水，仿佛是刚从大西洋底出来的船。

后来，在热带烈日炎炎之下，那些集装箱内的硫磺不停在洗海水淋浴，一直到上海，这些桶内的硫磺一点事都没有！可是船到了上海，那个船壳表面几乎就是沉没在大西洋几十年的"泰坦尼克"号的外壳，浑身都是锈迹斑斑，流下的水就像眼泪，惨不忍睹啊。

船长得意洋洋，看看还是我采取的浇水喷洒措施，多好！确保硫磺安全抵达上海港。

我看看船壳，看看全船经过海水浸淋的集装箱，我又不自量力地对船长说，这下我们该进船坞喷砂喷漆才能焕然一新吧。

船长的脸抽搐了几下："不是我采取适当的措施，你今天还能在我面前说话吗？"

"唉，我这个三副怎么这么犟啊！"我做了一个掩盖嘴巴的动作，傻笑。

这些都是后话了。因为在返航的途中，还遭遇了一次真正的"灾难"，船舶在加勒比海惊险地漂泊了4天！

2014年，我参加一次海员论坛，碰巧与当年商务代表高先生一起坐在台上当嘉宾。他横看竖看，觉得我像是当年滦河轮上的三副。他问我是否是当年滦河轮上的驾驶员。

确认后，他告诉我那次装运木桶硫磺的来龙去脉。他说那是他做商务代表生涯中唯一一次碰到那么难缠的船长，"其实我们商务部门揽装的这票危险品硫磺是国内化工厂的紧缺原料，工厂正嗷嗷待哺地等着那些工业原料，十万火急啊。我们租赁的外国集装箱船都是能装的，只要遵守危险品运输规则，做好危险品防护保障措施绝对没事，为什么你滦河轮不能装？可是滦河轮上的船长真会缠，怎么也不同意装载这票货。我不得不汇报北京远洋集团公司才解决此事。听说你轮在航行途中还放了消防皮龙降温，其实根本不必要！这位船长的货运知识很贫乏，不知道他的船艺如何？"

"是啊，我们中国集装箱船舶，在当年还没有装载这类危险品的先例，担

游览纽约曼哈顿

忧是合理的。"我又笑笑道:"他作为船长明哲保身,航海更是死板教条,据说是向他师父学得过于谨慎了。"

命运多舛的滦河轮

纽约港装货完毕后,我们沿着美国海岸线南下。不过我有点纳闷,如果我们来的时候顺着加勒比海,先靠泊休斯顿港再北上纽约港的话,那正好顺着美国沿海的一条暖流,其航速可以与暖流叠加,比正常航速要快得多,那岂不是很好?大概是公司航运处考虑货源和集装箱装卸的港序吧。

逗留休斯顿港装货期间,滦河轮在公司安排下加足了返航的燃油,准备出墨西哥湾,直接驶向巴拿马运河,过运河后再横渡太平洋返回国内。

停泊在我轮前面的是台湾长荣公司集装箱船,上面的电报员正在泊位不远的湾内拿了钓鱼竿、抄兜和塑料桶,坐在岸边海钓。

我走过去发现他不是在钓鱼,而是在钓海蟹。只见他钓竿轻轻一提,一只青色的梭子蟹就浮出了水面,他用抄兜马上抄了下去,鲜活的梭子蟹落入抄兜被他生擒了。

我看鱼线下没有钓钩,而是扎了一段带鱼。那螃蟹比拉磨的驴子还傻,似乎是在水下排队被他钓上来装进了塑料桶,等待集体下锅,成为美味佳肴。

丢入塑料桶后,螃蟹幡然醒悟,愤怒地张牙舞爪,吐出白沫抗议,仿佛在说:"你这个骗子,用臭鱼烂虾引诱我,然后断我性命,我跟你拼了!"

命运多舛的滦河轮

不一会儿,台湾船电报员得意地递给我一支烟:"朋友,这里的螃蟹很肥,不妨来试试,美国人不会来管的。"

我不抽烟,谢绝了他的好意。

我悄悄地溜上船,拿了鱼竿和自己编织的网兜,疾步跑到了刚才台湾电报员钓蟹的地方,扎了一段带鱼放了下去。果然螃蟹上钩了,我学着他的样将其抄进网兜。不一会儿塑料桶内的螃蟹开始叠罗汉了。没过半小时就是一桶螃蟹,我放到了船上厨房间。

空班的水手们马上闻风而动,都到湾边钓蟹了。船上除了当场清蒸吃掉的螃蟹外还剩了许多,一个晚上后大厨急得大叫:"不要钓了,菜库回笼舱室没地方放了,放进鱼库螃蟹就会冻死,味道不鲜了。"

一艘绿色船壳、带四杆克林吊的集装箱船滦河轮孤独地从墨西哥湾的休斯顿港开出来了。在墨西哥宽敞的湾内,船上举行了返航宴,其"主角"就是螃蟹。

除了公司规定禁止做的醉蟹,大厨将清蒸螃蟹、面拖螃蟹、红烧螃蟹统统端了上来。还有精工细雕做出了蟹粉小笼犒劳参与钓蟹的兄弟们。我因为要值三副航行瞭望班,不敢狂饮啤酒。全体弟兄们饕餮螃蟹宴不亦乐乎。宴后,每位弟兄都抱怨嘴巴被螃蟹划破了!

两天后滦河轮进入加勒比海了。正当我在上午驾驶台值班时,机舱集控室打电话上来了:"三副,主机需要减速!我们发现主机一个气缸异常发热,可能出现故障了,我

们正在寻找故障原因。"

我马上转告船长。船长上驾驶台询问老轨机舱主机情况。

老轨告诉船长机舱主机辅助设备有严重故障，分油机滤清器被严重堵塞，还发现燃油中有悬浮乳化物，主机必须停车对气缸进行检查。船长钻进海图室看卫导刚刚传过来的精确船位："老轨，能否以6节速度坚持一下，我把船停在加勒比海宽阔海区漂泊？"

老轨回话："最好先让我停一下车，把发热严重的主机气缸封缸后，调轻柴油供油，可再坚持10小时。否则我们船主机进一步损坏而没有备件更换，就全废了。"

船长一听急了："稍等，我再查阅一下海图，确保船舶漂泊安全。"

船长在驾驶台踱来踱去，六神无主，也不拿出行之有效的措施，一会儿看看气象传真机，一会儿看看卫通通信C站的气象信息。好在加勒比海处于低纬度海区，目前气象条件还是比较平静的。他决定再向加勒比海纵深航行60海里。那里，加勒比海水深为1000米左右，不能抛锚，只能在风流平稳的海区漂泊。

到了漂航点，船长以实时船位为中心、60海里为半径用圆规画了一个圈圈来规避漂移风险。就像《西游记》中孙悟空为唐僧、二师兄和沙僧用金箍棒画圆圈一样，里面的人不能越雷池半步，妖怪也不能进来。

"三副，船位漂移出圆圈就叫我，我会采取措施确保安全。"船长一直对我不安分的行为敲木鱼，以此来提醒我。我脑子又一转："船长，船舶漂不出圆圈，您教过我有潮汐流影响，船就只会漂过去又漂过来的，是哇？所以我听你的话，船听我的话，不会漂出去的。何况，轮机部已经把主机活塞都吊出来了，主机插蜡烛了（船舶在海洋中出现主机故障漂泊的意思）。"

船长听到我又在搓他头皮，气得脸都发青了。

"船长，我们是否需要向公司报告中午船位？"我拿着中午船位报给船长。

船长忽然间说："糟糕，我还未起草主机故障滞航电报告诉公司调度室！"

他拿了我的中午船位报向报房大声喊："报务主任，请向公司调度发报，告

命运多舛的滦河轮

诉主机故障漂航的情况,要求公司进行岸基支持!"

四小时后公司来电:"情况了解,请转告轮机长,尽快彻查引起主机故障的原因,修复后马上续航。请轮机长将维修中需要的备件马上整理成表,发给公司机务室,由巴拿马运河代理将备件送船。另外,加勒比海附近岛国政治环境复杂,海盗活动时有发生,请告政委组织好防海盗巡逻小组,加强对漂泊海区内的来往小船观察,对靠近的小船鸣笛驱离。"

当船舶在船长指定的海区漂泊后,船长、政委马上召开了海员大会,传达了公司指示,根据应变部署表建立以政委为组长的防海盗小组,执行全船不间断巡逻。他还拿出了船上仅有的两根电警棍和手铐,戴好安全帽,"全副武装"地出现在甲板上。

轮机长汇报了机舱的情况:"根据现象判断,主机故障的原因是由燃油质量引起,分油机滤清器上出现了整团的凝聚物堵塞,可能燃油中存在来历不明的水分有关。进一步判断主机No.2缸活塞气环磨损、气缸头等可能有被烧蚀点,情况比较严重。如果拆开后情况与判断相符,我们可能需要在加勒比海漂泊至少3天!另外,我们需要清洁燃油日用柜,检查燃油舱,机舱人手不够,需要甲板部水手到机舱协助轮机员、机工一起工作。"

船长说:"没有问题,我要求大副暂停水手甲板保养,参加机舱的清洁工作。另外船上还装有大量的硫磺危险品集装箱,请轮机长确保船上辅机运转,特别是消防水供给系统,一定要维持正常工作,确保在热带海域对装有硫磺的危险品箱降温。"

会议内容让全船海员弟兄们顿时抽筋了。在船长、政委的动员下,大副把甲板部人力有序分配,机舱的人手马上得到了有力补充。立竿见影,轮机长安排大管轮加上机工长、机工负责主机吊缸维修,二管轮负责维护辅机和发电机运转。一切都在有条不紊工作,为了主机恢复正常运行而努力奋战。

果然不出轮机长的判断,主机No.2缸因为燃油杂质,喷油嘴、缸头都有烧蚀麻点,活塞油环、气环在润滑不畅情况下把气缸壁拉毛了。

轮机员将日用柜的燃油驳到了其他油柜,彻底通风后,水手进入油柜,发

 一位上海船长的老照片

现底部存在燃油悬浮乳化状,证明了轮机长所说的燃油中混合了来历不明的水分。顺着燃油系统的管系,轮机长查到了休斯顿港加的燃油舱有水渗漏的嫌疑。

休息就餐时,轮机员、机工和水手们从机舱内出来都变成了"黑煤球"了,浑身上下都粘上柏油般黑黑的IFO380标号船用燃油。

政委带领事务长为首的业务部的厨工和服务员,加上实习生,配合驾驶台值班驾驶员,组成一支团队执行防海盗值班。他们手拿对讲机,用铝合金绑扎杆作为武器,稻草人般地注视海面,唯恐漏过想来偷袭的海盗。我值三副班,在驾驶台守听高频电话、监视海面情况。

海面情况并没有像公司电报说的那样复杂,海盗们没有出现在只有缚鸡之力的滦河轮边上,因为在去往巴拿马运河的航线上,每天都有商船来往,倒也为滦河轮壮了胆。集装箱顶部的消防皮龙带,在烈日之下不停息地喷淋。阳光折射下水雾变成了一座彩虹桥,横跨驾驶台前面左舷到右舷,彩虹孤独地陪伴正在抢修的滦河轮。

公司根据船长汇报燃油的情况后,要求把休斯顿港加的燃油再留下作为检验的油样。使用原来剩余的燃油作为维持到巴拿马运河航程的燃料油。由于No.2气缸拉毛严重,轮机部将主要精力用在了吊缸上。他们更换了缸套,研磨了缸头,换上了新的喷油嘴。经过4个日夜抢修之后,主机终于恢复了航行,一路航行也没有产生主机其他的运转问题。

因为预订了过河日期,早到了可以通过巴拿马运河当局申请锚位等候过河,船长也就破天荒地用不倒开的方式调整预抵时间(ETA)。

船长胆战心惊地应对运河当局检查人员。这一次他顺利通过的过河考验,第二天就把滦河轮驾驭入运河船闸,驶进了高山上的加通湖。在热带雨林中的山上航行十来个小时后,又在太平洋侧的船闸内渐渐下沉,平稳地"空降"到了太平洋海面上。

当引航员下船后,船长下达了全速前进的命令向着太平洋彼岸前进。根据船长的对外发布的ETA,大约26天之后抵达广州的珠江口桂山锚地。

命运多舛的滦河轮

刚刚开出巴拿马运河不到24小时，滦河轮又在太平洋中"插蜡烛"了。经轮机长检查，主机故障原因仍然是燃油问题。因燃油问题，船上分油机的马达烧毁。船上没有马达备件，电机员说重新缠绕马达定子和转子漆包线修复，需要停顿两天时间修复。

"那么，还有什么办法替代马达？"船长弱弱地询问轮机长。

轮机长回答很干脆："没有替代品，分油机不分油不能提供主机燃油。"

船长束手无策，觉得时间都凝固了："难道真的要等待两天？"

轮机长说："我到船上转转，看看船上有没有同等功率的马达。"

"那就拜托你了，无论如何，你一定要抓紧时间修复！大洋上天气如同孩儿的脸说变就变的。"船长几乎在哀求上帝放他一马。

轮机长与大副在船上转了一圈后，发现绞缆机副油泵马达可用来替代分油机马达，但底座不同，只要焊接一个底座，分油机就可以恢复运转了。轮机长灵机一动："分两步走，将油泵马达拆下替代分油机马达，先将主机开起来续航，然后让电机员把原来的马达修复作为备用。"

船长将目前的状况汇报公司。公司回电："续航后，密切注意燃油情况，并将休斯顿加装的燃油合并到一个燃油舱，留出一个燃油舱，到夏威夷瓦胡岛珍珠港加装轻燃料油续航！告诫大副调整燃油时，注意稳性安全高度，至少在抵夏威夷时要满足最低稳性要求。另外，原马达修复后立即更换替代马达，恢复绞缆机液压动力设备，保障船舶适航和正常靠离泊码头！"

船长收到电报后，马上在海图桌内抽出夏威夷瓦胡岛的海图，对二副说："二副，告诉你一个好消息，我们将改向去往夏威夷加油，你把航线修改一下，我们直接航行去往夏威夷。"

一位上海船长的老照片

二副马上动手将航线绘制好了,并将航行计划书插入了改变航线的信息。

轮机长换好马达测试正常后通知船长:"船长,分油机马达调换成功,为了确保马达负荷不超过额定功率,加上燃油的品质问题,船速只能维持在9节。"

就这样一条现代化集装箱船舶,用帆船时代的速度向夏威夷航行。滦河轮机部无人机舱也换成了有人值班机舱,密切注意燃油的变化。

休斯顿代理电报说,休斯顿添加的IFO380标号的燃油不存在水分超标的问题。轮机长疑问燃油舱出现含水悬浮乳化物,一时也无法找出原因。

原本正常速度仅需要10天就能抵达夏威夷,在9节航速下整整航行了17天!

夏威夷瓦胡岛到了,我站在驾驶台配合船长和引航员操纵进港。我曾记得港口航道岸上建筑的顶上放了一个巨大的菠萝,似乎是夏威夷瓦胡岛的标志,据说夏威夷是旅游天堂。

借着滦河轮添加燃油的机会,我有了唯一一次夏威夷"旅游"的机会。

但在滦河轮长期存在的燃油问题,困扰了上船工作的船长、轮机长。

一个时代过去了,滦河轮上的海员换了一茬又一茬。滦河轮因为船龄增大,且故障一直频发,特别是一直存在不明的燃油乳化问题,退出班轮航线,改跑东南亚航线。

命运多舛的滦河轮

我在退休后,碰到了曾经在滦河上当过政委的公司领导,他告诉我,他们驾驶滦河轮执行泰国航次过程中也遭遇了类似主机故障。全体海员苦战数日,才脱离险情。

最终他们找出了燃油舱舱壁与压载水的舱壁坳角落,有一条肉眼很难发现舱壁裂缝。

后来经过船长、大副和轮机长深入探讨和分析每一次的船舶集装箱配载状态,最后得出了一个结论:压载水舱裂缝在正常装载情况下不会产生渗水的情况,但是在不同装载货物状态中产生明显中拱或者中垂情况时,虽然弯曲张力不影响船舶钢板强度,但裂缝却增大了,在压载水压强大于燃油舱的情况下,渗漏进了燃油舱内,导致燃油混入了影响燃油质量的压载水而乳化,继而导致燃油变质,主机喝不了又成为汽缸拉毛的严重故障。

虽然船长、轮机长倾向于中拱中垂引起燃油舱贴隔壁压载水舱隐形裂缝,导致压载水进入燃油舱,但最终公司机务部门并没有定论,最后滦河轮仍然带着神秘的隐情到寿终。

科普:大型船舶的燃料知识

目前不断有双燃料(燃油、天然气)船舶出现,但大部分船舶仍配备大马力低速柴油主机,船公司让主机烧像柏油一样、黑黑的重油。

十年前随着现代大型船舶的出现,燃油设备不断改进,但大部分船舶自始至终吃"窝窝头"之类的粗粮,即烧IFO380黏度的重油。

所谓的重油就是标号为IFO380或IFO180,是50摄氏度黏大于等于380平方毫米/s和50摄氏度黏大于等于180平方毫米/s的船用燃油。

另外,为了确保安全,在主机机动操纵时"喂"的是MDO,即轻柴油。

最近几年,为了防止船舶对海洋大气的污染,根据国际海上防污染公约(MARPOL公约)的修正,加上在联合国海事组织的推动下,船舶开始实行节能减排的能效管理,以减少船舶大量的碳排放。

 一位上海船长的老照片

虽然船公司为居高不下的燃油成本大谈苦经,但这是防止海洋空气污染的大局和海事公约要求,船公司不这样做,船舶就寸步难行。

随着能效管理的推进,现在大型集装箱船舶出现了推动主机的双燃料,既可以烧燃油又可以烧天然气。船舶在主机燃料上进入划时代的变革。

我对海员职业产生了动摇

那次美东航线主机燃油出问题后,滦河轮步履维艰、几乎以爬的速度到夏威夷瓦胡岛珍珠港。轮机部忙于燃油的驳载,退了一部分休斯顿装的燃油,留出舱容添加了轻质燃油。甲板部的大部分海员利用难得12小时的停留机会,将瓦胡岛兜了一遍,在那里留下我们的足迹。

滦河轮换了燃油舱加注了夏威夷瓦胡岛的"细粮"之后,又花了15天才颤颤悠悠地到了桂山岛锚地回到了国内。

集装箱内的硫磺并没有自燃,倒是那些喷雾的消防皮龙戳了小洞失去了消防皮龙的作用全部报废了。我作为船上分管消防救生设备的三副,不得不申请补充报废的皮龙。

新船长在船上接连不断地出现一些说不清道不明的事故,航运处看在新船长与总经理铁哥们的关系上就把他调下来。据说不久又上了同类型的潍河轮,开启他第二段船长航海生涯。

张船长在上海港又上船了,我又跟他跑了两个美东航次。看来船舶还是有灵性的,一直到我在上海港工休下船也没有磕磕碰碰的船舶故障。这事真怪了,至今我也讲不出所以然来。

我整整在滦河轮上工作了14个月,我已经满足提升二副的条件,我交了提职申请,船务会上通过了张船长的申报。记忆中滦河轮还有故事，但我不得不告一段落。

在上海军工路集装箱码头，老婆带着一岁多的女儿已在舷梯口等我了。当滦河轮靠妥码头、舷梯放到码头上后，我三步并成两步疾步冲下舷梯，把她们母女俩紧紧地搂在怀里。

我看着妻子的眼里滚出了晶莹的眼泪："我阿爸去世了，死在手术台上。"接着她大哭起来。

在滦河轮靠泊广州黄埔码头时，我接到妻子写给我的信，那是一个多月前写的。她在信里说父亲的毛病是脑肿瘤压迫视神经致盲，为了延长生命就上手术台了，可是他没有醒来。"你为什么不给我回信？在父亲病危之际，我需要你帮忙，可是叫天不应，叫地不灵。我很无助啊。"

我拍拍妻子的后背："阿爸去世，我也很悲伤。我也写了回信，可能还在路上吧。好了，我回家一切都会好的。"

女儿瞪大了眼睛，看着妈妈被一个陌生的男人搂在怀里大声啼哭起来。"快叫爸爸，爸爸回来了，你不是说今天和妈妈到船上接爸爸吗？"

女儿转过头根本不理睬搂着妈妈的男人。在舷梯口准备上船装卸的工人也被我们的举动感动了："当海员真的不易啊！"

我把她们接上船，安排在舱室中，开始与接班的三副进行交接班。完成交接班后，我到张船长办公室告别。张船长安排水手将行李吊下船，他把我送到舷梯下面。

当我提着沉重的"晕浪食品"，转过身看着绿壳子的滦河轮，向船舷边上的海员弟兄们挥手告别。我一步三回首依依不舍离开军工路码头，走到港外的51路公共汽车站。

我重返了温暖的家庭，总觉得当职业海员在船上时的情绪真的直上直下地跌宕。当我回家享受海员短暂的工休假期之后，真的不想再回到船上继续我的海员职业了。我看着温柔的妻儿，看着破旧的房子，看着并不富裕的家庭，想着我承担着作为丈夫养家糊口的责任，我犹豫不决，但听之任之。我相信这是命运的安排，认命吧。

我对海员职业产生了动摇

阿奶健在时一直惦念读海运学院的我:"衣羊,不要上船,千万不要上船,阿奶为你担心。"阿奶心中存在隐痛,在我小时候就听到阿奶给我讲的那一段辛酸的往事。

在20世纪30年代初春夏之交时,农忙已过,阿爷租了一艘小木帆船在黄浦江上做运输生意。那天在黄浦江龙华嘴弯头地方,一艘铁壳蒸汽机船从小木帆船边上快速通过,铁壳船掀起的浪头激起小木帆船剧烈摇摆。正在船尾摇橹的阿爷失去了重心,一个踉跄没有抓住橹绳,被甩出了船外,掉进了黄浦江湍流中,船上的另外一名船工见状赶紧拿出竹篙去救阿爷,可是波浪和潮流湍急,不会游泳的阿爷就消失在黄浦江中,再也没有回来。

阿爷出事时,阿爸还在牙牙学语呢。

我跟阿奶讲:"你不是用晾衣裳竹竿在杨思港中打我吗?可是我会游泳,游到对岸去了。"

"小赤佬,还跟我犟头㓤颈。"说着阿奶就流下老泪:"不听我的话就不是我的孙子。"

我知道伤了阿奶的心。态度马上缓和下来了:"阿奶,对不起,我是去大连读书,毕业之后我会遵照你的话,不去海船上工作。"

奶奶弥留之际,我还在海运学院学习。为了不耽误我的学习,家里隐瞒了阿奶过世消息。隔了一个月之后,父亲来信里告诉我阿奶去世的噩耗。阿爸告诉我,阿奶希望你珍惜大学机会好好学习,千万不要上船工作。

大学毕业时,我辜负了阿奶的希望,毅然决然走上了远洋船的舷梯,开始了航海生涯。

回家后,我与妻子安慰了丈母娘,重新安排了她老人家的生活起居,让她从失去老伴的悲伤中解脱出来。

在一个阳光明媚的早晨,我与妻子一起去老丈人的坟上扫墓,在坟头上敬献了一束田野里盛开的油菜花。那凉凉的春风吹拂,把我带到了悲戚的情感世界中。

我也在满目郁郁葱葱的麦田里寻找到了阿奶的坟墓,培土擦拭了墓碑上的

灰尘，我捧了自家水桥头对岸河边采摘的白色野蔷薇花，放在坟头上。

"阿奶，对不起，我辜负了你的期望，我上船出海了。但您放心远洋船很安全，我会安全出去平安回家的，不会像阿爷一样回不了家。阿奶，告诉你，我已经是远洋船三副了。再过几年之后，我会当船长的。到那时，我再回到您跟前告慰您。"

妻子嫁到我家后，因政府征地到工厂上班。她每天挤公共汽车过上海第一条跨黄浦江的打浦路隧道，到市中心上班。我们生产队是上海浦东第一批大规模征地后的名副其实的征地工。她们的工作都是厂里辅助岗位。倒是在工资报酬上还是很公平的，与我一样拿的都是48元的月工资，她还有七八元的固定奖金。而我多了水陆差和外汇补贴，比她的收入翻了一倍。

她每天一早出门，孩子就交给了我的母亲看管，我们都是非常普通的家庭。我的国际海员的身份，让邻居们刮目相看，他们羡慕我能够出国周游世界。

妻子在枕边细语柔柔地说："衣羊，算了，我们只要有得吃、有得穿就行了。到公司找一个陆上职业拿工资就行了，那些水陆差就不要了，别上船好吗？"

钻在温柔的被头洞里的感觉是那么的温馨，我心里也想还是在家里温暖："老婆，好的，我到公司去说说争取不上船了。"

休假还不到三个月，那天，妻子一早上班去了，我在村口逗玩女儿，一辆邮政幸福牌摩托车驶来，随着一声剧烈的刹车声停在了我的家门口："衣羊，有你的电报！"

女儿恐惧地躲在我的身后，我接过电报："衣羊，请你在x日到公司人事调配报到，准备上集装箱船沙河轮。"

我把电报放在吃饭台上。到农贸市场买了很多荤素搭配的菜，我做好了一顿丰盛的晚餐。

妻子看到这么一桌菜："什么事值得这样摆酒设宴？叫爸妈弟妹们一起来吃吧。"她的眼睛盯在电报上："公司来电报叫你上船了？你不是说不想上船

我对海员职业产生了动摇

了吗？"

我低头不语，陪着父母弟妹们吃饭。

"爸妈，我又要上船了，家里又要你们操心了。"

"去吧，出门当心点，家里小孩有我们领着。"父母吃好饭后背着手回到自己的房间里。

第二天，我就到公司报到了。调配员跟我说："公司领导下月就开季度会，你的二副批复马上下来，你上船继续做三副，批复下来后你就接替工休离船的二副。如果二副不工休，我就调你到其他船做二副。"

"船什么时候到上海港？"我询问船期。调配员说："还有一个星期，回家把家里的事安排妥当，这样出去就安心了。"

回到家里，我看到妻子等在家里。她急急地问："什么时候上船？"

我看到家主婆已经在橱柜内整理我的衣物，把一些衣物都放在外面晒太阳杀菌。

晚上，家主婆对我吹枕边风："我知道你有当船长的理想，去吧，你就去吧。怪我嫁给一个不回家的男人，我只能自己陪着女儿慢慢变老。"

我把她搂在怀里："懂我者、知我者还是吾家主婆也！"

上船的日期到了，我不愿意让她送我上船。我提了行李箱看了倚在门框上、眼里闪着泪花的家主婆一眼，义无反顾地离家走了，我去寻找自己那个航海梦、船长的梦！

我在沙河轮上继续当三副

那天,我看了丹凤眼中噙泪的家主婆,便硬着心肠,义无反顾地提了她整理的行李箱上船去了。在浦东82路公共汽车上,我眼前出现了正在路边农田中吃力耕地的手扶拖拉机。它冒着黑烟,顶着白雾努力耕耘有待开发的浦东热土。我紧紧地盯着手扶拖拉机……

中学毕业后,我回到生产队。阿奶是挂名社员,我的父母都是工人。显而易见,我在生产队中根本没有根基,不受他人待见。生产队有不少是以裙带关系结成的社员。他们形成了非常牢固的关系,不容他人侵犯他们的利益。我虽然也是农村户口,属于这个生产队,但他们认为我是来抢工分的,所以我受到排斥与歧视,我只能拿着锄头铁搭到农田劳作,每天赚5个工分,是生产队最低的工分值。

我很喜欢能在公路、田野奔跑耕地的手扶拖拉机。有一天,我偷偷想把生产队的拖拉机发动,

我在沙河轮上继续当三副

可是不懂机械原理的我,一根小手指被飞轮皮带绞得血肉糊糊,至今还留下小小的变形残疾。我并没有泄气,利用业余时间学习手扶拖拉机的零件结构装配图和操作说明书。有的时候还帮助只会开不会修的拖拉机手排除故障。

我的勤奋好学被生产大队的党支部书记看在眼里。正好大队新买一辆手扶拖拉机,我就成为拖拉机手并负责生产大队团支部工作。我开着拖拉机在各生产队的菜地中勤奋耕耘,为大队跑运输。有一次,我还开着手扶拖拉机花了5个小时开到了奉贤奉城水泥船厂接了一艘24吨的水泥船。我还将手扶拖拉机和拖斗合理配载在水泥船上,让船工摇橹在黄浦江中回到生产队。我完成了人生中第一次船舶配载。

现在想起来或许这艘水泥船是当年划时代的水泥滚装船。

我可以非常熟练地把整个拖拉机分解、可以维修机械故障。我用自己的智

一位上海船长的老照片

慧改变了对自己不利的境遇,但是我没有条件成为公社推荐的工农兵大学生,去了干部子女不愿去的"社来社去"的"农大",专门学习农业机械。我一年后回来后成了农机维修的多面手。

不久,我们这代人赶上了好时机,迎来了1977年的高考。我与志同道合的同学们参加了高考,而且竟然"七石缸捞芝麻"给我们捞到了。我们公社第一批9个录取生中,我们班级就有4个同学被录取,剩下的是我们的老师和其他班级的同学一起成为了1977级的大学生。

我在那些"五个手指稳抓田螺"等待公社推荐上大学的某些人面前,扬了扬大学入学通知书。他们面对考取的我们大喊:"这不公平,大学是我们上的。"

可是时代进步了,是你们不努力而被淘汰了,我们才有了进大学的机会。

冥冥之中的高考,我竟然上了大连海运学院。从此,我放下手扶拖拉机摇手柄,开始背起了书包继续学习,以后又开始摇车钟盘舵柄,驾驶万吨巨轮纵横世界三大洋了。

我基础知识差,险些被学院淘汰,我的航海梦想差一点泡汤了。我没有气馁,以笨鸟先飞的精神,用比同学更吃苦的劲道终于完成了学业。大学生活成为我这辈子难忘的回忆。

当82路公共汽车到了陆家嘴终点站后,售票员对我说"终点站到了",我才回到了现实。

在整理照相册中,我发现了一组上大学前,与当年开拖拉机的同伴在手扶拖拉机边上摆拍的照片。这是用我特地在照相馆里租的照相机拍摄的。还有在川沙农大与同学们的合影,现在看到之后,不禁让我浮想联翩,竟然触动了我脑海中的回忆。

我服从公司调配人员的安排,以三副身份上了挂在定海桥浮筒上的沙河轮。

沙河轮只有两年船龄,德国造,是属于集装箱发展史上的第二代船型。船上有两座克令吊,肩负着前后货舱的装卸任务。其实,这两个克令吊在班轮运输中,完全成为了摆设,几乎在集装箱码头装卸中没有使用过。我记得只有在

我在沙河轮上继续当三副

香港维多利亚湾的锚地中,才偶尔使用装卸空箱。整个船舶的装载量为1234标准集装箱。

这次船长是邓船长,据说是公司原航运处处长。他是从旧社会过来的、有着复杂历史背景的一位饱经风霜的老船长。已经到了退休的年龄,公司照顾他让他跑远洋赚点钱回来退休。

毫无疑问,他的航海经验丰富、技术全面、承担公司管理的资深高级船长,他为人谦逊随和,成了我第四位船长师傅。

船舶执行远东欧洲班轮航线,沿途靠泊上海、香港、新加坡,经苏伊士运河直抵英国伦敦、法国敦刻尔克、德国汉堡、荷兰鹿特丹和比利时安特卫普,然后沿途返回远东到天津。

这就是当年各大航运公司采纳的中欧"钟摆航线"。根据集装箱班轮的人事安排,海员做两个来回航次就可以休息了。我在上海上船,下一次回国靠港是天津,再出去回来到上海工休,也就是在整个上船工作完成合同需要6个月才能回家。

跑惯了杂货船运输的海员们不喜欢上集装箱船,认为集装箱船一直在海洋上奔跑,没有传统的杂货船、散装船靠港时间长,连下舷梯踏地气的机会都没有。但他们没想到这是海洋运输划时代的新型海上运输方式,虽然我国集装箱运输比美国晚了二十多年,但这是中国远洋件杂货运输的发展趋势。集装箱远洋运输船型正是世界航运业蓬勃发展的船型,也是公司刚起步进入集装箱运输领域的船型。

我乐意成为集装箱船舶的驾驶员,我的目标就是成为集装箱船舶的远洋船长。

与交班三副完成交接后,利用船舶挂浮筒候泊的机会,我马上投入了工作,熟悉三副管理的设备。在滦河轮上,我从驾助做到了三副下船,张船长在我工休时就提任我为二副了,正在等待公司批准任职。

三副在船长保驾下能独立执行船长航行指示,实现海洋上自主瞭望值班。三副除在航行瞭望值班责任外,还承担了消防、救生设备的维护保养和编制人员上下船后的"应变部署表"。

在20世纪80年代,船舶应急安全设备的规范正在不断收紧。当我在做驾助时就跟随三副熟悉消防、救生设备。只要三副去救生艇内部维护,我都会跟尾虫一样出现在现场。我抢着做维护记录本的记录,协助三副清点救生属具,更换储水箱内的淡水。

"驾助,我问你救生艇水箱淡水应该几个月更换一次?"三副在更换淡水时询问我。"那肯定是每三个月更换一次!"我不假思索地马上回答他。

三副笑笑:"是的,船舶在不同港口添加的淡水质量还是有差异的,根据规范要求每三个月更换一次淡水。作为在弃船后的保命水,你必须每星期都要打开水箱进行检查,闻淡水是否出现异味,看淡水是否变质。作为救生艇应急淡水,尽量避免添加漂白粉味道很大的上海自来水和含氟量大、会满口大黄牙的天津淡水,尽量不储藏缺少微量元素的船舶造水机淡水。最好加到好水之后,不要嫌烦马上更换淡水。在更换前要先清洗水箱,加注新的淡水后还要在救生艇维护记录本上记一笔加注日期,以备检查之用。"

三副的见解实乃真知灼见,以后我特别留心救命水的更换。

除此之外,我还把全船的消防器具布置和检查都记在心里。特别是船上大型CO_2的操纵布置,各舱内在火灾时的CO_2投放量都记在心里。遥控释放站、CO_2舱的管系布置统统吃进了肚子。后来自己当三副了,每月一次的消防弃船训练,我都会讲得头头是道。虽然救生艇分工很细,机舱四轨(三管轮)管理艇机,但是我对艇机启动和维修保养一点也不陌生。

经过14个月驾助和三副工作实践,我完全熟悉了三副所有工作程序。还抽空学习二副的业务,可以说在滦河轮上打下的良好基础,我到了沙河轮上很受用。

黄浦江上一艘港监艇飞速驶来停在沙河轮边上。原来是上海港监人员(现为海事局安全检查人员)来上船对消防、救生设备进行检查,也就是正在国际上渐渐兴起的船舶安全检查的雏形(PSC检查)。船长打电话给我,要求带他们到艇甲板检查救生艇。在检查人员的询问过程中,我从他们的表情判断出港

我在沙河轮上继续当三副

监人员对远洋船舶的技术、机械设备并没有想象中的精通,他们是来向我们远洋船上船长、驾驶员学习的,所以态度非常友善、诚恳。带队的港监朋友说,他们都是刚刚大学毕业分配进入港监系统的。我一看里面还有两个港监美女阿妹呢。这下,激起了我的表现欲,带他们检查的积极性倍增,而且尽量展现自己的专业知识。

我带领她们掀开敞开式救生艇遮盖的帆布,对照记录本,拿出属具和备品给她们检查。

她们询问救生艇容纳多少人员。我马上回答35人。机动艇续航时间多少?我回答救生艇的作用是确保海员弃船后的安全,一般不是用来长途航行,而是在遇难船附近守望待救,所以,她只能以6节航速维持24小时左右的续航时间。

检查人员满意地点头:"那么,救生艇的释放步骤呢?"

"救生艇的安全释放比较复杂,对于我们敞开式的救生艇来讲,先要将帆布全部解开,将悬挂的救生索解开放下;再将救生艇绑扎解开,检查救生艇四周情况,两个水手和一个轮机员随艇下,以便落水后释放艇钩,控制救生艇漂移等。船上放艇由水手长操纵救生艇卷扬机,抬放重力锤释放。"我一轱辘把救生艇操纵步骤统统讲出来了。

两位美女不断地打断我的表述:"三副,侬(你)讲得慢一点,阿拉(我们)还没有记好。"

"你们负责救生艇的轮机员怎么不在场?"当我讲到轮机员随艇下时,他们发现轮机员不在场。"在上艇检查前,我已打电话到机舱叫四轨了。可能机舱正在维护其他设备。有关救生艇发动机的问题可以问我。"

检查人员疑惑地看我,说:"请问艇机是什么燃油?"我不假思索地回答:"轻质柴油!"

"什么标号的柴油?"检查人员以为会难倒我。我回答:"零号柴油!我们主要是无限航区的船舶,到了寒冷海区,可以避免燃料油结冰而无法启动柴油机。"

一位上海船长的老照片

"艇机的启动方式是什么?"我拿出放在边上的手摇柄:"艇机是两缸四冲程柴油机,减压阀手摇启动方式!""如果在寒冷地区,艇机启动不了,怎么办?""好办,只要压下减压阀,多摇数次摇柄,让艇机做做体育活动,暖暖缸,艇机内润滑油流动后可以启动了。""能否试试?"我观察艇下、艇后有无障碍物,确认无误后,立即熟练地压下减压阀,然后把手摇柄插入孔内,屏住气,一下子摇了5~6圈后,艇机排烟孔冲出了一股黑烟,艇机启动成功。我顺利进行了正倒车试验。

"你告诉我如何知道艇机内的润滑油是否符合要求?"

我把她们领到艇机的跟前,将机油测量孔拧开,我轻轻地提起量油标尺:"你看润滑油到这个标尺说明正常,到了最下面的标尺就是最小极限,可以考虑添加润滑油。另外,我们还可以通过观察标尺上润滑油的颜色进行判断,或者用手蘸一点研磨一下,感觉是否有金属细粒,以判断艇机是否有磨损,或者是否需要更换润滑油。"

港监人员见到我熟练地操纵艇机:"你学过轮机?"

我点点头,骄傲地说:"是的,我是大连海运学院航海系驾驶专业毕业生!我在农村开过手扶拖拉机!我熟悉艇机的操作。"

美女们对我莞尔一笑,我头脑也热昏昏地心里面想:"她们一定对我有好感!"

我也忘乎所以,几乎忘记我是已婚人士。检查完毕回到了大台,邓船长接待了她们。她们向船长汇报了我的表现,伸出大拇指:"船长,三副真行,他的业务不但熟练,还给我们上了一堂救生艇释放、保养的课。"

邓船长微笑着点点头。

伦敦船闸的父女引航员

19

挂了"H"引航旗的交通艇疾驰而来,一个漂亮的靠泊动作就停在了舷梯边上,穿了中山装制服的引航员带了专用引航包上船。我在驾驶台看到之后直奔甲板舷梯口,从引航员手中接过引航包,走在前头引领他上驾驶台。很快沙河轮解掉浮筒系缆,在主航道上缓速驶向上港九区集装箱码头。

此刻正是黄浦江初涨时分,航行到码头泊位,前后拖轮带妥后,摆正靠泊角缓缓横向进泊时,从吴淞口、蕴藻浜中抢涨水进口的"一条龙"船队驶来。

顿时,江面铺天盖地,一条接一条的船队如过江之鲫不断涌来,你追我赶、热火朝天、不亦乐乎。上海黄浦江港监交通指挥中心呼叫她们远离,但专用无线电频道6却被船民们的杂音抑制覆盖了。

"一条龙"船队似乎吃了豹子胆,顺着涨水,从沙河轮的里档穿越过来。船老大还叫他的家主婆站在被拖驳船船头,用竹竿上挂的一面信号旗胡乱挥舞,意思是"请你离开,我们要从泊位边上通过"。试想两万多吨体量的沙河轮,能说走就走吗?

引航员急忙叫停正在顶推平移的前后大功率拖轮,然后下达侧推全速向右

117

的口令。呼叫拖轮放缆绳拉住沙河轮，阻止船舶横移。沙河轮却在惯性横移下继续压向"一条龙"船队。

"一条龙"船队老大此刻才意识到自己将要被挤压，要在顺流之下改变航向走外档已经来不及了，他马上推满油门欲抢出去。"一条龙"船队拖头已经进入沙河轮里档盲区了，引航员头上冒着热汗，拉住驾驶台前面的扶手杆大叫，身体向后欲阻止船舶横移："完了、完了！"

完了吗？没完！在千钧一发之际，具有丰富狭水道、港口机动操纵经验的邓船长见状，不慌不忙地接过引航员的操作发出清晰嘹亮的操作口令："侧推停！主机前进二！正舵！"船马上抑制住向内横移的势头，转为向前移动了。里档留出了正好"一条龙"船队通过的横距。

"停车！"邓船长跑到里档，一看"一条龙"船队正在冒着黑烟继续前进。后面十几艘驳船老大赶紧跟着拖头维持正舵航向。那位站在拖轮船头的妇女此刻已经扔掉竹竿信号旗，滋溜一下逃到了拖轮尾部，抬头看着沙河轮驾驶台，那里档的船舷几乎就要挤压碰触拖头和驳船了。

邓船长用主机动力有效控制了船位，也没有离开泊位纵向距离，当挤压"一条龙"船队的风险排除后，才把指挥权交给了引航员继续操作。引航员见到船舶姿态被邓船长驯服得稳稳妥妥的，也就恢复了指挥常态，继续指挥拖轮将沙河轮平安地靠妥张华浜九区2泊位上。

桥吊嗯呀、啊呀矫作地迈着小碎步移动到沙河轮边上，类似长臂猿一样的吊臂伸向黄浦江中。沙河轮的两座克林吊被水手甩向黄浦江侧。一个集装箱吊上船了……

一天之后沙河轮开始了欧洲远航。沙河轮在香港加载后，穿过南海西沙群岛、穿越了马六甲海峡、到了印度洋、亚丁湾、红海、苏伊士运河、地中海、直布罗陀海峡、大西洋、比斯开湾，进入了英吉利海峡。直接驶向第一个欧洲靠港——伦敦港。

那年，我们万吨级集装箱船舶都是在名叫SUNK的锚地抛锚等待潮水，然后在伦敦引航员的引航下驶向泰晤士河，去靠泰晤士河中的古老港口Port of

伦敦船闸的父女引航员

Tibury 码头。

英国在工业革命后，随着工业的发展，大量工业废水被排泄到河道中，以致渐渐把河水变得黑了，一些鱼类也慢慢被废水逼得"背井离乡"无法生存了。泰晤士河曾经是严重污染的河道。

伦敦也是世界上著名的"雾都"。

当上海 20 世纪 80 年代初期的黄浦江开始步泰晤士河后尘时，英国人开始治理泰晤士河了。我们集装箱船舶驶入泰晤士河口时，眼前的河道景象已经开始改变了，泰晤士河的水颜色由浅黄变得清澈了，鱼虾开始重返泰晤士河，即使集装箱船舶的螺旋桨在河水中搅动也没有泛出如同黄浦江水那样的异味。

不像某位中国女留学生到美国下飞机后表述"空气是甜的"献媚话，我客观地评价英国人在当时有了环保的意识。泰晤士河幽静的树丛下，还有人拿鱼竿垂钓，还有人在拿渔网在守株待兔般地捕鱼。我在驾驶台看到清晰的景色，天空、大地、河流，各种生物和人类和谐共存。

一个多小时后，沙河轮就到了泰晤士河 Port of Tibury 码头船闸，在这里进闸后靠泊码头装卸集装箱。泰晤士河的潮差很大，像上海长江口航道一样，船舶都是乘涨潮而入，乘涨潮而出，通过这个船闸来保证船舶在港口码头的安全。

很有意思的是好像是被承包的一样，船闸似乎是其他引航员是不能涉足的。好像只有一家人能控制船闸的引航，这就引发了如下一段故事。

前辈老引航员在第二次世界大战中，为了捍卫伦敦港，保证军火通过 Port of Tibury 码头运往前线，全家男丁都奋战在船闸中，为运输船只引航，他们付出了鲜血和生命。前辈老引航员对这个 Port of Tibury 码头船闸视为家属的荣

119

誉，像英国皇室一样世袭。他们世袭了船闸的引航特权，到了老引航员手里已经第二代了。

老引航员在战争时脚受过伤，他与中国远洋公司集装箱船长都是好朋友。只要中国集装箱入闸，他都是拐了瘸腿，十分灵活地登上驾驶台指挥引航。反正，我在当年欧线上当驾驶员都是他来引航出入船闸。

船闸和泰晤士河是一个直角，涨落潮时就很难控制船位，即使大功率拖轮协助也难以控制上漂下流。当泰晤士河的潮流在平潮时才能保持船位，方便进闸。通过几十年的历练，老引航员的技术娴熟得如同玩于股掌中的健身球，操作眼花缭乱而纹丝不乱，每个操作口令都是标准英国牛津口音，驾驶员都免费上了一堂专业英语口语对话课。

他从驾驶台左翼跑到右翼的动作就像八仙过海中的铁拐李，一条腿荡悠地拖着另一条腿跑，而他偏偏又保持英国绅士般风格，上身笔挺，手握一柄烟斗，笃悠悠地吸烟、吐烟。

每次老引航员上船都把他的一双儿女带到船上学做引航员。可是儿子叛逆，极为抗拒在船闸中做一辈子世袭引航员，让老引航员气得差一点吐血，没有办法只能让女儿承袭祖业了。他把女儿送到了海军学校学习航海，又到军舰做了水手、驾驶员，再到商船做了二副后才回到他的身边，守候他们家的船闸。

上次在滦河轮当驾助时，就是这位老引航员引领进出闸的。当这次沙河轮去的时候，我再也见不到这位老引航员了。据说，某天老引航员睡着后，第二天再也没有醒过来，他突发心肌梗死过世了。

那天，他女儿上船后，看到我是滦河轮驾助，就对我说他父亲已经Pass away（过世了），被上帝召唤去了。我唏嘘地感悟："人生一世，世事难料，苍天依旧，人已西去。"

我入乡随俗模仿基督徒的动作，在胸口画了一个十字，口中念念有词："愿上帝保佑老人在天灵魂安详，阿门！"看她继续上船引领沙河轮进出船闸，感到他们家属如同女王世袭帝制一样，其意义在于维护他们家属在二战时的

伦敦船闸的父女引航员

荣誉！

老引航员的女儿没有继承他抽烟斗的陋习，但她的烟瘾与老引航员如出一辙，手中一根接一根不断地抽烟，如同白雾一样缠着她，连牙齿也变得黄了。驾驶台门都被她变成"烟囱"了。整个45分钟左右的进闸操作，她足足可以吸掉半包香烟。

上次滦河轮上她老是站在我边上，老引航员开玩笑说女儿被我吸引了。她与我进行英语"Conversation（对话）"非常投机。这次，她惊讶地发现我到沙河轮上当三副了，她还是站在我身边，得意地看着我服从她的口令操纵车钟。

虽然老引航员有点"有女待嫁"的心情，可是，我并不喜欢一股烟味的外国女人，更何况我也是已婚男士。慈祥的邓船长邓大人也开玩笑："三副，你的艳福不浅啊！"

临走时她对我说："如果你不介意，靠泊Port of Tibury码头期间，我带你去伦敦游玩。"

在当年的纪律环境下，我是不敢更不可能跟着这位满身烟味、缺少女人味的女士"私奔"去伦敦游玩的。

沙河轮在邓船长的指挥下又接连安全地靠泊易北河中的汉堡，郁金花中的荷兰鹿特丹、飘着冰淇淋香味的比利时安特卫普港返航了。

后来继续在欧洲班轮上的同伴说，这位女引航员几次成功地引领船舶进出船闸。可是她的引航技术还欠缺火候，不如她父亲沉着、稳健。

有一次姐妹船辽河轮在她的引领过闸时失误，就把辽河轮水线之上的船舷，像外科大夫割阑尾炎一样，整整齐齐开了一道，划口足有四五米长。

辽河轮船长吓得大叫："大姐，您就饶了我吧！下次不要再来了。"

老引航员的女儿见状也伤心得流出了眼泪连连说着："对不起！我使您遇到麻烦了。"

船长在引航员引航时必须监督其操作，引航员在引航过程的失误，造成船舶和货物的损失只负道义的责任，不赔偿经济损失，这个是引航界中铁定的规矩，是永远不会被打破的。

一位上海船长的老照片

事到如今，船长只好自认倒霉。临时在码头边上补了一块补丁，开到德国不来梅的船厂修了一个星期船。海员们趁着这难得的机会周游德国不来梅城市，享受街头美景，饱览西欧旖旎风光，红灯街上的风流顺便尽收眼底。

此后不久，英国泰晤士河 Port of Tibury 码头无法接纳集装箱船了。中国远洋公司也调整集装箱船舶目的港，靠泊伦敦西面的费力克斯特港了。

再过一段时间后，大型集装箱船舶上线了，像沙河轮一样的第二代集装箱船退出了欧洲航线。我们再也没有机会到 Port of Tibury 码头了，也再没有机会到伦敦市区去参观英国皇宫、白金汉宫，观看皇宫仪仗队换岗了。伦敦桥变成了脑细胞中的记忆，大笨钟的钟声从此只能在记忆中回响，富有英国特色的黑色奥斯丁小汽车也再也不见，如同上海外滩般的泰晤士河风景再也没有机会观摩了。

可惜，当时我的手中还没有照相机，再也无法留下一脚横跨东西半球的格林尼治零度经线的奇景。现在我只能在海图上过眼瘾了。

跑远东到欧洲的航线，印度洋西南季风并不可怕，可怕的是复杂的中东政治形势和当时正在滋长的海盗劫持行为。无论是去往欧洲，还是欧洲返回远东。说不定就会遭遇沿航路上的"妖魔鬼怪"。

那么从欧洲返回远东第一关是哪个地方呢？相信跑过欧洲的船长一定深有体会，即便新生代船长也是如此感觉：跨大洋航行容易，运河引航员难缠。20世纪80年代老船长们更是头疼引航员们见啥要啥，欲壑难填。只要船长稍有怠慢，马上就会给你颜色看看。

沙河轮的邓船长就曾被运河引航员狠狠敲了一竹杠。

邓船长事后也对我说："当远洋船长容易，对付运河引航员难啊。你今后当船长了，一定要吸取我的教训，不要给寻事生非、鸡蛋里挑骨头的运河引航员机会！"

我看出邓船长眼神中的隐隐伤痛。

那是过运河时，在运河城市伊斯梅里亚附近岔道口，舵工说"舵不来"！

监督水手操舵的驾助用错英文："Rudder out of order（舵失灵）"回答引

伦敦船闸的父女引航员

航员。

因为引航员过分索要礼品和香烟，船长稍稍怠慢了他，他就抓住了小辫子了，叫了拖轮"五花大绑"地将沙河轮绑架到了"小苦湖"。不管船长如何解释拒签拖轮单子，也测试了舵机给他看，这家伙就像强盗一样理都不理睬，拿了香烟、食品，提了引水包走人了。

邓船长赶紧起草了"海事声明（Sea Protest）"递交给运河当局。运河当局接受了"海事声明"后表示要对引航员进行调查，对船长引起的不便表示诚挚的歉意，可就是不派引航员安排继续过河。沙河轮在"小苦湖"里整整待了3天后才有人上船调查，但什么结论也没有，然后第二天早晨才安排过河。气得船长差一点吐血，狠狠地臭骂了驾助一顿。当然驾助也诚恳接受，表示自己讲话没有经过思考就直接与引航员对话了。

船长后来在驾驶台举办技术培训，分析这个案例，得出一个启迪：碰到事关船舶安全的口令，必须先用中文通知船长，由船长来处理。这种本来没事的问题，就是因为用词不当就给那些穷过头不讲理的运河引航员抓了把柄，又给不负国际道义的当局斩了，这4天船期损失多大啊。船长十分大气："好了，这事就这样完了，由我担责！"

驾助听了之后感动得流泪了。此刻，船长还在保护年轻人，我也吸收到了堂堂正正、铮铮铁骨般的正能量。邓船长的宽容也让我今后做了船长后受益多多。也培养了我刚直不阿、善于站在被教育者的角度思考问题性格，这是后话了。

搜寻"挑战者"航天飞机

我从沙河轮下来工休前,收到了公司晋升到二副职务的电报,在返航途中,驾助就接了我的三副班,我也跟随二副实习了一个月,到上海后与邓船长一起离船工休。

沙河轮另外的故事就搁下不表了。

没多久,中国远洋公司劳模船长鲍浩贤在欧洲接了1700标准箱位的新船冰河轮返回上海后,鲍船长下船回公司工作,邓船长接任鲍船长的班。

我被邓船长召唤去了冰河轮当二副。

记得冰河轮停靠在宝山钢铁厂的矿砂码头待命了半个月,后移泊到军工路码头装载集装箱,航线为美东纽约港。

就在美东航次中,我目睹了美国"挑战者"宇航飞机的失事经过,并参与了短暂的"挑战者"号搜救。我朦胧记得大概是冰河轮的第3航次。我们从上海出发经过了19天的浩瀚北太平洋航行之后,到了中美洲的巴拿马运河口,然后在锚地等待编队过河。那也是我第6次穿越巴拿马运河,我依然惊叹于

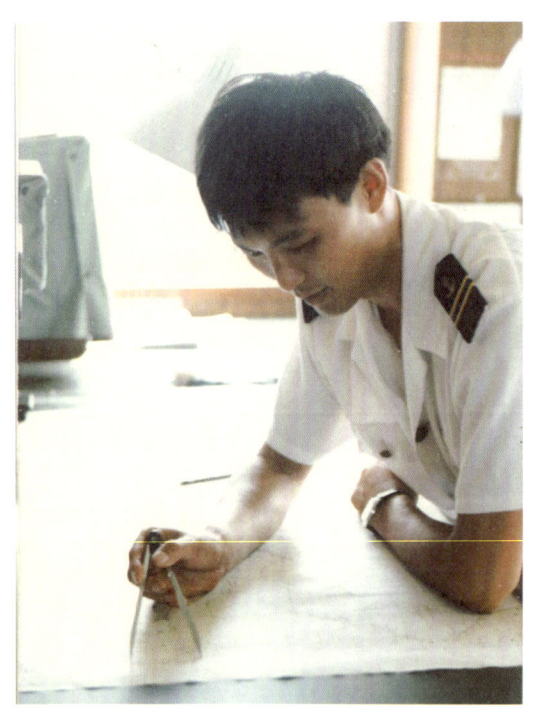

搜寻"挑战者"航天飞机

沿途巴拿马热带旖旎风光。

我们原先的航行计划是先去往纽约，然后沿着美国东海岸南下到查尔斯顿、墨西哥湾内的休斯顿，再返回巴拿马运河，穿越北太平洋回国。

刚刚通过巴拿马运河，邓船长突然接到了公司调度命令："安排你轮先靠休斯顿，再靠查尔斯顿、纽约，然后直驶巴拿马运河返航。"

邓船长拿了电报之后马上叫我起来，重新设计、修改航线。我花了一个多小时修改完毕后告诉船长："从巴拿马运河大西洋口岸到休斯顿引航站需要四天半时间。"

船长审核我的绘制航线后露出了满意笑容："小伙子不错，航线很标准。"我有点沾沾自喜，但我心里面有数，我的文字书写还缺少火候，文字标注不够规范。

二副的职务就是航行值班、修改航海图书资料、绘制航线，以及导航仪器的维护和驾驶台整洁维护等工作。因此，我一直努力学习老船长的经验，确保自己绘制的航线安全、可靠，远离海上危险海区。

我在设计航线时观察到，海图上标注了美国佛罗里达州迈阿密附近的肯尼迪航天中心。美国的航天技术在当时很先进，一直有航天飞机执行太空飞行任务。

1986年1月28日上午，我轮按照既定的航线，航行到了墨西哥湾的口子内。作为二副，我航行值班的时间为00：00到04：00和12：00到16：00。我休息到了10：30就醒了，盥洗之后准备吃午餐。我推出舷门呼吸一下海面的新鲜空气，只见海面笼罩了低层浓雾，白茫茫的雾将蓝色的海水拉上了神秘幕布。而在离开水面二十多米的高度，驾驶台却能够看到蓝色的天空，形成了非常少见的海上奇观。

外面的气温很低，呼呼的寒风让我不禁打了一个寒战。我缩进了舱室转而来到了驾驶台与正在当值的三副闲聊几句，等待厨房开午饭。

我视线漂移到蔚蓝的天空，墨西哥湾的低层漫漫浓雾和高处蓝天中浮动的白云尽收眼底。

一位上海船长的老照片

我发现东北方向地面上出现了一团拖着尾气的亮点垂直升向苍穹。

三副和我看见后纷纷议论:"这好像不是飞机起飞,而是航天飞行器升空!"我告诉三副,海图航线附近的海岸上标有美国航天中心的图案。

"那肯定是发射火箭,战斗机也不会垂直起飞啊!"我和三副正为这一道白色尾气感到惊奇。突然我们惊讶地发现火箭的尾气放大了,湛蓝天空中出现一团红色的火光,像团棉絮慢慢扩散开来。此刻,我和三副也没有考虑外面天空发生什么了,转身下去吃午餐了。

大概15分钟后,我吃完午餐上驾驶台时,只见驾驶台边上的电报房内响起了嘀嘀嘀、嗒嗒嗒的电键声。随后报务员拿了一份航行通告匆匆忙忙跑到驾驶台,他眉头紧蹙,表情紧张对我说:"二副,不好了,美国在15分钟前发射的航天飞机出事了,坠落在大西洋内了,就在我船的附近!刚刚收到美国海岸警备队发布的航海警告,指示我们在本海区内寻觅失事的航天飞机残骸并实施必要的救助。"

我拿起航行警告一看航天飞机还载有7名宇航员!我连忙通知船长。

船长上驾驶台了。看完电报后,他立即按照航海惯例布置了救助任务,要求值班驾驶员和瞭望水手专注海上搜寻。

我将搜救起始时间记录在航海日志中。

下午,墨西哥湾变成了美国海岸警备队巡逻舰和海军军舰的天下,美国出动了最精悍的海上搜救力量,努力寻找航天飞机坠落点的一切疑似物体。

那天下午,我的航行值班都处于美国海岸警备队舰艇监视之中。他们不断发出询问,并告诫前方水域已经被封锁了,商船需要改向。

因为搜寻无果,我们向搜救中心汇报后,得到他们的准许后撤离了搜救海区,驶向目的港——休斯顿港。

第二天上午,我船缓缓地靠上了美国休斯顿集装箱码头。

我看见在每个码头旗杆上都降了半旗。美国对航天飞机的失事和牺牲的宇航员举行了全国哀悼,整个码头上气氛沉闷又哀伤。

代理上船了,他带了当地华语报纸。他的表情也是灰色的,为美国失去宇

搜寻"挑战者"航天飞机

航员感到悲伤,船长见到此种情况也就一改过去活跃的言语而变得很深沉了。

我拿起了华文报纸,一段哀伤的文字跃入我的眼帘:

1986年1月28日中午,美国"挑战者"号航天飞机载7名宇航员进行第25次飞行。这一天早晨,成千上万名参观者聚集到肯尼迪航天中心,等待一睹挑战者号腾飞的壮观景象。11:38,在人们期待中目送7名宇航员进入"挑战者"号宇航飞机。不久

竖立在发射架上的"挑战者"号点火升空,直插苍穹,看台上一片欢腾雀跃。

航天飞机升空73秒后,空中突然传来一声闷响,只见"挑战者"号顷刻爆裂成一团橘红色火球,碎片拖着火焰和白烟四周扩散。

事也很巧,美国的休斯顿是美国的宇航中心展览馆,陈列了美国宇航发展的大部分航天物品。

当年中国远洋公司都有惯例,船舶抵港后船长可以安排海员下地活动,参观或游览一些景点、逛逛商业街头等。

因刚发生航天飞机失事事故,船长根据船舶停留的时间与代理进行了协商,要求安排海员去参观离开港口不远的宇航中心。以便让海员感受宇航科技以及宇航探险科学知识,了解人类不畏牺牲探索宇宙的奥秘和勇敢冒险精神,让海员们接受一次航天科普教育。

我是第二批去往休斯顿宇航中心的。下垂了的美国国旗在旗杆飘着,宇航中心的游人很多。据说因挑战者航天飞机坠落,美国人都到宇航中心来凭吊宇航员。

一位上海船长的老照片

搜寻"挑战者"航天飞机

我看到耸立在宇航中心的巨大火箭,看到了美国第一次载人宇航飞船的轨道舱。

那天,我因为"挑战者"号上的美国宇航员的失事,心情特别郁闷。我了解到其中还有一位女性小学教师,她准备在太空为全美乃至全世界的中小学生上课,普及航天科学知识。可惜"壮志未酬身先死",她为了人类的科学进步,为了自己热爱的教育事业奉献了宝贵生命。

美国宇航员们并不畏惧人类探索太空时所面临的风险,在报刊上纷纷表示,只要太空探索需要,他们随时准备出征上天,他们将继续执行"挑战者"号宇航员们未能完成的任务和夙愿。我被美国宇航员们的精神感动了。

今天我国的航天科技日新月异,我更为神舟十四号和神舟十五号飞船上中国宇航员探索太空的勇敢精神而感动;也为中国的"嫦娥五号"探月成功、返回器携带月壤安全返回地球而骄傲;也更为中国空间站建设成功感到骄傲!中国被世界航天强国排至门外的历史一去不复返了。

再回首我们的海员职业,我们探索航海也像宇航员一样探索浩瀚的宇宙,也像军人一样奔赴蓝色的海洋,我们在自己的岗位上为建设中国海洋强国正在做出应有的奉献。

21 外派嘉哈拉轮（1）：出发

我又在老照片中无意发现一个由外派船嘉哈拉轮上的一名韩国海员留给我的古典木雕花瓶。花瓶记载了一段关于中国海员的鲜为人知的信息。

我们能在国际海员劳务市场上与嚣张的印度人竞争吗？

从冰河轮休假了5个月，我被外派回来到我家串门的弟兄们说服了："外派可以到班轮航线没去的国家，你不仅可以饱览无尽的世界风光，还可以拿到比远洋航贴更多的外派补贴。"

面对高薪的诱惑，面对家中急于改善经济条件的窘境，我又犹豫不定了。将心思透露给了人事调配员。调配员说正好香港有一家外国驻扎的船东公司老板与本公司外派部商榷，有一艘杂货船需要中国全套班子的海员，而这艘杂货船的外派名额就落在我们四组船队。

"你要想想清楚啰，外派出去一个合同就是12个月，正负一个月。船东为了省下遣返费用，服务时间只多不会少，也就是13个月才能回家啰。"调配员如是说。

这是1986年8月23日，外派部领导召集外派海员开会，向我们传达了外国船东公司的概况。

外派嘉哈拉轮（1）：出发

这是高层被印度人把持的、驻扎在香港的船东公司。正值中国开放海员劳务外派的初期，中国海员的廉价劳动力吸引了该船东高层中的华人，他们竭力主张使用中国海员来降低用人成本。可是与中国海员成为竞争对手的印度人管理层表面上同意开放中国海员，暗地里却使绊子。经过激烈的争论，他们的高层妥协了，同意试用素质较好的中国远洋公司海员。

公司领导告诫外派的海员弟兄，外派成功与否就看你们的表现了。

我是以二副职务外派，我浏览了船员名单（Crew List），互相了解后得知，整套外派班子都是四组中不太理想的海员，统统都是各公司的"老弱病残"组成的"杂牌军"，也就是说他们都是公司主船队不太喜欢的、总是"调皮捣蛋"的海员兄弟。

只有我是自投罗网、吵着闹着要去外派的大学学历海员。不管怎么说，穿上了"外派的鞋子"合不合适，只有经历了才知道。

在本次外派过程中，我经历了人生之中数个第一。

第一次腾云驾雾乘飞机。我好奇地坐上航空椅，如同好奇的孩子，什么都想拿来看看，最好能坐在舷窗边上，鸟瞰大地的风光。

第一次换乘飞机。我先从上海虹桥机场飞北京机场，然后外派部安排我们在机场附近集镇的旅馆住了一个晚上。我碰到了一位服务员，是位京韵十足的北京姑娘，我们闲聊交流十分投机。

她听说我是海员，船上带职务的二副。她不懂船上的二副之职，旁边的海员帮衬说是船上当大官的，能赚很多钱。她听了海员兄弟们的话，又是羡慕，又是敬佩。

第一次到北京。有机会到了中国远洋总部，见到在总部机关工作的同班同学，他们不像我一样到处颠沛流离。他们没有上过船，却在北京指挥各地的中国远洋公司。我羡慕机关同学。

第一次乘飞机出国。从北京转机到日本神户的关西机场，我过足了乘飞机的瘾。

我终于理解飞机天上飞1小时，船在海上航行24小时的传言。

还没有享尽"第一次"带来的喜悦,接下的故事都是"咸菜缸卤水溅进了眼睛——一把辛酸泪"。船东安排中巴接机后,马上带着我们奔向神户港内的嘉哈拉轮。11:30刚刚到码头泊位,在船上的韩国海员就迫不及待地带着行李下船了,只留下高级海员与我们高级海员进行交接班,船东给我们交班时间仅有两小时。

因为嘉哈拉轮是船东刚刚买下来的旧船。韩国海员下船时,前船东指示把所有船舶经营资料全部毁灭,记住是全部!仅为船长留下一套船舶图纸。伙食仓库内的储备仅够一个星期,而且大多数是即将过期的、不对中国海员胃口的食物。交班遗留的储备伙食费用还算在我们接班海员的头上。船长拒签伙食转移清单,让他们把伙食带走,韩国船长傻眼了。当我们饥肠辘辘,上船还未喝上一口水,韩国船长就急不可待地向船长交代几句就下船了。

大副的配载资料还没有清点完毕,韩国大副说:"对不起,我没有责任向你交班。"

三副推门进入三副舱室,里面的韩国三副早已遁迹了。

我接二副的班,只见韩国二副提好行李向我说了一句:"Bye!"他留下一句余音:"Navigation equipment are all OK! All Charts are updated already(导航设备都没问题!所有的海图已经更新)!"他指了一下房间沙发上木制花瓶:"This is a gift for you that bought from an Island of Caribbean Sea(这是在加勒比海某岛国购买的礼物,给你)!"

花瓶体积太大,他拿不走就做好人留给我了。

我连忙奔到驾驶台,根据船长的指令,抽出去往香港的海图,把航线以最快速度绘制好。但我发现韩国二副骗我,他留下的海图基本上没有改好,那是三千多张的英版海图啊!没办法,我再查看驾驶台的导航仪器、雷达等还能工作,稍稍松了一口气。此刻,我已经饿得浑身没有一点力气了。我渴得难耐,正好看到驾驶台有半瓶矿泉水,也顾不得谁留下的,抓来就喝。

此刻,我发现船长上驾驶台了,后面跟着两个黑皮肤的印度人。船长向两位印度人介绍:"这是二副!"印度人也向我自我介绍:"I am the

外派嘉哈拉轮（1）：出发

deck superintendent from company, the guy is the engineer and the engine room superintendent（我是公司的甲板部监督，那人是机舱监督）。"船长补充告诉我："他们是公司派来监督我们的印度大副和印度大管轮。"

他们趾高气扬地命令船长："引航员即将上船了，请船长向甲板部发指令马上关舱，将吊杆放下绑扎好，时间留给我们不多了，还有一小时就开航了。"他抬起手腕让船长看手表。

船长用对讲机向甲板大副传达指令，要求水手长将甲板设备固定好。水手长说："刚接班，稍给一点时间，甲板设备操作正在摸索中，我们尽快完成任务。"

船长用不流利的英语向甲板监督叙述，甲板还需要一点时间完成绑扎。印度人马上眼乌珠一瞪："这是公司命令，准时起航，否则下个期租延误都要你们负责！"

船长表示尽力准时开航。这是上船一小时之后发生的事情。

刚上船的海员都处在杂乱无章、匆忙起航准备工作中。他们要工具，找不到！要钢丝绳，找不到！整个船上海员弟兄们都急得六神无主。引航员上船，解缆松绑，驶出大阪湾了，他们还在甲板上如同无头苍蝇，无穷无尽地忙碌着，害怕没有把甲板设备固定好，在海洋中出现事故。

两个印度人已经在船上一个月了，但他们每天在船上吃喝，根本不关心船上技术设备，如何操作也像我们上船被韩国海员打了一记闷棍一样，一无所知。

同行是冤家绝对是真理啊，特别是不属于一个国家的海员，则更是竞争对手，恨不能将对方置于死地而后快。这两位印度人眼神中忽闪闪的目光，都是在看中国海员笑话。我看着印度人对船长的骄横态度，感觉这两厮不好对付。

从上船到18：00，我一直在订正航线所用的海图。

我上船后还没有吃上一口饭。饭在哪里？大厨也急得如同热锅上的蚂蚁——团团转。那煮饭的热水汀蒸汽锅如何操作还在摸索。好在船长房间内找出了一箱可口可乐，给我们在驾驶台的人补充了一些糖分。

一位上海船长的老照片

很晚大厨才煮好米饭端上了驾驶台,这才让全体海员吃上了一顿没有菜肴的晚餐。

我累得眼皮耷拉,海图还没有订正完,就向船长打招呼下去眯一会儿,此刻唯一的想法就是躺平。再过2小时我又要上驾驶台值航行班了,那时再疲倦也得瞪大眼睛,否则值班瞭望会出大事。现在哪怕我能有一刻钟的时间把眼睛眯上也是奢望了。

我刚刚到舱室躺下,热汗马上飙出来。大管轮还在摸索主机的基本操作,没有时间关注生活区空调。不是中国轮机员无能,而是机舱设备图纸也被可恶的韩国海员毁灭了。再说此船是前民主德国船厂建造的,他们都是学苏联制造的标准件,连开启的阀门都是与国际标准反向的,轮机员把主机开起来已经是奇迹了。

我浑身酸痛,累啊,睡意和汗水交织在一起,但汗水战胜了睡神。此刻,驾驶台水手跑到我舱室:"二副,船长要你上驾驶台,自动舵找不到开关,舵工只能手操舵了。"

我头皮一紧,睡意消失殆尽。我也不知道啊,作孽的韩国人大概又在自动舵上做手脚了。我与电机员一起赶到驾驶台,印度人也在驾驶台,他束手无策找不到自动舵旋钮失灵的原因,简直在驾驶台上是多余的人。我和电机员目视检查了一遍自动舵系统,就是没有发现能打上自动舵的开关。什么原因?我和电机员都抓腮挠脑,急得六神无主。怎么办?我们真的没有办法了。突然,我发现电罗经中央拨盘旋钮下面有凸出来的微小错位。我连忙叫电机员过来说:"好像拨盘下面有异物。"征得船长同意减速停车后,我把旋钮倒拧了一圈,动了!再倒拧,旋钮松掉了。里面一张稀薄而不起眼的金属片阻挡了旋钮凹槽,不明白的人感觉是掉进去的杂物。但我和电机员看了之后确定是人为的。所以,自动操舵仪失灵了。当电机员拿掉金属片,将旋钮装上去后,往下一按,成功了。

船长急忙下车钟令,船舶继续前进。当速度加上去,转速和船速稳定后,船长下令:"自动舵!"舵工改操自动舵,旋钮轻松压下了,自动舵开始工

外派嘉哈拉轮（1）：出发

作了。

我松了一口气，驾驶台上的人，包括船长在内都开口大骂韩国人缺德。船长把金属片给印度人看，印度人说："What a pity（太遗憾了）！"两手一摊，转身下驾驶台休息了。

已经过了次日 00∶00 了，船长没有下过驾驶台。甲板上的水手长与大副一起，在漆黑的夜幕中，还在为林立的甲板吊杆进行加固绑扎。

修好自动舵，该轮到我值班了，我观察了洋面情况后："船长，现在太平洋海域向南航行了，你先下去休息一会儿吧。有事的话，我叫你。"我看船长也累得即将倒下去了，大概唯一能够支撑他站立的，就是确保船舶航行安全的责任！

起风了！船上没有货物，杂货船上压载水舱压满，重心还是很低，稳性很大。

船舶在 7 级风中开始高频率、小幅度左右摇摆、前后颠簸起来。没有休息好的身体感觉整个世界都要倒塌下来了，我们在驾驶台值班瞭望的人在高频率摇摆中，吃不消而晕船了。

舵工的脚边上多了一只塑料桶，边呕吐边操舵。甲板上的水手们匆忙绑扎固定物件后赶紧返回生活区。现在船舶在大风浪中坚强地向香港航行。

大副接班时，东方已经发亮了。我绘制好船位后交班结束，就倒在了海图室的沙发上鼾声如雷。半小时后，我才揉揉睁不开的眼睛，摇摇晃晃走下驾驶台，躺在韩国人留下体味的床上进入了梦乡。我根本没有时间整理房间和清洗床单。

一位上海船长的老照片

经过一夜的劳作后,船上除了航行瞭望人员、机舱值班人员外,都沉沉地睡着了。

印度人睡醒了,吃了大厨做的标准粉馒头,怏怏不乐地走上驾驶台。他询问大副:"Why no person on deck? It is time for work(现在是工作时间,为什么甲板上没有人)?"

印度人直接找碴了……"Waked them up, Please(请唤醒他们)!"

外派嘉哈拉轮（2）：香港行

话说我们下飞机后直接来到神户港，接机的船东代表也没有安排午餐，我们空着肚皮来到一艘甲板设备、吊杆超多的黑壳子船舶边上，这是香港船东刚刚从船舶市场上新购买的旧船，我们与上一个船东雇佣的韩国海员进行交接。

由于船东之间存在各种船舶经营的隐私机密，或许买卖存在合同纠葛，前船东下令韩国海员在离船之前，除了给船长留下一套船舶图纸、稳性计算资料外，把船上所有营运文件全部毁灭，包括船舶建造的图纸、配载的资料、经营的航线、机舱的操纵程序等。

当我们抵达船舷边上时，韩国海员提了行李在舷梯口准备离船了。我们的船东代表带着船长、驾驶员、轮机长和轮机员上船与在船的船长、轮机长交接。可是还没有超过1小时，他们就不耐烦地扬长而去了，留给我们的是几乎空壳且"满地鸡毛"的杂货船。

很明显，韩国人的招数就是让中国海员无法将船舶开出神户港。船东代表看到这个场面后也束手无策，却把这把无名火烧在我们身上："赶快上船、上甲板、下机舱备车，准备开航！"全船24人迅速将行李放在各自对应

的舱室内。我们遭遇到韩国人的下马威,又被两个不友好,如同拿着皮鞭的凶煞一样的印度人看管着。

船舶刚刚卸完货物,货舱和吊杆还处在工作状态。大副将行李扔在大副舱室内后,立即召唤水手长穿好自己带来的工作衣走上了甲板。现场缺少操作程序说明,大副、水手长凭着多年甲板操作经验,把货舱全部关闭了。木匠师傅把舱盖压紧螺栓固定了。可是,他们操纵复杂的吊杆就位却耽误了不少时间,一直到开航还没有固定好。不得已,只能白饭鼓腹充饥后继续挑灯夜战,到了黎明太平洋上起风时才加固好吊杆回到舱室休息。

我们连续重体力劳动后,都倒在床上,死猪般地沉睡过去,海员们需要恢复体力。

船东代表在开船前就下船了,临走时告诉船长:"香港见,我会向船东报告情况的。"

早餐,大厨蒸好了馒头和熬好的米粥也没有人来吃,海员们睡得死沉、死沉了,就是两人架胳膊抬腿拉扯也醒不了。

两印度人进入餐厅早餐。可是用手抓吃咖喱饭习惯的印度人,见到大厨做的中式早餐,竟然对着大厨咆哮:"Where is my breakfast? Where is curry rice(我的早餐呢,咖喱饭呢)?"

大厨不太懂英语,看着他们的手势知道要吃早点了,用我也讲不出的蹩脚英语说:"Steamed bun,here(蒸包子,在这里)!"

大厨知道他们在发火,还是笑容可掬地迎合他们,他左手放在后面,右手伸出来,手掌向上,低头哈腰地做了仆人迎接贵族式的挥手动作:"Please(请)!"

大厨此刻仿佛本末倒置,他穿越到了旧上海滩巡捕房,变成了被雇佣的"红头阿三"巡捕了,他正在巡街,看见达官贵人低头哈腰。

外派动员会上,公司领导千叮咛万嘱咐大家,面对外国人一定要礼貌待人,宁愿受到委屈,也要忍气吞声,不要与外国人发生矛盾。因此大厨面对印度人傲慢,用傻不拉几、带着几分幽默的肢体语言善待印度人。大厨以东方人

外派嘉哈拉轮（2）：香港行

的智慧，不卑不亢的态度，硬是把印度人惹出来的一肚子火，吞进肚里熊熊燃烧了。让他们知道在中国海员环境中，要做地道的咖喱饭只能自己动手了。

韩国人非常傲慢，根本不理睬印度人对咖喱嗜好，忽视了要求购买咖喱调料的请求。

印度人也只能把这股怨气转向中国大厨。而我们中国海员却被公司毫无尊严底线的教育束缚住了，无法对印度人的无理要求进行反抗。这变成了非常卑躬屈膝的行为，让印度人更加傲慢了。

生活区各层海员们都在舱室内睡觉，即便舱门密封性很好，但门上的通风兼逃生孔内还是传出来气势如虹的打鼾声，此起彼伏。两个印度人窝火地穿过生活区，一个跑到驾驶台，一个下到机舱。甲板上，印度人看见船长眼睛里暴着血丝还在做抵达香港的准备工作。

根据船东要求在香港锚地挂浮筒，用1个星期进行简单航修。在锚地航修内容为更改船籍港、船名，申请机舱备件、劳保用品、生活卫生用品等。船长还沿袭中国远洋公司海员的习惯考虑购买海员3个月远航的伙食，并考虑中国海员的习惯，在伙食费中购买"晕浪食品"。

船长也是第一次外派，有些地方也摆脱不了中国远洋公司的思维……

这些都必须在抵香港前完成，并发报通知在香港的船东安排。

船长忙得团团转时，抬头看见甲板上的印度人像高玉宝写的《半夜鸡叫》小说里的周扒皮一样的架势，在大副面前大吼："Why no person on deck? It's time for work! Waked them up, Please（现在是工作时间，为什么甲板上没有人？请叫醒他们出去干活）！"

大副装着不知所以然："Please repeat! Speak slowly（请您再说一遍，说得慢一点）！"

"Wake deck crew up, time for work（把甲板水手叫起来，现在是上班时间）。"甲板印度人再一次凶相毕露把早饭没有吃到咖喱的怨气、把心中的内火喷向大副。

不知所以然的大副连比带画地说："他们刚刚结束甲板吊杆绑扎到舱室休

一位上海船长的老照片

息,已经连续 20 多小时没有休息了。他们需要恢复体力才能安全工作。"

"But owner pay overtime wages. Now, it is normal working time!"印度人讲话的意思是强调晚上参加绑扎工作,船东已经支付了额外加班工资。我才不管你呢,到了工作时间必须出来工作,否则,我就要扣除你们的加班工资。

面对印度人的凶相,大副脸上露出了愤怒,正想与印度人对怼时,突然想到公司"千万不要与船东、租船人、驻船代表发生争执"的谆谆教导,马上将阴下来的脸转为晴天。大副学过中国杨氏太极拳,具有以柔克刚的经典推脱手段。他微笑地对印度人展开中国人特有的说教来:"Sir, all seafarer are one family in the world and good friends. Please drink nest cafe and it taste better in a good humor(先生,所有海员是世界上一家人,是海员的好朋友。来,好心情喝杯雀巢咖啡)。"

"啪"咖啡杯掉在地上粉身碎骨,甲板印度人把大副端来咖啡甩掉了:"You know I am superintendent from company. You should obey my order to do what I said(你要晓得我是公司的监督,你必须服从我所说的命令)!"

大副一闪身,那滚烫的咖啡才没有烫到胳膊上,同时将印度人扬起的手轻轻地顺势一拉,那家伙"哇",一个踉跄冲了几步撞在了操纵台边上,嘴巴里吐出:"Chinese Gongfu(你有中国功夫)?"

大副面不改色,带着鄙视的目光和微笑走过去,那家伙以为又要受到中国功夫的二次打击了,连忙对大副说:"Don't touch me(不要碰我)!"

"I am sorry, let me help you(对不起,我是来帮你的)!"矮小的大副连忙把 190 cm 高的印度人轻轻地拉了一把。那家伙站立起来:"Captain! Where is Captain? Look, Chief mate is striking me(船长,船长在哪里?大副在打我)!"

大副还是和蔼地对印度人说:"我仅仅是扶你一把,你没有接住咖啡杯,我怕烫了你。"

印度人眨巴着那双狡黠的眼睛,目光散射寻找船长:"Captain, I am superintendent that he do not carry out my instruction. you should give a lesson to chief officer(船长,你该教训大副!我是监督,他不执行我的指示)。"

外派嘉哈拉轮（2）：香港行

船长走过去，也是面带笑容对着印度人，话里带骨头地说："I am sorry, he is my Chief Mate. He should obey my order. If there is anything you want him to do, please let me know first（对不起，他是我的大副，他应该服从我的指令，如果你有什么事要他做，请先告诉我）。"

船长接着说你不是本船的船长，船上的任何工作和对外接待都是我的事情，你是公司监督人，你是来协助我工作的，感谢你为我们提供安全保障。船上事，你就不必操劳了。

船长理了一下思路，用英语对他说："刚才我们大厨电话通知我，你要吃'咖喱手抓饭'，现在船上缺少调料，连洋葱都没有。你看我们的兄弟们和我都是吃白饭，请你与我们共同克服困难。中国有个成语叫'同舟共济'懂吗？也就是不管你是什么人，现在都是命系一条船，我们好，你才能好。"

船长安慰印度人："到了香港，我一定优先考虑上咖喱。"

船长非常客气地告诉印度人。"另外，哦，船将在后天凌晨到香港锚地，我们要准备下航次的伙食，我不知道你俩喜欢什么类型的伙食，请你把需要的东西告诉我，我让三副写入伙食清单内，然后发电报给供应商。我们按中国人的饮食习惯做菜。如果你们不适应，你们自己做，也让我们大厨学着做！你的伙食标准不能超过船东给我们的标准。我希望你们与中国海员能和谐共处。根据船东与我们订立的合同，我全权负责全船的安全管理和航行，你们不得干扰我履行正常的船舶管理工作！如果你想用无线电与外界联系，必须征得我船长的同意。这船我说了算！希望你们真正履行船东监督的作用。"

印度人吃了大副的亏仍然不买账，要求船长严肃批评大副，否则通知船东把大副给炒了。

船长对印度人说："我是一船之长，你没有超越我的权力。我没有见到大副做错什么，倒是你摔倒了，大副非常担心你摔坏而来搀扶你。请你把大副助人为乐的行为告诉船东，我将在大会上表扬大副。"

船长英语虽然断断续续，但表达还是很到位的。

印度人听懂了船长的话，这驾驶台只有他一个印度人，刚才发生的事情，

中国人会给他作证吗？他就是跳进了印度恒河也洗不清啊，他心里面恨呀，却没有权力发泄怨气："这些可恶的中国人，我一定找机会报复。"

他不服中国人竟然进入印度人把控的船东公司，还"敢在太岁头上动土"？

印度人天然对中国人不友好，船长在他的眼神中读懂了他的意思。他乐呵呵地说：记住，所有的海员都是中国人，他们都学过"Chinese Gongfu"（中国功夫）！

印度人怏怏不乐地走下驾驶台。船长转身对驾驶台上的大副和水手们说："看来我们本次外派最大的对头就是印度人啊。今后在船上，我们要处处小心，不要让他们抓住小辫子，向船东告我们的状。"

船舶在太平洋航行，眼门前的海峡就是宫古海峡北面，穿过去就是进入台湾海峡北部了，海面的风浪已经减小。船长对大副说："让兄弟们再多休息一会儿，午餐后再上甲板工作，边整理甲板边熟悉甲板机械的操作。另外，告诉兄弟们，我们外派出来是孤军作战，有些公司的规矩在外派船上不适用了。为确保大家的身体健康，我们必须备足3个月远洋伙食，我不会考虑'晕浪食品'的，希望弟兄们能够理解。"

可是，兄弟们还没有从国企管理体制中摆脱出来，还是念念不忘"晕浪食品"。

外派嘉哈拉轮（3）：台湾行

前天，甲板印度人神道道地出现在驾驶台上，没有摆正自己在船上的角色就向矮个子大副立规矩，企图逼迫大副将正在休息的海员弟兄叫出来，继续劳作。不知好歹地把大副送上来的咖啡一挥手打翻，把咖啡杯摔得稀巴烂。他以为这样可以把中国人制服，屈从于他们的淫威了。当他还在白日做梦时，只见练过太极拳的大副以柔克刚，顺势将重心倾向他的印度人轻轻一扯，把表面高大威猛的印度人摔在地上爬不起来，还哼哼哈哈地叫疼痛。印度人见到船长后还恶人先告状，说大副打人要船长教训他。

可是船长说了一句话让他急得差一点吐血："我没有见大副打人，但看见你摔了大副递过来的咖啡杯。"

船长不但袒护大副还"乘胜追击"狠狠地为印度人立了规矩，他狼狈不堪地走下驾驶台。

此刻他只能和轮机监督龟缩在自己的舱室内嘀嘀咕咕，绞尽脑汁出馊主意，想扳回一局，以报输给大副之恨。可是当船长发出中国海员都有"中国功夫"的警

告后,他们轻易不敢面对面地和中国海员交锋了。大厨烧好饭菜之后也不主动伺候他俩了。他们到餐厅吃饭坐定在自己位置后,由服务员端上中国菜肴,爱吃不吃随你们便。反正到香港前咖喱手抓饭只能在梦中。

纵使他们与中国人同船感到委屈,也找不出理由去抱怨:"我们在船上吃不到印度式样的餐肴!"大厨的理由很简单:"巧妇难为无米之炊!你看我们中国海员几乎都是吃白米饭果腹,菜库中的土豆都发芽了,我们正等待他们生出新鲜的土豆呢。"

3天后,船舶摇摇摆摆地航行到了香港维多利亚湾。刚刚挂好湾内的系泊浮筒后,两个印度人咚咚咚奔上驾驶台,向船长请假说要乘代理的交通艇到船东公司去汇报工作。顺便到饭店吃一餐印度咖喱手抓饭进补。船长头也不回:"知道了,去吧,但必须掌握好船舶动态。只能顺便乘代理的交通艇,但不能擅自租交通艇回船,否则我不会签字的。"

香港小船一艘、一艘地停在船舷边上,他们都是送物料、送备件和伙食的船舶。那个在日本带我们接船的船东代表上来了:"船长,请认真签收物料。这两天在锚地更换香港船舶证书,这是船名模板,让大副把船名改了,把救生设备上的船名统统改掉,现在我们船正式船名为'嘉哈拉'!香港修船换证结束后,马上在锚地上装载3000吨杂货,大约4天完货,然后到中国台湾基隆加载,到日本神户装完货物之后,去往中美洲的加勒比海各海岛国家。"

船长接过船东代表手里的配载资料,迅速让大副核实装货清单和代理货物预配图。船长把航线计划交给我:"二副,就按照他们给的航线绘制在海图上。"说着还把一大堆航海通告塞到我手里:"空闲时请把韩国人留下的海图全部改了。"

船东代表再三向船长交代:"印度人在船上仅仅是监督你们按照公司的程序管理船舶,但不能指挥你船长,他们对公司很忠诚,因此公司都会听他们的汇报。"

船长知晓华人船东代表话中音,他点点头:"明白。"

物料上来了,海员兄弟这才有了劳动防护手套和工作衣了,可是这些劳防

外派嘉哈拉轮（3）：台湾行

用品不足以维持半年的消耗。

海员弟兄们经过两天对船舶机械设备的摸索之后，才熟悉甲板设备的操纵要点。

大厨正在接收伙食，他发现自己开出的伙食清单不对。就让船长向船东询问。船东说伙食是公司安排的，保证你们3个月并留一个月的伙食储备。到了国外需要补充伙食也是公司安排，你可以提出伙食清单供我们参考，我们会根据清单以所到国家的伙食品种供货的。

船东代表提问大厨："为什么要上这么多的乐口福、华夫饼干？这些都不是必需的伙食啊。"大厨明白了，海员弟兄们的"晕浪食品"是不能补充了。

在此后两天中，三副与我每工作6小时休6小时的倒班，值港口码头班，期间几乎通宵达旦地把海图航线全部绘制完毕，交给船长审核后通过了。我从来没有经历过外派，这两天的连续工作，我几乎累趴下了。这难道还是十五世纪的大航海时代吗？

4天后，3000吨杂货都被装卸工人吞进了货舱。在大副的指挥下甲板部水手把货舱全部关闭了。外舷靠的加油船也拔掉了加油管。轮机长和二管轮和加油船的老板正在为加油量的不足发生争执。

这些加油船都是"油老鼠"，他们在加油前量好加油量后，就在加油时拼命向油舱偷偷灌输压缩空气，使燃油中产生了大量的油泡，从而偷油。轮机长也是老手，见到油老板这样做，要求等待4小时后才再一次测量油舱计算加油量后方同意签字。

根据租船合同，船舶在完成装卸作业后，船长有权滞留船舶两小时作为开航前的准备时间。船长知道油老板偷油后马上跟轮机长说："过2小时后再测量，然后再讨价还价。"

可是油老板一直纠缠轮机长签字，双方几乎摩擦到差一根火柴就能点燃的程度了。

轮机长拖延了2小时，在引航员上船时又带着油老板测量油舱。油老板的阴谋诡计被拆穿了。他软了下来："减掉100吨！OK？"轮机长说减掉200吨

一位上海船长的老照片

我签字。

双方又经历一个回合的交锋后，互相妥协，以150吨成交。油老板吐了一口唾液，用粤语骂了句"TMD"，就匆匆下船了。轮机长告诉船长，可能少装了将近100吨燃油。当过船长、轮机长的都知道东南亚一带油老板打高压空气的猫腻是全世界的"通用公司"，只要在船上做过轮机员的都被"油耗子"暗算过。

轮机长告诉船长，看来我们只能在航行中慢慢拉平油账了。正当船舶系解浮筒锚链时，一艘交通艇摇晃晃开了过来，两个印度人迟到了。

印度人上来后跑到驾驶台要船长签字盖章。船长拒绝了："Sign by yourself. It is your private business（自己签，这是你们的私事）。"

甲板印度人只好自己签字，船长将船章盖上。印度人深凹的眼睛闪着"等着瞧"的目光。

经历了一场可怕的大风浪航行后，终于到了基隆港的防波堤外。基隆港代理通过高频联系，请船长直接将船开到防波堤内，代理非常亲切地告诉船长，欢迎大陆海员抵达台湾。

引航员上船非常热情地与船长握手，并与脸上带着矜持的表情的我打招呼："二副，不要紧张，我们都是中国人，我们是一家人，同一祖宗，同一人种，同一语言，有一样的习惯，可惜你们不能下地。"

我听了以后尴尬地对引航员微笑，除了口令外绝不开口对话。外派部领导说过，到台湾要有正确的政治站位。上次有艘外派船到了台湾后，中国海员在代理安排下去了中正纪念堂，这是绝对不允许的。在台湾更不可以与台湾官员谈论任何事情。

船舶靠好码头后，代理上船告诉船长让海员到餐厅集中，接受台湾移民局官员的检查。代理拿出了一张专门为大陆海员填报的表格，其中一项内容要填报政治身份。

出来时，船长、政委就受到指示，到台湾不准下地，不能暴露政治身份，否则后果自负。

外派嘉哈拉轮（3）：台湾行

移民局官员和警察全副武装、荷枪实弹上船。看到官员头顶着青天白日帽徽的大檐帽，以及似曾相识的制服装束，其样子就像我在电影看到那阵势，弄得我心里寒丝丝的。

餐厅内的官员说："同胞们，欢迎你们到台湾来！请大家不要紧张，我们来履行正常的船舶进口手续。因为受当局法律限制，你们不能登陆。不过，此地海员工会通过手续会组织你们游览台北的。"

代理此刻也制造气氛，放松正襟危坐的海员们："船长，第一次到台湾吧，放心好了，在船上都是漂泊的海员，到了港口就是驿站，当局不会为难你们的。我是大陆人，父亲是上海人，我还可以讲几句上海闲话呢！格里（这里）有上海宁（人）哇？我讲的上海闲话不要太正宗哇？我想到上海去白相。我还记得小辰光的上海城隍庙，两岸现在分治，相信我们会走到一起的，台湾人民也是这样想的。"

我听了代理的上海话非常亲切，脸上的紧张表情慢慢消失了，觉得大陆和台湾没有隔阂。可是我一直封口，只是对着代理笑笑。

进港手续办好后，代理说明天海员工会的人会到船来看望你们，梯口有警察执行公务，请大家不要随意走下舷梯。有什么急事、需要就医，请船长通知代理行，我们会安排的。

船长代表海员感谢代理的热情接待。

我在驾驶台用望远镜第一次看到宝岛，远处是郁郁葱葱的高山，近处马路上车水马龙。可是，那张无形的铁丝网还是把美丽的祖国宝岛分隔了，连下舷梯踏地气的机会都没有，遗憾中更多的是心痛。两个印度人拿到登陆证，在靠泊期间每天下船逍遥自在地游玩。

第二天中午，代理带着海员工会的人员来到了船上，同时还带来了台湾出产的水果。

我们是1949年以后较早一批到台湾去的外派海员。经过30年的两岸同胞的共同努力，两岸终于在2008年12月15日实现了通邮、通航、通商。也有大批的大陆旅游者到台湾旅游。

一位上海船长的老照片

  我耿耿于怀当年不能亲脚踏上祖国宝岛的土地,那种被阻拦的辛酸还深深印在心中。

  退休了,愿望正要实现时,却被"台独"民进党破坏了。我盼望祖国统一后再到宝岛周游去。

外派嘉哈拉轮（4）：寸步不让

我不经意透露了惊人的秘密。原来我们在外派组织班子的时候，公司组织部门还是按照国有航企船舶班子的要求，增派了政委。但是外国船东坚决反对船舶上设置政委一职。为了更好贯彻公司政策，外派部就把政委像当年地下党一样融在海员职务中。

对于没有甲板、轮机技能的政委，公司以船舶服务员身份派遣他上船工作。有甲板、轮机技能的政委就会安插到甲板部充当水手长、木匠、水手、机工长或者机工，成为外派船舶上隐蔽战线的斗士。

这么多年过去了，很多人问我派遣政委到外国船上工作有必要吗？我坚定地认为：有必要。政委在当年世界政治环境复杂、海员单打独斗情况下，他们是船长和全船海员的主心骨，可以协助船长在离开祖国怀抱的情况下，为船长出谋划策，支持船长的外派工作。

一位上海船长的老照片

我们在香港、台湾装载了大量的瓶装酱菜、衣服布料、毛料、小五金等中国货物后,再一次回到20多天之前,船舶从日本神户驶出到中国香港的那段航程。最后,船舶在神户码头装载了大量的钢材、大型机械的超级轮胎和100多个集装箱,开始了跨太平洋航行。

这是一艘前民主德国建造的杂货船。船长156米、2.5万吨级,甲板可以装载集装箱的多用途杂货船,主要甲板起货机设备都是单吊、双吊和一副250吨的重吊,机舱主机也是根据苏联图纸设计的:重工设备构造笨重,操纵超级复杂。尤其是操作说明书、技术图纸被韩国海员全面毁灭后,我们全船24位弟兄都被这些设备折腾得死去活来。一些设计中的固有缺陷一直困扰着我们海员,我们正在经受中国外派初期的艰难困苦阶段。

经过两个多星期在船上工作的摸索后,我们对嘉哈拉轮了解了。我不得不佩服这些被公司划入蹩脚技术行列的海员,他们在二十多天"摸着石头过河"过程中创造了奇迹,不但将船开出来,而且按照船东、租船人的要求完成了整修、更改船名,再在装货港完成了装载作业,满载货物向世界闻名的加勒比海海盗活动区起航了。

两个印度人像15世纪西方海盗船上的船长一样,在船上监视中国海员。他们在自己的舱室制造阴谋,想以实际行动夺回被中国人坚守的船舶岗位,千方百计地挤兑中国海员。

在太平洋放洋航行中,甲板弟兄们冒着低纬度的高温,拿着敲锈榔头在甲板上汗流浃背工作。我们船的政委是50多岁的"小老头",他在船上的合法身份是二水,他以超出年龄的体力在甲板上工作。水手长和甲板弟兄们都尽量帮他减轻体力劳动负担,但政委以身作则,除了感谢外,还是谢绝兄弟们的好意认真做二水工作。

无意中两个印度人发现船长经常与这位"小老头"聊天,他们鹰犬般地察觉这个"小老头"不一般。他们在舱室内不时拿起望远镜,通过舷窗偷窥正在甲板上工作的水手们,看看水手在工作时间中是否偷懒,然后记在本子上。船东公司要求他们必须清理在海员中搞政治思想工作的政委。只要他们发现船舶

外派嘉哈拉轮（4）：寸步不让

上有政工干部，全套班子将炒鱿鱼。因此，他们特别关注这个"小老头"。

某天，"小老头"在堆装集装箱的甲板下工作，甲板印度人在舱室内拿起望远镜点数甲板工作人员。他没有发现甲板上的"小老头"，以为"小老头"躲起来休息了。他想这下给我找到把柄了，得下去找他去，看看船长是否还能帮他。

他想用间谍的手法去识别"小老头"在中国海员中的真实身份。

我在驾驶台正在航行瞭望。当我俯视甲板时，看见印度人走到水手长面前连说带比画。水手长也连说带比画在甲板上用哑语对话。我在驾驶台远距离弄不清他们说什么。只见印度人大喊大叫，水手长也大喊大叫。不好，他们开始吵架了。

我赶紧电话船长："船长，印度人在甲板上与水手长好像在争吵。看样子他气势汹汹的。"

船长搁下电话后，下楼梯跑到甲板上。此刻，印度人见到船长下来了，指着水手长说："他们在甲板上不遵守劳动纪律，偷懒不干活，特别是那个老水手躲在集装箱下不出来，我想他一定在那里休息。"

船长用手搭在额头上，向他手指的地方望去，只见阳光直射下的甲板，隐隐地看见一个人头直冒热气，"小老头"正在集装箱下面的甲板上使劲地敲锈，脸上的汗水还在滚滚直下。阳光下的那一块地方留下刚刚敲过锈迹的出白甲板。此刻船长明白了，印度人是在找水手们和"小老头"的茬，他灵机一动："Go over there! Let's check their job what they have done（跟我走，我们去检查一下他们究竟干了些什么）！"

船长拉着印度人一起走到烈日底下，一起检查甲板维修保养工作。船长滔滔不绝，不间断地表示态度，令印度人不得不跟随船长，认真检查水手们的维修保养的情况。

印度人抬头瞧瞧还没有变斜的太阳，有点不耐烦了。可是船长还在跟他聊水手保养情况，"捣糨糊"拖延时间，让他也受到烈日暴晒："看，这块地方我还得叫大副列入保养，这块大面积的锈蚀就叫大副安排人手把它处理掉，否则

就会像一粒老鼠屎掉到汤里一样会把整个甲板锈坏的。"

印度人心里想:"快点,我站在烈日之下受不了了。"可是,船长仍然一本正经地领他在烈日照射的甲板上转悠,根本没有想回去的意思。

"这是韩国人留下的保养死点,请你记在笔记本上,我召开海员大会时,让大副优先考虑整改。哦,记住了,作为公司的监督员,你要经常到甲板检查海员们的工作,发现问题请立即汇报我船长,我知道后才能督促他们去完成。"

印度人抹抹头上不断流出来的汗珠,看着船长还在谦虚地征求他的意见。无奈地摇摇头:"是的,我会按照船东的要求督查海员们维修保养工作。"

船长继续站在阳光下,头上也挂着汗珠:"请你向公司汇报的时候,一定要把我们海员做得好的、差的一起汇报,也可以学学贵公司的船舶管理工作。"

印度人看着船长头上滚动的汗珠:"You are right, Captain. The Chinese sailors have done a good job(船长,你说得对,中国海员工作得不错)。"

船长还带着印度人在甲板上游荡。我站在驾驶台用望远镜看着船长、印度人在甲板上的活动,纳闷怎么这家伙不向船长提出站在烈日下吃不消呢。"It's too hot on deck, Captain. Shall we go inside the cabin to discuss the problem(甲板上太热了,船长,我们是否到舱室内去谈论问题)?"印度人终于站在烈日下吃不消了。"It's not easy for sailors to do maintenance work under the scorching sun. Is it right(是吗?水手们在烈日之下维修保养不容易啊)。""Yes, I know that(我知道水手不容易)。"印度人有点幡然醒悟,心里终于明白船长又拿他当猴子耍了。他表面恭维船长,心里却在骂船长。船长已经不动声色、狠狠地收拾了一把印度人了,所以见好就收:"Please remember that sailors are all brothers of the captain and should care about them, rather than standing in the sun scolding them(请记住水手都是船长的兄弟,应该关心他们,而不是站在太阳底下教训他们)!"船长还特别指出对年龄稍大的水手更应该照顾,你也有老的时候,告诉你,监督是你的职责,但海员弟兄的事你不能管。

船长用中国人的思维教训印度人。

我到下班还不见船长返回舱室,他还站在阳光下与印度人谈话,即便旁边

外派嘉哈拉轮（4）：寸步不让

就是集装箱的阴影。我看到很多海豚正在船头的洋面上欢腾跳跃，斜下去的太阳像渐渐在脸上露出了红润的颜色，像一位含羞的姑娘。

这下，印度人又是在机灵的船长不卑不亢的整治下，终于口服心不服了。

晚餐到了，在干部海员餐厅，只有等船长坐定发声："It's time to eat（该吃饭了）！"在餐厅中的高级海员才能进餐。这是印度人在船上自己订立的规矩。

可是，今天晚上那位印度人就是不下来吃晚餐。估计今天被船长毫不留情地留在甲板上被晒得脱水了，他现在可能在拼命喝水吧，平日里视作性命的咖喱手抓饭也顾不上了。

船长说："别管他，我们吃饭，他对兄弟不怀好意，在鸡蛋里挑骨头，我还会收拾他的。"

晚餐后，政委和船长不经意地在甲板上兜风乘凉时说："船长做得好，不

一位上海船长的老照片

要多睬他们，我们受点委屈也是外派的经验，我们尽力完成外派任务。"船长点点头。好的，如果他们不收敛嚣张气焰，就绝不能姑息他们对中国海员的欺凌。政委跟船长说我们中国海员的饮食习惯不是咖喱洋葱手抓饭那样单一。你看每天00：00—04：00的二副班和部分弟兄吃不好、睡不好，口中溃疡很严重了。我想除了补充维生素B_2外，还得在下一港多补充一点绿叶菜。"我也发现很多弟兄都长了口腔溃疡了，包括我自己口中也泛起了白泡。当务之急就是补充绿叶菜。我现在就起草电报，向船东申请，过巴拿马运河时多送一点蔬菜。"船长关心政委："政委，干水手活很累，如果实在吃不消的话，我把你更换为服务员。"政委握住船长的手："谢谢，我能挺住的。只要我们船舶领导坚强形成合力，这两个印度人就能对付过去，至少在船上他们不敢为所欲为了，弟兄们背后就有力量了。""现在，根据船东的规章制度，印度人被我限制使用船上通信设备了。唯一途径就是到港口打电话给船东说我们坏话，船东公司都是印度人把持，我们是无法阻止他们的。"

　　大洋上夜空繁星点点，海员开始伴着星星在轻轻摇的眠床上休息，等待第二天的日出。

外派嘉哈拉轮（5）：巴拿马运河上的伙食

　　嘉哈拉轮继续在太平洋上孤单地航行。白天太阳火辣辣地陪伴，晚上满天星际闪闪点点。抵达巴拿马运河还有一个星期的航程，大洋上风平浪静、一望无际，海豚、鲨鱼和海鸟陪伴的风景足以成为文学家们挥洒文采的好素材，让每个未曾见过大海的人都生出追逐星辰大海的欲望。对于海员来说，景美却无心欣赏。航行已经十七八天了，整个航行过程却没见到一艘来往的船舶。证明太平洋足够大，可以容纳世界任何国家的船舶，但我们的航船还是像人类生存的地球，在浩瀚宇宙中犹如一粒沙。

　　我感觉很累，每天值航行班，还要下班订正海图。从远东航行到中美洲，船钟拨快 9 小时了，几乎忙得都不知道早中晚的时间，早饭变夜饭了。

海员兄弟们仍被印度人暗地里窥视，被逼得完全没有信心做下去了。

在中国远洋公司海员享有充分的休息权利，俗话说："船上活儿再多，活都在自己手里！干多干少就看天气如何。"在热带洋面上，我们可以安排在早、晚风凉的时候手里面抓紧一点，确保维修保养的质量下细活快做，留出炎热空档休息。但在嘉哈拉轮上却不由自主，被船东教条规定逼到了死角，一定要干满8小时，除了周末，每天还要加班2小时。

被船长数次捉弄后的两个印度人表面上变得老实多了，但狗改不了吃屎。为了向船东主子证明中国人做不好船，把中国海员挤出他们把持的船东公司的海员招募市场，他们还在勤奋努力地找碴。

船员们按照船长的指示，早上8点上班，中午12点午餐，13点准时出现在甲板、机舱，直到17：00准时下班，其中上午一次、下午一次15分钟的"Cafe time（喝咖啡休息时间）"。

印度人居住舱室内还闪着望远镜反射光，监视甲板上水手们劳作。兄弟们只能无精打采高举敲锈榔头，再轻轻地自由落体击在甲板上，发出乒乒乓乓的敲锈声。等到晚餐后，为了拿到每天2小时的加班工资，他们又出去收拾工具，然后在水手长前面的工具储存室内装着整理舱房。

印度人再精怪也没有中国海员的精明，好好善待，中国海员会回报的。但印度人将中国海员视为竞争对象，处处看不上眼，不仅不识相，还挑精拣肥，总是不怀好意地对待善良的中国海员。

那么，经过5000年农耕文化文明熏陶的中国人挑选出来的海员，除了拥有让印度人畏之如虎的中国武功外，还有中国古时候就留下的对敌之策"三十六计"。他们也绝对学不来抗战时期留下的"敌进我退、敌驻我扰、敌疲我打、敌退我追"的战略战术的精髓。甲板上与水手们一起工作的"小老头"告诉弟兄们，不要与印度人对着干，我们可以采取惹不起躲得起的方式对付，做好我们自己的外派工作。

印度人在船上根本找不到海员弟兄们的茬。

大厨向船长汇报，库存绿叶蔬菜告罄，希望到巴拿马运河口多上一点绿叶

外派嘉哈拉轮（5）：巴拿马运河上的伙食

蔬菜。餐厅中，海员经过一天疲惫的劳作后，看到大厨烧出来的餐肴都瞪大眼睛寻找绿叶蔬菜，哪怕一根绿色的葱也当成了最奢侈的菜肴。这些葱叶都是放在蔬菜库内的洋葱长出来的嫩芽，大厨都舍不得丢掉了。他们已经吃腻了大鱼大肉了，希望能用蔬菜填补胃口，增加食欲。

船东公司规定船上伙食费不能购买任何酒类。如果海员要喝啤酒也得自己出钱从船舶小卖部购买。这与中国远洋公司船上伙食管理做法完全不同，兄弟们不习惯也得屈从船东的伙食规定。再说这伙食费全部被船东管束，根本不可能节约伙食，然后大家分一点现钞或者分一点"晕浪食品"的机会都没有！现在都没有了，唯一的渴望就是大厨能够烧出绿叶菜肴。

船长告诉大厨，我已经发报给船东分管伙食的部门，按照你的购物清单订购了伙食。船东回电报说到巴拿马运河根据价格平衡伙食费后，将向船舶补充伙食。

印度人嫌大厨烧的不是印度菜，一直向船长抱怨说吃得不好，他们要求开小灶自己烧。

船长说你们是船东委派的公司监督人，怎么好自己动手，丰衣足食呢？我们中国海员都按照自己的饮食习惯上伙食，没有更多的食材为你们做地道的印度菜，再说抵香港前，叫你们开具自己喜欢的伙食清单，可是直到离开香港也没有开出清单来。

我不知道你们喜欢什么食材。你们喜食咖喱，我还特地多上了，要不你们现在还得吃"Chinese Style（中国菜）"的食物。为你们开小灶烧"Indian Style（印度菜）"不妥。

大厨已经为你们另烧咖喱土豆牛肉、咖喱洋葱手抓饭、咖喱……如果你们还不够，台桌上还有咖喱调料。作为公司监督人必须以身作则，进厨房不是掉了你们的身价吗？

这是大厨的岗位，根据船上安全要求，你们不能进入厨房自己动手，看中国海员有哪个人进厨房自己烧饭了吗？他们即便烧方便面充当夜更饭，也是在配餐间的电炉上烧。

船长一顿思想教育，让没有领教中国式管理的印度人眼睛一眨、一眨拿不出反驳意见了。

"船长，那么到巴拿马运河能否多上一点咖喱、土豆和洋葱？"印度人乞求船长。

"当然，我已经报船舶供应商多送点咖喱、洋葱和土豆。"船长对他们笑笑。

船长虽然很儒雅，但句句都像一把尖刀戳在印度人的痛处。

印度人讨了个没趣，还惹得一身骚。在一个多月的航程中，喜欢拍马奉承公司印度主管的印度人，完全被船长隔绝了与外界的联系。

印度人知道以自己大副和大管轮的身份是不可能与船长较劲的。虽然他们练就了鹰犬般的眼睛和在被殖民教育下操一口叽里咕噜流利但印度式的英语，他们奴才般的行为在充满智慧的中国船长和海员们面前处处露怯，中国海员还是胜他们一筹，他们在中国海员群里显得非常孤独，因为大多数海员没有英语交流的基础，普通海员不会跟他们交流。他们感到中国人实在太可怕了，根本没有招架之力，也不可能讨得便宜。

巴拿马运河到了，船舶抛在了运河等待锚地中。按照过河程序代理和运河检查人员上船进行过河前的检查。完成检疫后，一艘快艇嗖地划过淡绿色海水，在船尾泛起清澈尾迹，直向嘉哈拉轮疾驰过来，这是送伙食的快艇。

他们登船后，直接走向驾驶台下一层、右侧船长舱室，把船东订购的伙食清单交给了船长。船长一看伙食清单，与自己发出的电报伙食清单一比较，马上露出了不高兴的表情："这是什么伙食啊？蔬菜都是大量的土豆、洋葱、番茄、四季豆和秋葵以及巴拿马进口的球形生菜，没有中国海员喜食的绿叶菜。倒是咖喱粉上了很多袋，几乎可以吃上一年！"

船长计算价格，整整花了海员一个月的伙食费！时间紧迫，再说船长没有购买伙食的自主权，也没有时间与船东交涉。他思考了数分钟，考虑到后面就要进入加勒比海岛国，而且岛国港口之间的距离比较短，他不得不接受高价的伙食。

外派嘉哈拉轮（5）：巴拿马运河上的伙食

船长准备投诉船东，要求以船长发报的伙食清单为准，按照中国人的习惯供应伙食。

船东公司负责管理伙食购买的部门都是印度人，他们知道船上都是中国人，但还有两个印度人，不能让他们弟兄吃亏，所以根据印度人习惯就给船舶配备了印度人喜食的伙食。

"二副，请通知甲板部和机舱空闲的人员，一起到右舷搬伙食到仓库。"

我接到船长打到驾驶台的电话后，马上用广播通知水手们搬运伙食。看见两位印度人溜进驾驶台中的报房，用里面高频无线电话，瞒着报务员偷偷呼叫海岸电台，我听到了接通岸基的电话拨号声。不一会儿，他们用印度语通话，但从印度人表情上看，似乎他们正在向船东诉说一个多月船上发生的事情，说到动情处还手舞足蹈，可能在向船东控诉船长对他们的约束，露出愤怒的脸色。

船长处理好伙食供应商的事宜后，走到驾驶台发现印度人正脸色紧张，匆匆地挂上高频电话，看样子电话还没有讲完，他看到走上驾驶台的船长非常尴尬。

印度人不圆其说地表示："Captain, Excuse me, I am contacting with my friend who works in office of Panama Canal（对不起，我是与在运河办公室内的朋友通话）。"

"Please go on your explanation（请继续你的解释）！"

此刻，高频无线电话传来岸基电台报务员小姐呼叫："Your long distance call for Hongkong is totaly 15 minutes（你打往香港的长途电话总共 15 分钟）。"

船长马上拿起高频电话："OK, Confirmation received（好的，信息收到）！"

然后转过身去，看见两个印度人想走出报房。船长马上叫住他们："Please, wait a moment! You know all communication equipment is important tools. Before you contact with others must let me know first! Fees on you（请等一下，船舶通信设备是重要的工具，你与其他人通话，必须先告诉我，通信费算在你头上）！"

印度人知道通过海岸电台与公司联系是需要经得船长同意，这是公司的制度,即便监督人也一样。印度人理亏了,他不得不低下头跟船长说:"I am sorry, Captain(对不起,船长)!"

"我慎重地再一次警告你,我现在是船长,你必须服从船舶规章制度!"

两名印度人一声不响地从船长身边溜出了报房。

船长同时对在驾驶台的大副说:"今后印度人再用船上通信工具对外联系,必须马上制止。绝不容许他们在船上不怀好意地向船东汇报。你看他们不敢用英语通话,说明他们心里有鬼!我们必须处处提防他们。"

大厨收到了伙食后,心痛地让海员弟兄们吃上了生拌色拉球形生菜,还用新鲜的番茄、土豆和香港买的红肠做了满满的一锅罗宋汤。

船长也拿出自己在船舶小卖部买的啤酒,让海员兄弟们痛痛快快地吃了一顿"素宴"。

船长也邀请两位印度参加了全体海员的聚餐,不露声色地向他们和海员弟兄们举杯:"For the seafarers friendship, bottoms up(为了海员们的友谊,干杯)!"

船长听到下面掺杂着中文、英文的回答:"Cheers(干杯)!"

坐在海员餐厅中的"小老头"用赞许的目光,向船长示意做得对,就是用不卑不亢,以礼待人的方式,让印度人感觉到中国人是友好的、善意的,但绝不能欺凌中国海员。

果然,过了巴拿马运河之后,船东在电报中十分隐晦地要求船长加强船舶管理。

外派嘉哈拉轮（6）：海地太子港印象

　　一艘船就是一个微小的人类社会，远洋航行并没有人们想象的那般浪漫和一帆风顺。

　　人类社会在不同的时期和地域文化下，对社会认知也有不同。在 15 世纪，随着中国统治阶级思维的变迁，实行禁海闭关锁国的政策，曾经盛极一时的航海强国随着明代郑和下西洋的最后一次落帆而逐渐没落，到清朝末年，被西方航海强国侵略，一度沦为半殖民地半封建社会。大航海时代，西方帝国为了掠夺世界财富，公然将海盗犯罪行为合法化，向船长们发放了私掠证。

一位上海船长的老照片

从此,海洋上腥风血雨,西方船长们拿了英国女王颁发的私掠证,驾驶风帆船到处疯狂侵国掠城,侵占无人岛或者土著人生存的领土作为自己的领地。殖民者大肆烧杀抢掠,土著人几近灭族,在世界航海史上留下了西方"文明"的罪证。除了地理大发现和证明了地球是圆这两点贡献外,西方船长们的双手都沾满了殖民地人民的鲜血。西方的财富和文明,都是建立在殖民地人民的累累白骨之上。

哥伦布寻找通往东方印度的海上航路却不经意中发现美洲新大陆,后来殖民者还把现在的加勒比海命名为"西印度"。英国帆船"五月花"号成功登陆大洋彼岸新大陆,船上的乘客成了美利坚合众国的第一批公民。

著名的麦哲伦船长,在南美洲合恩角北发现到太平洋的捷径(后被命名为麦哲伦海峡),并且可以绕过南美洲南纬35度左右的"咆哮西风带"进入风平浪静的大洋。从此地球上出现了以"太平"命名的太平洋。殖民者麦哲伦船长在菲律宾一个小岛上,与反抗殖民的土著人展开了战斗,最终落得葬身他乡的下场,但殖民者麦哲伦船长用实践证明了"地球是圆的",给他戴上了光环,让他的名字被传颂至今。

被狂风骤雨、惊涛骇浪抨击得千疮百孔的帆船满载着沾染血腥的宝藏、香料、瓷器回到西方时,船长就成了西方海盗国家最受尊敬的人物。至今大航海遗留的海盗文化仍然在侵略成性西方国家"发扬光大",甚至在科技水平已高度发展的今天,这些国家还在恃强欺弱,搅得世界不太平。

嘉哈拉轮跨过巴拿马运河后就进入了15世纪西方海盗国家的主战场——加勒比海。我作为二副在绘画航线时,在海图上发现这里的岛国都是属于远在数千海里之外的英国、荷兰、西班牙、葡萄牙西方国家的殖民地,仅仅相隔几十海里的岛屿,却讲两个殖民地国家的语言。其中运用最广的还是西班牙语,几乎覆盖了整个加勒比海地区。

记得我在滦河轮因主机故障在加勒比海漂航过,还紧张地24小时持电警棍值班防海盗。就像19世纪美国作家马克·吐温写的《汤姆索亚历险记》中的汤姆看见凶杀案一样的心情。我想窥视海盗杰克船长和女海盗之间的浪漫爱

外派嘉哈拉轮（6）：海地太子港印象

情，以及他们在加勒比海与商船激烈交战的情节。可惜出乎我的意料，加勒比海还是与世界上的大部分海洋一样，海面浩瀚平静，见不到一艘船影。凶残海盗活动在人类概念中，要么就是西方持有"私掠证"的海盗；要不就是被霸权国家弄得混乱不堪、人们生活贫穷潦倒，有些人无法生存而成为海洋劫持商船的索马里海盗。

这一次，随着嘉哈拉轮，我遂了去加勒比海海盗老巢看看的心愿。

嘉哈拉轮过了巴拿马运河后，来到了加勒比海的荷属威廉姆斯塔德小岛。弹丸之地的岛上只有数千人。热带雨林气候的岛上绿树成荫，小小的城市就在船舷边上。在"东边晴西边雨"的港口中，我们卸掉了从香港、台湾运输过来的大约数百吨日用品、电气设备及加工后的瓶装酱菜之类的货物。

但船东并没有按照我们要求在小岛上购买绿叶蔬菜，但我们实在抵不住"绿岛"带来的绿色诱惑，海员们在踏地气的时候，大家用众筹的方式，一起出钱在小岛上购买了少量蔬菜以及长长的、金黄色的香蕉和各种我从来没有见过的热带水果。

晚餐时，两个印度人对船长说："为什么我们吃苹果，你们吃香蕉？"船长递过去香蕉，对印度人发话："All the bananas were bought by the sailors themselves（所有的香蕉都是海员们自己买的）！"船长觉得印度人拿的报酬比中国海员高，下地就撒开脚丫子跑到风月场所寻欢作乐了，只贪图享受却不想带点水果上来，不给他们吃，就感觉像船长亏欠他们了。

第二站是北面的海地太子港。从荷属威廉姆斯塔德小岛出来航行了大概一天多时间后，船舶顺利地进入了海地湾，一艘如同老牛般的陈旧木质拖轮，冒着黑烟喘着粗气花了很长时间才抵达海地太子港锚地引航站。

拖轮靠在右舷，3位壮如水牛般的引航员从引水梯上爬上来，那系在船舷边上的引航梯也被体重碾得吱嘎吱嘎响。他们把拖轮系在嘉哈拉轮的船尾，然后拖带进港。

我询问船长："我们靠哪个码头啊？这海图上明明有码头，怎么在港内没看到码头啊？"船长拿起望远镜，看了一下港内的情况问引航员："Where is

my berth（我轮泊位是哪一个）？"引航员疑惑地向前一指："Over there（就在那里）！"

可是，在我们的眼前就是海里面的几根巨大的木桩。船长和我还是与海图上对不起来。"别管了，船到桥头自会直！"

嘉哈拉接近码头了。原来，码头是木头做的一个平台，船头和船尾缆桩伸在海里的三根木桩搭成的三角形支架上。我低头看正要停靠的码头在海浪的冲击下摇摇欲坠，码头的长度不能容纳嘉哈拉轮的长度，船尾露出码头岸线大概20米。

拖轮烟囱咆哮起来了，在一阵喘息中，嘉哈拉轮靠上了非常简陋的太子港木头做的码头上。我在船尾费了很大的劲才带尾缆，总算把船尾系牢在码头上。

一帮持枪的军警马上站立在刚刚放下舷梯的船边上。代理带港口官员上船办理进口手续。海地当局给了我们下地的机会。

嘉哈拉空调系统在太子港又失灵。热带环境下酷热难耐，只能把驾驶台门打开通风。我站在驾驶台用望远镜观看码头边上的海地城市，除了几栋西班牙式的建筑外，都是灰蒙蒙的一片望不到边的低矮棚子。

街道上往来的当地人大多面无表情地在街头游荡。此刻，他们都停住了脚步立在马路上看黑色海轮渐渐地靠近码头。

一阵微风从城市中吹了过来，空气中飘浮的都是动物、人类排泄物的臭味，几乎让人窒息。

我又把望远镜焦距对准了滚地龙棚屋的地方，好奇地看了很长时间。

只见那里烟云升腾，几根木头搭成的像足球门框的架子立在那里。我惊恐地看见横木上悬挂了透红的动物尸体。原来这里是一个街头屠宰场！

屠宰场的周围，人丁喧闹，车水马龙，人们好像在排队，只见屠夫正大刀阔斧砍着肉，现杀现卖。

当我在驾驶台收拾好海图后，我再拿起望远镜看屠宰场时，"足球门框"上仅留下阴森森的一具白骨，看得我脊背发凉，毛骨悚然。

外派嘉哈拉轮（6）：海地太子港印象

我觉得手臂上有点痒痒的，一只硕大的蚊子正在笃悠悠地吸我的血。我赶紧用巴掌留出一点缝隙狠狠地拍了下去。蚊子以为能从手掌边上逃脱，可它往往没有想到，我用手指端的微小夹缝把它夹死了，还在手指缝中留下了它辛辛苦苦吸吮的鲜血。

码头工人都是临时雇工，在梯口军警的检查后，他们到船后马上溜进在大舱内，除了在二层柜上卸货外，其他时间都是嘴巴不停地吃美味的台湾酱菜。他们还把酱菜瓶敲碎，"毁尸灭迹"藏在大舱夹弄内，不但吃还大胆拿，我们只能眼巴巴地看着这些工人拿了东西下船。看舱的水手和驾驶员包括我都不敢上前劝阻，因为他们身上都藏有匕首。

船长把一次成像的照相机交给看舱驾驶员监控拍照。因港口禁用无线电收发报，船长把照片交给代理，再由代理转告船东和租船人。代理传达租船人指示："只要有照相证据留下，海员就能对货损货差免责。"据后来统计，一舱货大概损失了五分之一！这个量实在大得惊人。但代理告诉船长："租船人不在乎这些货损货差，他们有货物保险。"

海地港口当局发了"登陆证"，我想"不用白不用，用了也白用"，就和一大群海员在晚餐后下地，到太子港城内观光游。

走在海地高低不平的道路上，费了大概半小时就走到了海地的"白宫"，据说是海地总统府。只见残破不全、肮脏不堪的雕塑屹立在广场上，都是殖民期间的产物。

街头是棚户区的木头房子，我描述街景只能想到两个字："凌乱。"突然，广场上人群聚集起来了。一会儿从人群中传出了枪声，骇得我们急忙撒腿向码头方向跑，匆忙登上舷梯。

船长知道后马上对下地海员训斥说："海地太子港不安全，我进港前就告诉你们，请勿擅自下地。二副带了坏头，你们胆大妄为，还敢在枪林弹雨中下船，跑到敏感的白宫广场，连身家性命都不要了。"

我们被船长训得如同一只"煨灶猫"，连大气都不敢出，训斥完后都灰溜溜地进入了房间。那天晚上，我在甲板上班，时不时还听到城市内有枪声，枪

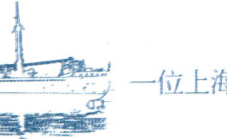
一位上海船长的老照片

响的地方有流星样的亮光出现在城市上空。

夜晚,船舶生活区空调机又坏了,海员在甲板乘凉,蚊子似轰炸机般轮番袭击海员。船长急死了,虽然进入热带港口国都服过防疟疾的药物,但还是忧心忡忡,害怕海员兄弟被蚊子咬,得疟疾,这可是要命的啊。

机舱轮机长说没有备件,只能拆东墙补西墙,勉强修复了船上接待室内(船舶大台)的空调。被逼无奈,海员们开始在大台内过上共享空调的群居生活。

第二天,代理告诉船长:"昨夜太子港反政府武装发动暴乱,形势还不稳定,海员千万不要下地。"

我们在惊恐中度过了一个星期。在一个漆黑的夜晚,嘉哈拉轮水手收起舷梯前,军警还在对下舷梯的黑兄弟逐个对面孔,核对上船证件。

可是,我们能保证加勒比海盗故乡的人不当海盗,但能保证他们不堕落成为偷渡者吗?我早就听闻海地是偷渡成风的港口,他们被美国打怕了,但却想去美国讨生活。他们没有钱、没有通道去往美国,就开始打抵港船舶的脑筋。海地人天真地认为只要是停靠在海地太子港的船舶,就一定会去美国的。

所以,在船上的海地码头装卸工,已经顾不得在海地的妻小,他们行事风格简单、粗暴,毫无牵挂地抛弃他们在海地的家,迫切希望藏在来港的船舶里面,然后向海地象征性地挥挥手,随船去往"天堂"了。

开航前,我遵循船长、大副的指示,站在舷梯口监视军警点人头看面孔。

等军警撤走后,代理让船长签了文件,拿了船长赠送给他的礼品,一手扶着舷梯的扶手,下船了。嘉哈拉轮在夜幕中静悄悄地离开了太子港。

外派嘉哈拉轮（7）：岛国风云

嘉哈拉轮静悄悄地驶出了海地太子港，背后的长空曳光弹群魔乱舞。

似血光，海地政府军和美国支持的反对派刀光剑影，互相厮杀。

似烟火，送远方客人离开，双方大开杀戒，海地总统座位岌岌可危。

太子港引航员下船后船长下令："Full Ahead（前进三）。"我们庆幸平安地离开了混乱之地。

嘉哈拉轮喘着大气一路向东奔跑。航行了半天多时间，到了东部的多米尼加共和国圣多明各港。

"多米尼加"国家的名字好听，想象米多还有加，肯定是很富裕国家吧？不！超乎每位海员的想象，这是一个贫穷落后、政治局势不稳定的国家，仅比邻国海地略好一点。

船舶正在缓慢地驶进圣多明各港航道，远处海边上的高高耸立哥伦布的雕像，他向着港外的加勒比海辽阔的海洋眺望。也许哥伦布还在思索如何再在加勒比海寻找更多尚未发现的岛屿，他还想在更多的岛国建立殖民地，掠夺更多的土地和金银财宝。

多米尼加人与海地人一样，是 15 世纪西方殖民者在前往北美途中留下的

167

黑奴的后裔。曾经，在多米尼加，很多黑人兄弟姐妹都痛恨西方殖民者曾将他们的老祖宗贩卖到北美洲去。

现在，多米尼加黑人们的想法是为什么西方殖民者不把他们的老祖宗直接贩卖到北美去？以至于他们直到现在还在中美洲加勒比海的海地岛上受穷。

他们想借老祖宗的光到外面世界看看的梦想破灭了，于是这里的岛民偷渡成风。只要看到港口来船了，就像他们老祖宗一样，心情激动血压飙升。不过现在黑人们忐忑不安的心情和他们的老祖宗不同，不是盼望去非洲寻根，而是想去问问"新大陆"上的老美殖民者后裔，为什么你们老祖宗贩奴半途而废，不把我们的祖先一并送到北美洲去？跟已经过上"民主、自由"生活的同族兄弟们一起共享殖民者带给他们的富裕。昔日的美国贩卖黑奴，给这片土地上的人们带来灾难，而如今，在多米尼加的黑人心中美国就是他们心中的"灯塔国"。

嘉哈拉轮靠上了码头，骨瘦如柴的黑人兄弟们蜂拥而上。他们上船的真正目的不是来做装卸工，而是寻找船上能够藏身的地方。

军警们荷枪实弹，在舷梯边上大声吆喝，收缴他们的登轮证件，以原始的方式清点人数，还不时抬起枪口，拉响枪栓，直接对准登轮中不安分的黑人兄弟。

船长告诉值班驾驶员：隔海相望就是美国海外"飞地"波多黎各岛，是黑人兄弟们理想的"天堂"，所以海员值班时不准告诉装卸工人下一个目的港，包括工头在内。值班驾驶员在工人上下班的时候，一定要清点人头，上来几个，下去也得几个，多一个清查，少一个搜查。看舱就是看人，黑人兄弟的心情可以理解，但是我们驾驶员的责任是每天送他们下船。

卸货开始了。大副发现大舱内的黑人兄弟们行踪非常诡异，一边卸货，一边偷货，还当着大副面将货物包装撕碎，然后藏入自己的口袋中。大副上去阻止，黑人弟兄们就把大副围在中间。此刻，大副徒有一身中国好功夫，面对这些黑人兄弟打也不好，不打更不好，硬生生把大副逼得拳头握得咯咯响，此刻与黑人打架就像在八仙桌底下打拳，手脚施展不开，大副之前对付船上印度人

外派嘉哈拉轮（7）：岛国风云

的那一套路完全失灵，只有招架之力，最后被逼爬上舱口直梯逃之夭夭了。

大副把情况向船长汇报了。船长只能采取在海地一样的老办法，用照相机记录黑人兄弟的偷盗行为。"告诉值班驾驶员，如果发现工人偷盗货物，请站在甲板舱口围上，大声喊叫，在表面上给压力进行威慑。但不准独自下大舱阻止工人偷盗行为！人身安全第一！"

当我在当班的时候，以巡逻的方式，在5个大舱轮流观察，不敢下大舱直接与装卸的黑人兄弟们打交道，何况我没有大副的少林功夫呢，我那中国杨氏太极拳根本阻挡不了他们。

躲在房间中的印度人又拿起望远镜窥视驾驶员看舱值班了。

当他看到我在甲板巡视而不下大舱，就从生活区下来，跑到我跟前："你知道值班人员应该到舱口去看卸货。但是你没去？"

我懒得回头去怼："你是监督人，我只服从船长的指示。"那家伙听了之后脸涨得通红，心里想一个小小的二副也跟我顶嘴，我在印度人做的船上，即便我是大副，我手下甲板部每一位成员见到我就像"老鼠见到猫，不躲也要低头哈腰，谁敢顶嘴，我就马上炒了他的鱿鱼！在中国人管理的船上，我作为船东代表都不听，等着瞧。"他肯定感觉在中国人居多的船上做监督人很窝囊。

"I am sorry, please don't disturb me that I am busy on duty（对不起，请不要打扰我，我正忙着值班）。"我仍然不回头，对着货舱中黑兄弟大喊："你！别偷东西，去你该待的地方！"然后转过头看着印度人。货舱中的黑兄弟放下手中的东西，举起拿在手里的东西，嘻嘻哈哈，再用力一丢，把东西扔进了我看不见的地方。我的大声喊叫，印度人以为在呵斥他，吓了一大跳，转身看看舱内的黑兄弟对我说："Keep watching with your eyes open（继续保持警惕）！"

我头也不回继续前往另外一个货舱查看。印度人讨了个没趣，怏怏不乐地嘀咕几句走回生活区了。此刻，货舱中的黑人兄弟鬼鬼祟祟，正在酝酿一个阴谋，他们见到我在舱口围上，马上挥舞手中的货钩示意我离开。我走到他们见不到的地方再看货舱里面，黑人兄弟们正在把一个货箱砸开了。只见里面的日用五金撒了一地，这些装卸工还把电工工具包系在裤腰带走。我偷偷地拍下了

一位上海船长的老照片

照片,用影像留下了装卸工人偷货物的证据。

我们驾驶员似乎与这些装卸工们一起演绎了一场猫捉老鼠的游戏。

船舶即将开航了,最后一票货从双吊上移出了货舱,放在了码头上。然后,码头上的工人把一块鼓鼓的吊货大帆布放进了网兜中,随后货物被吊到了货舱中。

工人们开始下船了。军警对下船装卸工人一个个核对脸孔,然后归还登船证。当工人全部下船后,一队军警开始在船上大搜查了。他们从船头到船尾,潦草地扫过一遍,没有发现什么偷渡者。搜查完毕,军警集中在船舶大台中,每人喝着船长给的可口可乐,叼着船长给的万宝路烟,正在等待长官撤走命令。我协助船长办理出口手续。船长露出了担忧,自言自语:"军警下大舱走过场,草草检查真的有效果吗?"

当船长在军警的检查单子上签字后,军警头拿了船长给的礼物,带着一队军警离开了大台。船长上驾驶台了,用对讲机对我说:"二副,注意清点下船军警人数,我听说军警也有偷渡的。"我听了之后真的吓得毛骨悚然,没想到军警还会偷渡?万一他们带枪偷渡,我们在海上被偷渡者劫持该怎么办?我们海员可是手无寸铁啊,大副的杨式太极拳加少林拳是对付不了铜制的子弹的。

我站在船尾舷梯口,在默默地数下船的军警,一个、两个……

最后一名军警下船了,我拿起对讲机向船长报告:"船长,军警下船人数准确。"

船长向刚上来的引航员说:"可以解缆开航了。大副、二副注意了,前后单绑!"

"明白!"我汇报后,大副也接着报告"前面单绑"!

船长再一次下达:"前后缆子全部解掉!"

外派嘉哈拉轮（7）：岛国风云

我收到命令之后，马上指挥船尾水手把尾缆和尾倒缆解掉了。向船长汇报："船长，屁股清爽，可以动车了。"接着船头大副也传来缆子解清的报告："船长，前头缆子理清！"

船渐渐驶入航道，海边的哥伦布雕像正看着我们的船舶离去。我猜想，他当年也是用这样的眼光看着他的风帆船载着一船宝物，驶向西班牙，向女皇进贡那些抢来的金银财宝。

下港为美国飞地波多黎各岛。很近，大概只有10个小时就到了波多黎各岛了。

第二天早上，大副拿了配载图，下第四舱核对波多黎各岛码头要卸的货物。当他与水手长走到一大堆大型机械的轮胎边上时，听到轮胎内有窸窸窣窣轻微的声音。

旁边就是昨天双吊最后吊上来的网兜和一张作为垫舱料的帆布。

大副感觉到了异常声响，急忙轻手轻脚走到大轮胎边上仔细听。

怪异的声音却没有了。"水手长，你听到刚才舱里有微小的动静吗？"水手长不声张，做了一个手势点点头。大副、水手长踩在帆布上装着离开大轮胎。

大副跟水手长说："你马上爬上去，向船长汇报并多叫一些水手下来，我怀疑舱内藏有偷渡者！"说着他在离开大轮胎不远的地方躲了起来。

大副怀疑是对的，大轮胎是外胎，内腔有足够藏2~3人的空间。不一会儿，轮胎中又发出了微小的声音，似乎是动物踩在轮胎上发出了摩擦声。此刻，躲在附近的大副马上意识到圣多明各港最后一吊的帆布中存在问题。而我们全船人员都在忙于起航前的关舱、落吊、绑扎的准备工作，疏忽了吊上来的帆布，并没有对此展开联想。

大副还在第四舱内静静地盯着大轮胎，大轮胎好像动了一下，接着又不动了。

外派嘉哈拉轮（8）：与偷渡者针锋相对

话说大副和水手长带了配载图，进入货舱查验核对波多黎各岛的卸货堆位，却发现大舱里有异常动静。听声音不是像老鼠那种小动物发出的声响，而是像人类踩在橡胶上发出的唧唧咯咯的声音，还带有紧张的喘气声。

大副心中一激灵感觉情况不妙，对水手长瞟了一个眼神，示意大舱内可能藏匿着上港留下的人员。水手长领会了大副的眼神之后，马上做出了手势，告诉大副上去报告船长，叫人来处理。

船长舱室内，两个印度人正在与船长进行工作会面，看印度人的表情觉得他们对船长的工作有点不满，他们抱怨值班驾驶员在值班时"不务正业"，看舱不到舱内，似乎一直对他们有敌意，要求船长改变这样的局面，对值班驾驶员进行训诫。

面对印度人的提问，船长马上回怼："值班驾驶员都很尽职，他们不到货舱去是因为岛国的装卸工人对值驾有生命威胁。你们看看值驾拍摄的照片，如果是你也不会贸然进舱的。"

我们刚刚进入国际海员市场就被印度人挤兑。中国海员的"命门"就是英文比不上能说会道的印度人，就像中国足球队天然存在恐韩症一样，心理状态

外派嘉哈拉轮（8）：与偷渡者针锋相对

很脆弱。印度人对中国海员有着天然不满心态膨胀，一直刻意刁难中国海员。幸而船长有礼有节为海员辩护，无形中抽打了印度人的脸面。

水手长见印度人在船长舱室，就在门上敲了一下。船长对印度人说Sorry（对不起），然后走到门口。水手长凑上去，轻轻地说："船长，我怀疑第四舱有偷渡者。"

船长听后马上转回到舱室，拿了安全帽、穿了工作服对印度人说："我有事到甲板上看看，请另择时间再聊。"随后对水手长命令："呼叫甲板部人员集合，开启四舱一块舱盖板，让光线透进去，然后下货舱密集搜查！"

我被生活区嘈杂脚步声弄醒了，开了舱门看见水手长奔下来告诉我："四舱可能有偷渡者，大家上甲板看看。"

我连忙穿好工作服、戴好安全帽来到四舱。协助水手长开舱，然后带头从后道门钻入了货舱。"小老头"走过来告诉下舱的水手们："请拿好拖把柄，注意安全！"自己也冲进了货舱。船长见状叫喊："你守住货舱道门，关起门来打狗！"

船长站舱盖板上，全神贯注地观察着货舱中的每一个地方并与大副保持沟通。一道光线射进了货舱，大副见到援军到来就站立起来："请把轮胎包围起来，里面藏有人！请大家跟在我后面，注意偷渡者手中是否有东西。"

他让我迂回走到轮胎的侧面，水手们按大副的指令开始搜寻了。轮胎里面有了动静，只见从轮胎内缝中钻出了两个黑乎乎的脑袋。果然有两名偷渡者藏匿在轮胎中！他们手里

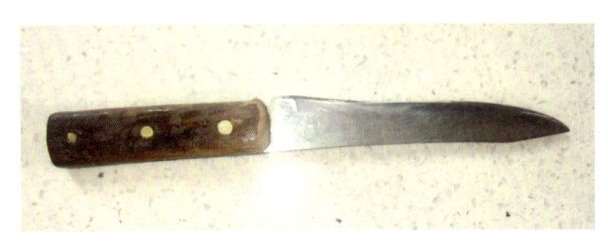

各自拿了一把闪闪发光的小刀，情绪有点失控。只见他们凶相毕露，挥舞手掌中的刀，示意包围他们的水手后退。

这是厨房用的木柄小刀，是台湾出口到加勒比岛国的货物，刀口锋利，被他们拿来当作反抗的武器了。船长在舱口上大叫："请注意安全，他们手上

一位上海船长的老照片

有刀!"他冲着舱内的偷渡者叫喊:"I am the captain! Don't move! Hands up! Surrender weapons(我是船长!站住不准动!举起手来!交出武器)!"船长连发了4句英文。

偷渡者发现对着他们喊话是船长,马上回话:"船长,告诉你的手下,保持3米距离,否则我们要反抗的。"说着他们又挥舞起手里的小刀,水手们警惕地赶紧向后退了几步,拽在手里的拖把柄仍然作出威慑他们的抖动,偷渡者们的情绪也无法平静下来。

多米尼加历史上曾被多个西方国家殖民,国家的官方用语是西班牙语、法语和英语。这两个偷渡者英语非常熟练,为他偷渡提供了语言条件。偷渡者们继续与我们谈条件:"请给我们自由,送我们去美国吧!"他们的条件非常简单,就是想要偷渡去美国。

此刻,我不害怕了,看到偷渡者手中寒光四射的小刀,竟然将端在手里的拖把柄情不自禁地放了下来,心想这不是一个很好的学习英语口语的机会吗?我面对紧张局面有点糊涂了。

偷渡者们提出了明确要求,也就是借助我们的船到他们心中的"天堂"去。船长顺着他们的思路,用带着严肃又充满人道主义关怀的语言告诉他:"我们可以答应你们的要求,我们现在就去波多黎各岛,但你们必须服从我的要求!先把刀放下,我们完全可以平等对话,我给你们已经准备好了住的房间和餐点,先上来,我们绝对不会为难你们。"

偷渡者们仍在怀疑中:"You're lying, I don't believe you(你在说谎吧,我不相信你)!"但他们的态度显然从激动中慢慢平稳下来。

"Sure,我保证我们的海员兄弟们不会伤害你们,我这就叫他们放下手中的东西。"船长对着偷渡者表达自己的态度。在船长的经验里稳定局面是硬道理!何况他不想让我们兄弟们面对不可控的危险。

船长从现场观察,偷渡者手里除了舱内现成的小刀外,是徒手偷渡,目的也仅仅是为了逃离贫穷的国家,想一走了之,到富裕的国家享受清福去。一般来讲,只要船方人员没有过于激烈的行动,他们也会"放下屠刀立地成佛",

外派嘉哈拉轮（8）：与偷渡者针锋相对

毕竟偷渡不是偷命，而是为了活命。现在舱内这么多水手围着偷渡者，他们感觉正在受到威胁。

看着舱内僵持的局面，船长立即命令舱内的大副："放下拖把柄，舱内人员全部撤离，留下大副和二副！如果偷渡者另有行动，你可以用杨式太极拳对付他们！"

大副仰头笑笑："船长，看来船上弟兄们，今后就让我带教杨氏太极拳吧。以后只要发生异常情况，我再也不用势单力孤一个人对付了。好了，我和二副掩护你们，兄弟们撤离！"

"小老头"听到船长的话就知道船长想到稳定偷渡者的对策了。他不动声色地带头爬上了道门向船长招招手："船长，兄弟们都撤离了。"

船长对偷渡者扬扬手："My friends, now you can trust me（朋友，这下你相信我了吧）！"

偷渡者面对斜射舱口围进来阳光，眯起了眼睛："有个条件，我不希望见到任何官员。"

原来，船上两名印度人见到甲板上动静很大也跑下来探究竟，甲板舱口围为什么都是水手拿了拖把柄，似乎是水手之间有械斗？他们感觉好斗的中国人给他抓到把柄了。

可是当船长在舱盖板上用英语说话，他们感觉不对劲了："难道船上出现了状况？"

两名印度人站在舱口围上探头向舱内看。正巧被偷渡者们发现了肤色不同的人，他们猜想船上除了船长外还有其他人，这些人难道是岸上的官员？

船长四处张望了一下："There is not other people on board（没有其他人在船上）。"

"Who are they?"舱内的偷渡者抬头看着两位印度人，增加了怀疑。

船长看着舱边上站立着两个印度人，他俩表情严肃，似乎扮演着官员的派头，还带着点幸灾乐祸的样子。船长火了，这不是坏了我们的事？还来添乱！

转身对着印度人大声训斥："待到一边去，这里没有你待的地方。"

一位上海船长的老照片

印度人明白船上有偷渡者："Are they stowaways（他们是偷渡者吗）？"

"是的，他们是偷渡客。我作为船长正在处置这件事情。"船长不客气地回答，对印度人在现场搅局感到厌烦："我会向船东汇报的，请走开！现在你们出现在现场，妨碍了我们与偷渡者的谈判。如果有意外，我也将向船东投诉你们。"

印度人知道，在船上一切都是船长说了算，他们作为所谓监督人和船东代表都是虚职。从海事法规角度看，他们也不能算海员。他们在船员名单上挂了个"Owner"的头衔，即便被理解为船东，也不能凌驾于船长之上。他们悻悻地离开了舱口围，站在生活区边上看船长的热闹。他们拿了一个小本本在记录着什么。

两个偷渡者拿着小刀退缩到了轮胎内，觉得危险正在一步步逼近他们。船长喝退了印度人之后，转身看到舱内的偷渡客没有了踪影，他一改平常作风，对着印度人大骂："Bastard（混蛋）！"

"二副站在舱口围边上，我把馒头、可乐吊下来！"船长对着舱内叫我。

我站在舱口围边上，水手长把食物吊了下来。上海风味的肉馒头在货舱内袅袅飘香。躲在轮胎内的两位偷渡者闻到香味，已经十来个小时没有吃东西喝水的，他们感到饥肠辘辘了。

我脱掉了衣服，对着偷渡者摊开双手，光着身子向他们转了一圈："朋友，这是给你们的食物。"我随手拿了一个肉馒头往嘴里塞："非常美味的中国食物。"我把食物和可口可乐放在轮胎外面不远处，坐在离开他们3米远的地方等着他们的反应。

我和大副看着他们的眼睛里流露出了渴望的眼神，但不敢轻举妄动，怕我们有诈。大副又抬头对船长说下面没有多大的危险，再等一会儿偷渡者，让他们进行复杂的心理斗争。

时间正在消逝，三副在驾驶台呼叫船长，波多黎各岛引航站还有30海里，引航员已经叫过来了。船长对我们说，他要上驾驶台去处理航行事宜了，下面就让我们多担待了。

外派嘉哈拉轮（8）：与偷渡者针锋相对

大约又过了 20 分钟，在轮胎里的偷渡者因为长时间没有喝水，有点神思恍惚了，盯着可乐罐看。我抓起可乐扔了过去："Here you are（给你）！"那个家伙扔掉手中的小刀，接住了可乐，打开后就迫不及待喝了起来。我又把馒头扔了过去，两个偷渡者放下小刀，接过馒头就吃了。他们渐渐放下了抵抗情绪，当听说是中国食物，他们询问我："Are you Chinese（你们是中国人吗）？"

我马上接上去："是的，你是我的朋友。出来，上楼去，一切都会好的！"

"Are you going to Puerto Rico? Can you drop us off there（你们是到波多黎各岛吗？你们可以放我们下去吗）？"偷渡者跟我说。

"Of course, we will（当然，我们会的）。"

偷渡客拿出一张照片扔给我看："这是我在波多黎各岛的老婆和孩子，我想和她们在一起。"

照片上是他们家的合影。我渐渐走过去，他们也不阻止了。我把照片还给他："朋友，跟我走。这是我们的大副，他是个很和善的人。"

大副走过去，跟他们握手。然后："让我们上楼去谈吧，好吗？"

一起剑拔弩张而又复杂的偷渡事件，竟然顺利解决，得来全不费功夫。

这是我第一碰到真实的偷渡事件，没有与偷渡者进行激烈格斗的情节，或许让读者朋友们感到意犹未尽了。其实，在航海实践中，我们碰到偷渡者就是用中国人友善的方式和平解决的。

嘉哈拉轮发生了偷渡事件后，船东在船东保赔协会协助下，在数小时内解决了遣返事宜，但在波多黎各岛上，印度人又抓住把柄到下面代理行打电话给船东，说我们的坏话了。

我们的外派工作遭遇了前所未有的困难。

若干年后，当我成为船长，在另外一艘外派船抵达圣多明各港时，又遭遇了群体偷渡，那是后面的故事了。

外派嘉哈拉轮（9）：航程路漫漫

波多黎各岛上的美国移民局官员收到船长电文，称船上发现了两名偷渡者。于是，他们就煞有其事地全副武装站在码头边上，等候嘉哈拉轮靠泊。

船舶在泊位徐徐移动后，我在船尾带好最后一根尾缆后，梯口值班水手已经将舷梯放到了码头上。大腹便便的移民局官员在我的引领之下来到了船舶大台。

船长和印度人已经在大台里等待他们的到来。

印度人想插手处理偷渡者事件，以便他们可以向船东邀功。当美国移民局官员出现在大台门口时，他抢在船长前面迎了上去："先生，欢迎登船。"

"船长，你好，偷渡者在哪里？"不知哪位是船长的移民局官员回答印度人。

"我是船上监督人。"印度人对移民局官员满脸堆笑。

"嗯，我是想与船长交谈偷渡者的事宜。"傲慢的移民局官员对印度人说。

"先生你好，我是船长，让我们来谈偷渡者事情吧。"船长侧身把印度人挤到了边上，与移民局官员打招呼。

"船长请你把偷渡者带上来，我们要询问情况。无关的人员请出去。"移民局官员看看两个印度人后，提出让他们走开，移民局官员只认船长的。

外派嘉哈拉轮（9）：航程路漫漫

船长对印度人做了一个手势并说："Please leave the cabin（请离开舱室）。"

两个印度人讨了个没趣，"依依不舍"地离开的大台。但还贼心不死，待在走道内偷听船长与移民局官员的对话，还不时在小本本上记点什么。

我和水手长两人把偷渡者带进了大台，让他们站在移民局官员的前面，保持2米距离。

很快，移民局官员审讯完毕，将两张审讯纸递给偷渡者："请仔细阅读。如果没有问题，在这里签名。"

两个偷渡者看了一下审问记录："Sign here（在这里签字）？"移民局官员点点头。

当偷渡者签好字后，移民局官员拿出了两把不锈钢手铐，将偷渡者铐了起来："亲爱的朋友，你的偷渡之旅已经结束了，现在跟我去警察局吧，很幸运你们可以乘飞机回去了。"

他们开始挣扎，好不容易才来到波多黎各岛，怎么能轻易回到多米尼加呢，回去还得坐牢呢。"不，我们要待在这里！"偷渡者情绪激动起来了。

可是，已经被控制起来的偷渡者无能为力了，只能听从移民局官员的安排。

在船东、租船人和代理的安排下，由船东保赔协会出资遣返费用，两名偷渡者乘飞机回家了。偷渡事件顺利解决，船长瘫在自己的沙发里，怎么也想不通，在多米尼加圣多明各港已经如同梳辫子一样在整个船上旮旯里扫过了，怎么还会漏进来两名偷渡者呢？后来才知道，这是圣多明各港的代理被偷渡者买通了，偷渡者隐藏在最后一吊网兜的帆布中被吊上了船。海员弟兄们再怎么仔细搜查也无法看清楚阴谋就在代理和偷渡者之间。

船又开始起航了，下一个港口是巴巴多斯。这也是15世纪贩卖黑奴的中继站，留下来的都是黑奴后裔。船长站在驾驶台上脑袋瓜子又开始发胀了。

我们跟在一艘豪华邮轮后面进入巴巴多斯港。这个小岛风景优美，以旅游业为主要产业。这里的人们借助旅游业已经过上了幸福的生活，他们的思维中根本没有偷渡这个词。

一位上海船长的老照片

邮轮码头就在我们泊位的边上,我们借邮轮的光,在进港时受到了岛上居民狂欢般的迎接。船长和我在靠泊后都拿起望远镜看着码头上热情的黑人们跳起了粗犷、性感的非洲舞蹈。用油桶做成的"打鼓",敲响了老祖宗在非洲丛林中与绑架贩卖黑奴的殖民者战斗的号角。

一群白人游客从豪华邮轮上走下来,乘上大巴开始了环岛旅游,享受加勒比海的无限风光,人群中黑白分明,历史上的冤家开始走在一起,共同享受现代文明世界的风光了。

船长的脸上扫掉了波多黎各岛遣返偷渡者的阴云,短暂地享受了外派途中的视觉盛宴。

船又离开了巴巴多斯岛了,我们向南美洲的特立尼达和多巴哥的西班牙港开去。这个国家几乎都是印度裔,就像新加坡大部分都是华裔一样。所以,船舶一靠好码头,两名印度人就向船长请假,迫不及待下去花天酒地、寻欢作乐去了。顺便说一句,两个印度人的年薪远远超过了中国外派公司支付给全体中国海员的每月外汇补贴。

西班牙港的港口官员给了中国海员每人一张登陆证,而登陆证上显赫地盖上了"Refuse"!也就是说,这是一张带有侮辱性的拒绝中国海员的登陆证。特立尼达和多巴哥在当时处处刁难中国海员。

船长到水手舱室里,看到小老头:"政委,看来我们在这里买菜的事,船东又放鸽子了。我刚才看了一下又是洋葱、土豆和大白菜。"

小老头乐呵呵地说:"我们本次外派与洋葱、土豆杠上了。我们还有多少黄豆和绿豆,我们在海上只能靠发黄豆芽、绿豆芽度日了。"他无奈地摇摇头:"必须做好过苦日子的准备。"

两个印度人下去后第一件事就把小本本上记的偷渡者处理的事情,以及船上人员的表现统统向船东统统汇报了,还捏造事实,说船长的管理不行,怀疑船上的"小老头"的身份。

我还没来得及对西班牙港留下什么印象,嘉哈拉轮又向最后一个卸货港南美洲的苏里南帕拉马里博港开去。这是被荷兰殖民者统治过的国家,当时两派

外派嘉哈拉轮（9）：航程路漫漫

人员正在进行武装对抗，民众在枪炮中挣扎生存。船一靠岸，枪弹就横飞在船舷边上，双方交战人员还在码头的堆场上以货物为掩护进行拉锯战。我和海员们在船上不敢伸出头，眼前的一幕幕仿佛电影中的双方对垒的镜头。

我祈祷早点离开港口。

战乱没有影响港口装卸货操作，第二天早晨枪声平静了。一大堆装卸工人都带了工具上船作业了。工人下第三舱内卸货了。我知道第三舱内的货物，有毛呢衣料、瓶装的台湾酱菜、日用品和厨用刀具等。

荷兰人种在这块土地上繁衍了数代，与文学作品描写的欧洲血统的海盗形象如出一辙，就差在一只眼睛上戴上黑色的眼罩了。我在此刻还惦记海盗杰克船长，在迪士尼乐园内是否也会将种子播种在世界各迪士尼乐园中，把15世纪的海盗文化传播在现代社会中？

这天，我正好下午上班。荷兰裔的装卸工人并不像他们的祖先一样富裕，一直把目光停在大舱的货物上，窥视最值钱的货物，妄图窃为己有。我看着他们进入舱室的时候都是瘦瘦的身材，当从大舱里爬出来时却变成了臃肿的胖子了。当地"Watch man（保安人员）"却睁一只眼闭一只眼，熟视无睹工人明显变装。但他们的行为不可能骗过中国海员。

我感觉大舱内卸货异常，就与看舱水手一起爬下大舱，发现一群装卸工人正在用手钩把箱包拆开了。只见里面的工人正在把箱包内的毛呢衣料缠身，很快一匹毛呢就被他们瓜分了，然后穿上工作服，人就变得出奇的胖了。

当我出现在他们面前时，这群家伙就面露憎色，几个人高马大的工人抽出在大舱中偷得的厨用小刀将我围住，掩护其他工人逃走。

船长说过的话在耳边回响：不要轻易和偷窃者搏斗，货损失有价，人身伤亡不是金钱能够换回的。面对能致命的小刀，我拿起对讲机与船长、大副进行了联系。

船长还是交代不要对抗，要下意识地躲避他们。但为了防备万一，我把安全帽作为盾牌阻挡工人们进攻。站在甲板上的保安从腰里拔出了左轮手枪，对天开了两枪。

一位上海船长的老照片

工人们听到警告的枪声，马上扔下十几把小刀后如同兔子一样，夹起尾巴逃走了。

他们跑得无影无踪了，我拿起了小刀。发现这刀工艺非常精致，刀柄上的木头都是褚红色的，刀有弹性、刀刃锋利。一不小心我的手指被刀刃割了一个口子，鲜血直流。大副闻讯下舱后，正看到我手上流血的一幕，以为发生血案了。我没有惊恐，只有痛苦的样子，大副才放下了悬心，一场惊心动魄的货舱斗争结束了。

这些刀具作为装卸工人偷盗的证据留在大副办公室内，当完成了卸货任务后，货主却说不要这些小刀了。大副就把这些小刀分给甲板水手作为水果刀。我手里的那把偷渡者留下来的小刀就被我抹了机油，用牛皮纸包了起来，放在了刚上船时韩国人给我的那只花瓶中。

船东来电告船长："在苏里南帕拉马里博港完成卸货后，请马上扫舱，驶往美国休斯顿装废钢铁回中国天津港。"这是首都钢铁厂在休斯顿拆卸除运回的设备。

在船上两个印度人的喋喋不休地向船东汇报莫须有的"罪名"，他们声称中国船长管理不尽力，致使船上出现偷渡者，造成了船东船期损失、额外遣送费用等，还向船东汇报船上小老头的身份不符合船东与外派公司的条款，船上二副一直阻挠他们在船上履行监督人的职责等行为。

船东听信了印度人的汇报。

当船舶满载钢厂破旧的轧钢设备开往中国天津港时，海员们沉浸在回国的快乐中，总算能够到中国港口买一些蔬菜吃了。

离开天津新港还有5天的航行时间了。船东发过来一份电报，通知全体中国海员离船，由船东派出的印度人接班。船上的印度甲板部监督人接大副班；轮机的接大管轮的班。出乎印度人的意料，他们并没有因为举报有功而官升一级。我看到印度人脸上露出了沮丧的表情。

自始至终，"小老头"的身份没有暴露出来。

我与印度二副交接班后，我把花瓶和小刀放进了行李箱中带回家。

外派嘉哈拉轮（9）：航程路漫漫

　　这把刀记录了我走进世界海员市场的艰难历程；这把刀给我安装了一个发动机，是我提高技术的动力源泉；这把刀促使我努力学习航海技术。最后，我靠自己的坚持站在了驾驶台船长的位置上。

　　看到这把刀，我很有信心为圆中国航海强国之梦作出自己微薄的奉献。

外派嘉哈拉轮（10）：嘉哈拉轮的悲惨结局

话说外派嘉哈拉轮，印度人小肚鸡肠般嘀嘀咕咕，一直在船东面前打小报告。船东最终被船上的印度人给说服了，彻底把船东内倾向于使用廉价中国海员的华裔管理者的想法摒弃了。但这位华裔管理者也是核心人物，仍然坚持为中国海员发声。他认为光凭船上的印度人的说法，怎么也看不出中国海员哪里做得不对啊，要说中美洲岛国曾有偷渡者藏在船上，这在印度人的船上也是频发的现象。另外，使用中国海员为公司缩减的人力成本不是一丢丢，而是一大笔费用！

华裔管理者也光火了："你们印度海员也就是比中国海员说英语流利一些，但我不觉得你们印度人说英语很标准啊，我就听不懂你们带着印度腔的印度英语。你们最多就是喜欢搞小动作，工作报告写的都是成绩，没有一点缺陷，可是PSC检查都是毛病！你看中国人写的报告虽然英语缺少火候，有的时候还语句不通，但写的报告字眼中透露了他们的诚实和谨慎。一是一，二是二，没有虚构和夸张，中国海员在船上维修保养的船貌与你们印度人管的相比较一下，就可以说明船上印度人的汇报不可信！"

但在印度人占据管理层中的大多数，华裔管理者仍然没有为中国海员扳回

外派嘉哈拉轮（10）：嘉哈拉轮的悲惨结局

这一局。

不知是不是船东内部因为两个印度人写小报告的原因，船东特意让租船人承接了到美国休斯顿港装一船钢铁厂旧设备回天津港的航次。船长和海员都蒙在鼓里，天晓得！

由此，在去往天津港途中，船东一纸电报把我们炒了鱿鱼。

船舶被印度人重新把持，我们离船后本来没有故事了。

就在我们从天津港离船后，印度人开始从天津起航重复了先前的航线，还是去往中美洲国家，目的地还是加勒比海的港口。

印度人船长为了表现自己比中国海员开船技高一筹，没有充分考虑这艘杂货船的性能特点，还以为船舶还在青壮年时期，对20多年船龄的钢体结构的抗风能力盲目自信。

这次他们面对的是北太平洋冬季，冬季冷性低压频频入侵太平洋高纬度洋区。北太平洋并不太平，洋面铺天盖地都是咆哮的大风浪，印度船长十分高傲地设计了一条从日本横滨港到巴拿马运河的高纬度大圆航行，意图是想为船东缩短航程。

可是他们的航海技术与我们相差了很多，并没有像我们船长那样认真分析冬季太平洋的气象。印度船长只晓得讨好船东而在大洋中横冲直撞，最终不幸坠入大风浪的深渊。嘉哈拉轮货舱内杂货配载没有进行适当绑扎，货物在大风浪中发生了位移和倒塌，船舶发生倾斜，失去安全稳性。他们在高纬度洋区紧急呼救，但在大风浪的情况下，即便她船迅速行动，赶到出事点也为时过晚了，没过几小时船舶大量进水后折戟沉没，无一人生还，全军覆没。

这是我还在家工休期间就听到的信息。

我除了庆幸逃脱了灾难，还为印度同行的悲惨遭遇感到深深的悲哀。这件事成为我整个航海生涯中一直引以为戒的教训，也让我从中学会了宽容对人的职业操守。

"海员做任何事情都必须首先敬畏海洋，要与大风浪抗衡，就需要保证安全的航海技术，船舶管理需要和谐的人文环境，而不是在高度国际化的海员之

间互相尔虞我诈地争斗。"

公司外派部调配人员获知船东遣返全体海员后,气得胡子上翘,通过代理给船长发了一份电报:"天津新港完成交接班之后,全体海员就地遣散,船长和上海籍海员回上海述职。"

当年没有便捷的通信条件,我们无法及时收到公司的消息,当然也无脸通知家里说被炒鱿鱼回家了。我们与船东结清了外派补贴,与印度人完成交接班后,带着沉重的行李和说不清道不明的心理负担,背负了"烧鱿鱼"的耻辱,离开了工作4个月的嘉哈拉轮。

我们踩着4个月亲手保养、一块块似豹斑般漂亮的清洁甲板,沮丧地踏上了舷梯,登上了天津港码头。接班的印度人站在舷梯边上得意洋洋看着我们下船。

终于踏上祖国大地了,海员们却没有往日踩地气的快乐了。我看着正在没入地平线的夕阳,那股窝囊气全部集中在拳头上,狠狠地砸在自己软软的行李包上,行李包瘪下去后又鼓了起来。

就像战场上吃了败仗的士兵一样,我们一点得不到公司的待见。公司外派部一改出发前公司领导送到车门前的待遇,驻天津的公司办事处没有负责人来接我们,我们一行人在新港码头的道路上无精打采地向港口大门走去,我们在新港大门口登上了公共汽车,载着我们向塘沽火车站开去。

大副走过来:"别生气了,回家吧,看穿世态炎凉,下船休息是一件好事,可以安静地思考自己的人生。我工休回家后,准备到嵩山少林寺里待上三个月,六根清净与世无争,练练太极拳,暴练一顿少林拳,等我攒够了养家糊口的钱后就削发为僧了。"

我听得头皮都发麻了。在嘉哈拉同船期间,大副工作空闲后就在房间内,数着佛珠,对着一尊菩萨像顶礼膜拜。他捧着一本经书,独自在房间内念念有词,我知晓大副是信佛的庙宇居士,常常公司叫他上船时,他还在庙宇里面与和尚们早起晚睡,终日在佛堂里认真念佛经。后来我听说大副当上了船长,在船长岗位上做得有声有色。

外派嘉哈拉轮（10）：嘉哈拉轮的悲惨结局

再后来，大副真的辞职出家了，他把自己在杨浦区大连路附近的一个新村房子卖了，然后回到家乡，真的出家当主持了。

那时正好是1987年元月中旬，火车站人来人往，大家都想赶回家过年了。"还买得到火车票吗？"海员弟兄们被炒鱿鱼，心情本来就不好，站在塘沽火车站候车厅中更加烦躁不安了。

"拿来！"大副对正在发呆的我说。"拿来什么啊？"我看着大副伸过来的手。

"弟兄们，把海员证拿出来！我们集体到火车站售票处购买火车票回家。"

"用海员证能够买得到火车票？"我疑惑地看着大副。

大副指着火车站的旅客购票须知说："军人、海员凭证件可以优先购买火车票！弟兄们大家要知道，我们海员和军人一样享受优先乘火车、客船的待遇。"

很快，大副收齐了海员证。他走到军人、海员优先购票的窗口，把一沓海员证递了进去。年轻女售票员向外看了一下大副，露出一副饮用水含氟超量、被氟侵蚀过多的大黄牙，带着天津特有的津腔："同志，都是海员吗？"大副回答："这是我们的海员证。"

女售票员盯着大副那张饱经风霜的海员脸："海员同志，你们辛苦了。下次到塘沽车站来，你就给我们售票处打个电话，我们给你们留好座位票。顺便也不要忘了给我带一把日本产的红色防紫外线的三折伞，挺漂亮嘛。"

大副马上从行李包内抽出一支姑娘喜欢的口红，给了女售票员，这是大副在日本装货下地时购买的，本来是送给他老婆的。看来大副休养生息，吃斋饭还没有做到"六根清净"啊。

售票员看看四周，见没有人注意她与大副的交谈，脸上含羞泛出了浅浅桃红，用手点点窗口沿，示意放在上面。当她把一叠火车票递出来时，顺手把口红撸进了她收钱的抽屉里。

"海员同志，对不起，塘沽站是京沪线经停火车站，座位没有了，你们凑合着上火车吧。祝你们旅途愉快。"女售票员还是含羞地露齿一笑回报大副的小礼品。

187

一位上海船长的老照片

"谢天谢地,我们至少每人有一张车票!"大家从大副手里接过没有座位的车票却没有一点抱怨。再过20多小时,我们就可以回家了。

火车站旅客羡慕地看着我手里的火车票心想:"还是当海员好,能享受不错的优惠待遇!得好好地学习,将来我也要去当国际海员!"

一位旅客拍拍身边的小孩:"长大了也去当海员吧,你就可以吃香的喝辣的,尽把各地的特产大包小包地往家里拿,还可以到外国去看风光。老子我也可以跟着你沾光!"

我看着这位父亲对孩子的一番教导,再看看自己的遭遇,心想:"唉,你们不知道吧,真正海员是要经受海洋的洗礼,常年在海上生活,还得要有在大风大浪中闲庭信步的信心。"

月台上的旅客张头向远方望去,只见通往地平线的两根平行的轨道上,一辆从北京来的火车拉响了汽笛,喘着白色的大气呼啸而来,车没有到,汽笛声已经告诉旅客:"我来了!"

火车刚刚停稳,旅客们就争先恐后地上车了。当火车开动后,我把装有木质花瓶的行李包放在了地板上,我的花瓶中还藏有从偷渡者手里缴获的厨用小刀呢。当年车站安保还没有严控刀具。我一屁股坐在行李包上,享受了座位票般的待遇,没人知道我是坐在"刀山"上。

说是叫特快京沪线,但车速远远不能与当今的高铁相提并论。我们硬生生在人员拥挤,空气污浊的车厢内站了20多小时,站得腰酸背痛,几乎精疲力尽了。

外派嘉哈拉轮（11）：回家

想不到我们外派出去的时候是享受乘民航飞机的待遇，可是当铩羽而归之时却连买一张火车票还要历经波折，幸亏当年有国家对海员的优惠政策，才能让我们顺利买到返乡的火车票。

当上海北站建筑进入视线后，我把疲惫忘了。

外派嘉哈拉轮的上海海员们走出了车厢。上海，我们回来了！

与弟兄们一一打好招呼后，我一个人乘上 23 路回家去了。23 路的终点站是新肇周路。我拖着行李包，沿着高雄路走到熟悉的江边路上。

十几年前，我与同伴隔三岔五就要从杨思蔬菜公司装大约十个铁篮的新鲜蔬菜，大约有 1500 斤。我们那时拉了劳动车摆渡到浦西江边码头，再送菜到巨鹿路菜场，毛估估要拉车走 14 公里的路程，单程路上就要花费 3 小时。那年农村劳动的艰苦岁月，使我觉得当海员还是很省力的。

每次我上了轮渡就告诉搭档看好菜车，自己在人车中穿梭，挤到轮渡的驾驶室下面。

我好奇地观看轮渡驾驶员拉响汽笛后，水手从驾驶室内走出来，看着他在船舷边上脚踩舷门开关，在噼气声中舷门关闭，再将首缆解掉。尾后的水手

一位上海船长的老照片

把尾缆也解掉,此刻驾驶员拨动气动舵杆,将车钟推到了最高,机舱轰鸣声突起,尾后飘出了一股黑烟,渡轮徐徐驶出泊位。我好奇地看着驾驶员操控舵轮和车钟,行驶在黄浦江中。

周家渡附近黄浦江面的系泊浮筒上,挂着海运局的风字系列的2万吨级运煤船。对岸从江边码头轮渡站一直延伸到鲁班轮渡站江南造船厂的码头上,排满了新造的远洋巨轮。我观望着这么多的铁壳子船,就想如果我也能有机会上远洋巨轮该多好。

我记得轮渡站用卷扬机把我们从陡坡拉上来后,我走在江边码头、高雄路、制造局路上了,然后拐进了弹硌路面的黄陂南路、永年路和顺昌路,车轮吃力地滚动在高低不平的路面上。我与搭档吃力地弓腰拉车,昏暗的路灯下,缓缓移动的身影在路灯底下由矮渐长,随后在另一盏路灯下又变短了。

黄陂路、兴业路口到了。此处灯光辉煌,"中共一大"会址的石库门房子轮廓在黑暗中特别清晰。我曾经到"一大"会址参观过,这里阳气丰足,光芒万丈。我眼睛盯在正面石库门的朱红色大门,踩着党指引的兴业路走去,虽然脚下路面崎岖不平,脚步轻松多了。我了解"一大"开到一半就转移到了嘉兴南湖上的红船上继续召开。上海的风景里,处处有船。此刻,我就想世界这么大,决心锚定远洋船舶,一定寻找机会当远洋船的水手,走出去看看世界。

当我把思绪收回来后,就在候船厅内四处张望。

找谁呢?只见在轮渡过江筹码池边上,一个熟悉的女人出现在我的眼前。她穿了红色的上衣,也见到我了,像一团火一样向我奔了过来。

我扔掉了行李包疾速迎了上去,张开手臂紧紧地把她拥抱在怀里。我在轮渡站内与家主婆相遇了。偶遇?邂逅?都不是!原来,我与船上兄弟们在上海北站分手后,我找到了公共电话,满怀即将与家主婆团聚的喜悦心情,拨通了家主婆供职的鲁班路工厂的电话,很简单一句话:"我回来了!等一会在江边码头候船厅见。"

家主婆是我们生产队在1982年春天,被政府征地进入工厂的"农民工"。

摆渡船到了,我提起了行李包,家主婆在包上搭了一把力,我顿时觉得轻

外派嘉哈拉轮（11）：回家

松了。上了摆渡船，我仍然站在摆渡船的驾驶台边上，仰头看着驾驶员笃悠悠地驾驶渡轮渡江。

这一次与当年拉蔬菜到市区，看摆渡轮驾驶员的感觉完全不一样了，如今我也是船舶驾驶员了。一想到我是像君子一样动口不动手，指挥远洋船舶航行的驾驶员，自豪感油然而生。我与家主婆相拥在船头，江面上的风把她的头发吹了起来，我们观看黄浦江上的穿梭往来的大大小小的船只，跟家主婆说："再过几年，我定要做远洋船长，与海员弟兄一起到世界看更多的风景。"

我到家的兴奋，终于驱散了这次外派的不快。虽然我们凄惨地被打上炒鱿鱼的烙印回家，但值得我庆幸的是，我能够享受远洋海员的第一快乐，能与家主婆、孩子和年迈的父母在一起了。可惜，本次外派没有按惯例带回家"晕浪食品"。行李包里只有一只带回家的木质花瓶。

我和家主婆放好行李后，马上到幼儿园把女儿带回家了。女儿意外地看到爸爸回家，兴奋地挥动小手，向我扑过来。

正在我写这篇文章的时候，我电脑中正在播放一首歌《爸爸的船》，这首歌是一位海员写的歌词和谱的曲子，正是我们远洋海员孩子心里真实的爸爸写照：

    昨夜我梦见爸爸的船

    它满载一船星辉，星辉斑斓

    从天之涯海之角启航

    驶向更加遥远的远方

    今夜我遥望满天星光

    依稀又看见爸爸和他的船

    那星空是浩瀚的海洋

    那月亮就是爸爸的船

    爸爸的船在海上扬帆远航

一位上海船长的老照片

日复一日伴随潮落潮涨
爸爸说大海是他的故乡
他把青春献给了海洋

爸爸的船在海上乘风破浪
年复一年驶不出我的梦乡
久违的爸爸你别来无恙
我和妈妈盼你早日归航
……

回到主船队的秋河轮（1）：装船

从1987年的元月开始，我尽情地享受在家工休的快乐。

我公关能力很差，除了每月固定时间到公司领工资外，我从来不到公司各机关部室走动，也不去主动结交公司机关内的管理人员、联络公司领导，没想过拉一些关系为自己今后的发展留条后路。这么说吧，我没有融入现代社会环境的"情商"，这给我的人生的道路带来了一些曲折，但最大的好处就是保留了我为人处世的诚实作风。所以，我在平时做事都讲原则，从而避免了很多诱

惑，也避免误入拍马屁、贿赂求职的迷途。

分配到中国远洋公司已经有5年了，我一直很老实地上船、下船和工休，类似于"三点一线"。公司领导和调配员甚至还要翻阅登记卡片才知道我是谁？一看才知道原来我是大学生，在船上任职二副。

到了5月后的某天，邮局邮递员的摩托车又在我家门口出现了。邮递员在弄堂口大叫："衣羊，有你的电报！"我迅速跑出去在他的签报簿上签名。我没撕开电报就知道这是公司要我上船的信号，但没有撕开就不知道"何日君再来"而已。

第二天我按照电报的指令到了公司调度员那里报到。"你就是'嘉哈拉'轮上的二副？船上印度人对你很感冒，你的表现欠佳，公司领导对你很有看法。不过外派吗，与我们公司无关。我们组领导商谈后，还是派你去熟悉欧洲航线上的'秋河'轮工作，记住这是公司先进船，好好学习……"还没等调配员说完，我乐呵呵地接上去："天天向上！"

"别油头滑脑了，看你发际都遮掉耳朵了，你是出国远洋海员，形象一定要好。你马上寻个剃头店把头发修剪整齐再来拿调令！"这是当年调配员对来报到海员的要求。

"早上出来我就想去理发，镇上理发店门还没有开，我马上去理掉。"我尴尬地摸了一下的确有点长的头发，憨厚地笑了。

中国远洋公司经过多年集装箱运输发展后，走上了正轨的班轮集装箱运输的轨道。秉持当年的外交政策，中国远洋船队主要是与第三世界国家进行国际贸易，那里通常没有正规的码头吊具，显然，在造船时要考虑设置具有强大承载能力的克令吊自装自卸。

秋河轮是约1300多标准箱位的集装箱船。现在，欧洲沿途都是成熟的集装箱专用码头，秋河与沙河轮最大差异就是没了两座废物般的克令吊，集装箱也可以多装了。

这也是公司领导层对发展集装箱班轮发展方向的重新定位，不像当年海运学院学习航海技术时，在货物配载教科书上的开头语对我国的远洋运输的定

回到主船队的秋河轮（1）：装船

位，当时书中将我国远洋运输主要定位为主要从事反对殖民统治者的斗争和运输物资以支持第三世界的人民。其次才是保障社会主义经济建设所需的远洋运输。

我每天打公用电话关注秋河轮的动态。

在家等待了几天之后，家住附近公共电话亭的大妈带着半导体扩音器，站在弄堂口开喊了："衣羊，中国远洋公司来电话了，请你马上来电话亭回电！"这一喊不得了，邻居们都站在门口，将头伸出来。我走过时都来问我："衣羊，你又要出国了？"

一位刚刚过门回娘家的小阿妹探出头来拉住我："衣羊大哥，又要上船去了吧，你上次带来的四喇叭录音机挺好的，邓丽君的歌声哈好听（非常好听）的，吾伲（我们）挺羡慕喜欢的，这次出去也给我带一台录音机。你家四喇叭，我就将就点，要'日立'牌子，'东芝'俩喇叭也行！"

我笑笑答应："好的、好的！我去日本就给你带四喇叭'日立'录音机，记住我是代你买，不是送的！"小阿妹挺爽气的："当然啰，从日本直接买比在百货商店里买进口的要更便宜。"

她又像小时候过家家一样，伸出手要我保证，还差一点把儿歌都唱出来："拉钩保证，一万年不许变。"我低头看了一下手表："对不起，电话亭大妈还等我回拨电话呢。"

可是，这位小阿妹岂能知道，海员购买东西也不是随随便便的，何况出国天数为标准的海关大件有限额标准，为邻居小阿妹购买大件是不可能的。

调配员告诉我，明天秋河轮就进黄浦江挂定海桥浮筒，你先上船与二副交接班。大概在4天后靠上港九区集装箱码头上欧线。

不像杂货船甲板上都是吊货索具，开关舱还要用吊货钢丝，集装箱甲板非常规范，利用岸上桥吊开舱，几乎船靠在集装箱码头上成为当年最先进的自动化船舶。

我与交班二副交接相对简单。经过在外派船嘉哈拉轮上与韩国海员1小时的交接经历，我和交班二副仅把驾驶台导航仪器的特别操纵要点和海图资料清

点一下就完了。

我站在秋河轮宽敞的驾驶台,拿起望远镜眺望黄浦江心挂在浮筒上的一排远洋船舶和黄浦江中来往的一条龙驳船,这情景比车水马龙的马路还闹猛。

我通过望远镜又看到了宁国路江面系泊的船舶。触景生情,我的思绪穿越到了1975年冬天。南方中国远洋公司船名大概叫广宁轮吧,挂在宁国路浮筒上。船上三副是我家隔壁邻居大哥。他回家对时任生产大队长、小时候的玩伴说:"船上刚刚卸完货物,需要人手扫舱,公司不付劳务费,但有大量垫舱木料可以送给生产大队。"

大队长一听就来劲了,我们的确奇缺建筑木材,并且生产资料站也买不到木材:"好的,我马上调集大队里的24吨水泥船,明天到定海桥浮筒挂靠你轮。叫衣羊开手扶拖拉机把生产队的兄弟们带到宁国路交通艇码头,与你会合后跟你到船上去。我们这帮子小兄弟也开开眼界,到远洋轮上看看。"

第二天一早,我就载了十几位身强力壮的小兄弟到了民生路摆渡口,乘了摆渡船到对江的宁国路轮渡站,再换乘一小时一班的交通艇,第一次踏上了远洋巨轮的甲板。

邻居大哥把我们领到船长、大副面前,我第一次见到远洋船长。儒雅的船长表示欢迎我们到船上协助海员们扫舱,告诉我们上下大舱注意安全。

"三副,请负责照顾好你的小兄弟们,我们过两天就移到上港九区装货了,一定要保证扫舱质量。另外,今天叫大厨多烧点荤菜,让小兄弟好好吃上一顿,他们才有力气干活。"

我们听了以后很兴奋,马上戴着大副发给我们的手套,从道门进入了大舱。哇,这大舱好大呀,还有两层呢。这里面可以装多少货啊?水手长告诉我这货舱可以装3000吨货物。

我惊讶地张开嘴巴:"大队里停在大船边上的水泥船只有24吨啊,水泥船装在这货舱中仅占一个小角落里。这船太大了,我大哥是多么了不起啊,开这么大的船,还能在海洋里游!"

水手长从仓库内拿出藤条安全帽给我们每人一顶:"戴好,安全第一!请注

回到主船队的秋河轮（1）：装船

意头上的吊钩，网兜上下时一定要提醒边上的人。"

我们开始在大舱中挥汗如雨地干了起来，把垫舱物料放在网兜中，由邻居大哥指挥水手，将一吊吊垫舱木料吊到正在船舷边的大队水泥船上。

我看见大哥站在舱盖板上指挥吊车的手势特别有趣，他右手握紧拳头。当我们把双吊的钩头挂上网兜后，他将右手大拇指向上，然后手臂上下移动，意思是吊臂向上。当网兜吃力后，再把食指伸出来，以旋转的姿势向开吊车的水手示意："可以吊上去了。"网兜吊出舱后，再伸出拇指指挥横向移动。跟着移动的吊车，大哥敏捷地跳下舱盖板，在船舷边上大拇指向下，吊车下降，最后稳稳地落在了水泥船的货舱内，水泥船很快往下沉了一截。

中午，大哥领我们到船上餐厅，舷窗外风景美如油画，当海员真好啊！水手们客气地招呼我们坐下，服务员将一大盆特别有味的红烧肉和蔬菜一起热气腾腾地端了上来，放满餐桌。

"碗筷都在米饭锅子的旁边，自己去打饭吧。"服务员带着微笑招待我们。

我在远洋船上吃上了第一顿大鱼大肉的午餐，至今我还回味无穷。

下午，我们干劲十足，提前把三个货舱垫舱物料全部整理完毕，还拿了很多没有见到过的地脚货。剩下的两个货舱，也让水手们扫完了。水泥船满载垫舱木料安全地离开了大船，向龙华嘴开去，那里有条杨思港，进去就到生产队的江边了。

完成扫舱后，小兄弟们擦干净手，拍掉了扫舱时沾在衣服上的飞尘。大副带领大家上驾驶台、下机舱参观了整艘船舶。我站在驾驶台看着五花缭乱的导航仪器，询问大哥"这罩子下是什么？"邻居大哥说："这是雷达，上面的亮点就是黄浦江内的小船。你看亮点还在移动，驾驶员就是开雷达避让来船的，还可以测距离和方位定位，确定船舶在沿海到什么地方了。"

对于我们那个时代生活的青年来说，邻居大哥说的都是对牛弹琴。

我第一次拿起了望远镜，黄浦江的风景都被拉到了眼前。我航海梦想的种子就在无形中被深深地种在了心田里，我渴望自己梦想的种子能够发芽，也能像大哥一样驾驶远洋巨轮，在当时仿佛天方夜谭的航海梦想，想不到后来竟真的梦想成真了。

我在秋河轮驾驶台拿着望远镜凝目远眺，但等交班二副叫我才放下望远镜，痴痴地看着黄浦江，我的思绪又穿越回来了。

"二副，你在想什么啊？看你拿了望远镜站着不动想心事？刚结束休假可能不习惯吧？"交班二副问我。

我回过神来傻笑一声："老弟，我在想第一次在宁国路浮筒登上远洋轮的感受。"

"好了，二副！我交接完毕了，明天我就开始工休了。祝你乘风破浪，过6个月后我再来接你的班。"

秋河轮船长叫钱财宝，看名字就像是腰缠万贯的有钱人。钱船长是有丰富航海实践经验的船长，脸容上显现着临危不惧坚毅，他平易近人，呈现了对人和善的笑容。当我接班后到船长舱室时，他正好跟王政委在闲聊。当我上船接班前把调令交给他后，就让出沙发叫我坐下，再拿出台子上的外烟："抽烟！"我连忙摆摆手："谢谢船长、政委，我不抽烟。"

"好，船上又多了一位大学毕业生驾驶员了。"从部队转业、在船上管理相当有魄力的王政委看着调令对我笑笑，不错，小伙子，好好在秋河上干，公司现在正需要有学历的驾驶员，你二副海上资历该满了吧，争取下船时晋升大副。

我感激地回答政委一上船就给我许诺："谢谢政委关照，二副海上资历已满，我一定在完成本职工作后，努力向大副学习船舶配载船艺和管理，我希望能够早日走上大副岗位。"

两天后，在钱船长的指挥下，我们从定海桥浮筒移泊到了上港九区张华浜集装箱码头。还没有靠好码头，桥吊开始呜哇、呜哇地开过来停在边上了。

公司刚刚涉及集装箱运输时，业内人士认为集装箱船舶与杂货船的最大优点就是有固定箱位。只要根据港序、不管集装箱轻重，随便放放就行了，稳心可以通过压载水舱调节。连刚涉及集装箱码头管理人员也有误区，在港口堆场进箱时不是以上重下轻，上船正好下重上轻堆场顺序排列，以至于集装箱装到

回到主船队的秋河轮（1）：装船

船上就出现重心上移、稳性下降、危及船舶安全的现象。

码头指导员到船上将电脑 A 盘预配图交给大副，让大副输入到船用配载仪，核对稳性和调整吃水差。大副浏览了预配图后，根据经验告诉指导员："请将重箱放在最下层，轻箱放在上面，危险品箱调整到舯前舷边，冷藏箱尽可能装载在横向中间位置。"

指导员马上表态："没有问题，我们保证按大副的要求装箱。"

耸立在码头边上的日本进口的 Hitachi 日立桥吊，每次吊一个集装箱，800 多个集装箱可以装 36 小时以上。海员有很宽松的休息时间。

深夜，我手持配载图在甲板上监督装卸工人，与值班水手在货舱边上为吊装的集装箱对箱号，一直到 8∶00 下班。早晨，我吃好早餐，走上甲板巡视一周后向驾驶助理交班。一个 40 英尺重箱吊上甲板，放在舷边的箱位上。"怎么船舶没出现晃动的感觉？就像天平秤一样，只要向倾斜方向再加一点力，似乎就要失去平衡了！"

我头皮一紧，脑袋中嗡一下："不好，要出事了！"我连忙先奔到正在装箱的甲板上，过了一会儿又奔到船舶理货间，告诉正在打盹的理货员和留船指导员："装箱有问题，请暂停装货！"

正从家里赶来的钱船长，此刻正踩在舷梯上："重箱上船怎么一点感觉都没有？"

他急忙叫住正在与指导员交涉的我："请指导员马上通知吊车司机停止装货！二副，你到配载间启动压载水泵，把双层底压载水舱全部压满，没有我的指令不能装集装箱了。"

发生了什么情况，钱船长发出紧急停止装箱的指令？

199

回到主船队的秋河轮（2）：紧急调整船舶稳性

在秋河轮上，我第一次开始值班就碰到了棘手的装载货箱的问题。当我听到钱船长一声吆喝之后，我马上回答："好的，把双层底压载水舱全部灌满。"

同时，钱船长马上打船上内部电话给正在计算吃水差和调整稳性的大副："大副，马上根据夜班装船的箱号，核对货箱重量，货箱重量与配载图上标的箱重数据可能不符。"

大副挂掉电话后感觉后果严重，怎么办？他一时踟蹰没有主意处理了。当突然想起稳性问题后，他起身奔到压载水控制台室。

这是大副负责管理的职责，在压载水控制台前我蒙住了。刚上船我对秋河轮的压载水管系布置还不太熟悉。但我驾驶过沙河轮，就像驾驶台导航仪器一样，有不同的品牌，但操作是相似的。船舶稳性安全十万火急，我手指赶紧对控制台管系，从中部压载水舱管系走起，到了舷外吸口。毫不犹豫，我开启了右侧压载水泵，向中部双层底水舱灌注黄浦江水。这是对船舶稳性影响的最佳压载方式。

当大副跑进压载水控制室时，压载水已经快速注入中部双层底压载水舱了。看到大副进来，我连忙说："请大副检查一下，我已经开了泵浦开关，向中

回到主船队的秋河轮（2）：紧急调整船舶稳性

部压载水舱压水了。"

大副赶紧盯上显示板："对的，先向中部底层压水降低船舶重心！"此刻，我才发现大副已经急出了一头热汗。

大约20分钟后，中部压载水舱有了近250吨的压载水了。船舶状态立即发生了变化。我感觉船有点轻微摇晃了。成了！船舶重心下降了，稳性提高了。

大副更改了阀门，开启了左侧压载水泵，压载水又向首压载水舱灌水，调整船翘首过高并进一步提高稳性。1个小时后，船舶恢复了正常稳性高度。

黄浦江航道有大船通过了，兴波冲击了停泊在码头上的秋河轮。秋河开始有规律地摇摆了，仿佛对来船说："伙计，我又活起来了。"

这种稳性的外在变化，只有经验丰富的船长和驾驶员才能感觉出来。对于其他海员来说，他们根本不知道刚才船舶处于倾覆的危机之中。

船长在驾驶台通过高频电话，正向公司海监室领导汇报出现的稳性异常情况。

"根据值班驾驶员现场装箱记录，上船的集装箱，箱重与预配图标识不一致。"船长拿出初步证据向公司领导反映。

"从目前船舶出现的状况，我无法确定造成稳性极降低的原因，估计轻箱落舱了，重箱上甲板了。"船长继续以长期航海累积的经验判断。

公司领导感到钱船长反映的问题已经在集装箱船队中出现了多次："好的，公司马上派技术人员来船，共同查清船上货箱情况。"

领导指示钱船长："你马上与港务装卸公司联系，在没有弄清楚情况之前暂停装箱，船舶马上采取措施，提高船舶重心，确保稳性安全高度。"

船长告诉公司领导，大副正在向双层底压载水舱打进压载水，凭感觉目前船舶稳性状态正在改善。我的措施是把双层底压载水舱先灌满，确保安全后再倒查上船的集装箱状况，通过关单查验集装箱真实的重量。

当船长通话结束时，港方人员也来到了船长舱室。他们是来与船长核对货箱舱单的。我那时已经下班了但我仍然与大副一起来到船长舱室，汇报情况发生的经过。

大副向港方人员介绍早上船舶出现的状况:"我是根据港方提供电脑A盘拷贝的预配图到电脑中,再进行各种装载情况下的稳性核算值。整个装卸过程中因为货箱单边落船时不平衡性,稳性也是满足最低安全要求的。即便出现单边偏重,船上有左右倾斜自动调整仪马上可以自动复位。如果偏差太大,值班驾驶员也可以协调指导员,左右调整集装箱装船,平衡倾斜。但出现船舶装箱后呆板倾斜,这是稳性出现的问题,肯定箱子重量变成了上重下轻,也就是头重脚轻就不对了。"

"对于我们集装箱船舶来讲,只要船舶初稳心高度,哪怕在0.01米的临界高度,船舶还是有点恢复力矩,会出现装箱瞬间,只有驾驶员才能感觉出来的轻微摇摆。可是这个箱子上船摆放时,我突然觉得船舶稳性出现状况了,我立即叫现场指导员停止装箱。可是现场指导员无动于衷。我急了,如果再装箱的话,船舶真的要发生不堪设想的后果了。我快速跑到装箱的舱盖板上,站在高悬在桥吊上的集装箱下面,暴力阻止集装箱上船了。"我当着港方人员面前说出来没有向船长汇报的细节。

大副说:"二副,你不要命了?"

我说:"为拯救了船、船上的人员和货,我必须舍命,因为一旦再有重箱落在甲板上,稳性变成负值,船就要倾覆,到那时我们在船的人,包括装卸工人都会没命。"

船长表示:"你的叫停装箱做法准确,但我不赞成你站在集装箱下面,万一出事,你有性命之忧。不过,我深深敬佩你快速的行动,也说明你已经具备大副配载和管理甲板部的实践经验,凭这一点,你已经能够承担大副之职了。"

我傻傻地对在场的人表示:"如果我不傻了,现在的情况就不是大家平静地坐在这里探讨情况了,而是大家忙于抢救船舶财产或者进行事故善后了。我仅是船上的小二副,你们正在抢班期,港方人员谁会听我的劝阻,我实在是无奈之举。"

"那你把指导员拉上来一起站在集装箱下呀!"港方人员开玩笑说。

回到主船队的秋河轮（2）：紧急调整船舶稳性

我装出哭丧的表情："这，我不敢啊，留船指导员说耽误了装卸作业和班期，影响船舶开航，要我二副承担责任啊！这稳性和重心都是书本上的概念，船长和我也是看不见摸不着，只有船长和我的第六感官才知道。哦，还有大副也知道。当然，船上的配载仪只要输入准确的重量也会给你准确的稳性数据。"

我慇兮兮地跟港方人员开始授课了："根据我的经验，这稳性就像天平秤一样，当两边的重量一致时才能保持平衡。当一边稍稍超出点重量，哪怕仅有一点点，天平秤就会马上倾斜。"

"不明白？大家知道不倒翁玩偶吧，为什么不倒呢？因为不倒翁的重心都在下身，无论外力怎样作用，它就是摇摆而不会倒。船也一样，当发生船舶稳性问题后，为了增加船舶稳性，驾驶员立即向双层底打压载水，以下降重心，提高稳性。"

我看着港方人员懵懂的神态："还不懂？我们上过高中物理课，讲到了力和力矩的知识。重心和稳心在船舶中垂线上，重心在下，稳性在上。当外力作用时，因为稳心和重心的抽象距离就产生抽象力矩。正值时，就有了恢复力矩维持船舶正浮平衡。当负值时，重心和稳心倒置了，这船就有倾覆后果了。稳心高度看不见，但能感觉到。"我执着且十分认真地解释。舱室内空气活跃了。

我继续说："另外，船舶总排水量等于空船排水量＋货物重量＋压载水重量＋船舶储备＋看不见的常数重量。可想而知，排水量和货物重量的关系。合理配载可以减少压载水重量，留出来多载货箱。如果空箱被压在重箱下面，我们就要多打压载水维持稳性，这就要付出减少载货量的代价。"在座的各位被我带着复习了一遍船舶配载知识。

船长笑了："好了，刚才大副和二副向各位汇报了发生的情况。好消息是大副根据实践经验马上采取了向双层底压载水舱灌水的措施，稳性危机过去了，最主要的问题集中在究竟是什么原因导致船舶稳性超出极限。"船长向港方人员指出了解决问题的方向。

正在大家商谈查验集装箱时，公司来人了。我也坐在船长舱室里安静下来，不敢狂言了。

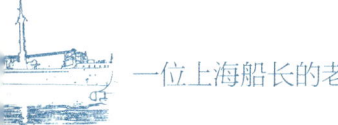

一位上海船长的老照片

  船方和码头方一致决定对目前堆场上的集装箱抽查箱重，船长、大副协助核对。

  根据堆场配图，他们拉了部分箱子到地磅上过磅。检查箱重后，连港方人员也感到惊讶了。一只舱单上显示重量为20吨的箱子，在地磅上显示出了25吨的重量。而这些重箱在堆场上都堆装在最下面，换一句话说，在装船的时候这些重箱都堆装在空箱上面了。

  问题的原因终于找出来了。船长发话了，就是脱了班期，也得重新调整上船的集装箱位置，把重箱放在舱内，把轻箱放在甲板贝位上雷打不动，必须马上调整！

  原来在中国港口集装箱运输发展初期，港方人员觉得集装箱随便装装就行，配载也就没有轻重箱子之分了。同时，也存在货主刻意隐瞒货箱重量，以逃避运费核算。这个现象一直存在，以至于集装箱运输发展至今，我国还出台了处罚集装箱超重的法规。这是后话了。

  大副核对看舱记录本上的箱号，再核查舱单上箱重。确认了问题果然出现在箱重上，大副预配图上的集装箱重量不准确！舱内很多重箱被装在轻箱上面，出现了头重脚轻的状况。

  面对秋河轮出现的情况，为了确保安全，同时考虑到黄浦江潮水和九段沙浅滩出航时机问题。港方将货舱内的箱子按照港序部分重新进行了调整。

  就秋河轮发生的集装箱积载导致的稳性问题，公司领导和港方人员探讨时一致认为集装箱船舶配载须按照杂货船的配载要求做到上轻下重，码头堆场堆积集装箱则应该跟船舶积载正好相反，应该上重下轻。如此，根据装卸顺序，重箱上船的堆积就在下面了，船舶稳性要求也满足了，也可以少打压载水从而增加载箱量！

  结论：集装箱船舶配载不能因为有贝位而随便乱装集装箱！

  后来有人就这个问题写了一篇论文在《集装箱化》杂志上刊登过，也引起了港口方面的重视，此后再也没有发生秋河轮在港口装载集装箱时发生的稳性问题。

204

回到主船队的秋河轮（2）：紧急调整船舶稳性

秋河轮按时开出了长江口，向香港驶去，这是我最熟悉的航线了。

在驶往香港的途中，钱船长和王政委召开了全船大会，在大会上还特地提及我。

钱船长告诉海员弟兄们："为了不失装卸中的初稳心高度，船舶在码头发生安全危机甚至有倾覆风险时，二副毅然决然站桥吊集装箱下面，处理了一桩棘手的船舶安全问题。船长批评他是因为不鼓励他这种奋不顾身的行为。但是二副凭借娴熟的船艺以及经验，判断出了船舶稳性出现问题。于是他马上与现场指导员交涉。等我上船后，他已经初步阻止了船舶稳性进一步恶化。如果他再晚一些发现，我们在船的人员都将到黄浦江中游泳了，甚至要喂黄浦江中的鱼了。当我提及打压载水时，他和大副熟练地完成了稳性调整。这一系列的反应和操作都很好，我们就需要这种认真负责的年轻驾驶员。"

"钱船长，黄浦江已经被污染了，我们掉进黄浦江也不能喂鱼了，而是翘老三（死掉）了。钱财宝都不会有了，更不会保佑我们海员了。"我打断了钱船长的话，说了句俏皮话，让海员弟兄畅怀大笑。

钱船长听了之后："你这小子就是经不起表扬，骨头又开始轻飘飘了，是哇？拿我船长的名字说死话（开玩笑）。"

我听了腼腆地笑了。

舷外掀起的兴波冲击在船舷水下部分船壳上，发出有规律的呼啦、呼啦的声音。

那天晚上我睡得特别的香甜。公司的船上没有那些刻意对我们有偏见的印度人，与在外派的嘉哈拉轮上的感觉完全不一样了。

回到主船队的秋河轮（3）：新加坡泰昌布庄

秋河轮从上海出发，在香港加载了集装箱后，一路向南然后向西奔去。我们沿着郑和开辟的古老航线，先到新加坡、再到三不管的新加坡海峡和马六甲海峡连接的菲利普斯水道，与马六甲海盗玩你追我赶的"游戏"。

我对正在驾驶台值班的水手询问道："为什么船长在夜航命令簿上写道，在夜色茫茫中，驾驶员必须把烟囱的标志照明灯打开，照亮标志？"

"这是让来往船舶辨识出这是中国船！"水手如是说。

"那么，为什么白天时船长要求在驾驶台顶上右边的第一挂旗绳上要升起五星红旗？"

水手搔耳，然后说："这还不懂吗？船舶是中华人民共和国的浮动领土，这是告诉来往船舶这是中国船而已。"

"不错，就是这个含义！但是还有另外一层意思，这里马六甲海盗出没频繁，我们升起五星红旗就是告诉海盗，这是中国船，海员很穷，你们不要上来抢钱！懂哇？"我有点沮丧地告诉刚刚上船不久的水手，我们中国远洋公司的船舶都是这样做的。

"啊，五星红旗还有这样的功能？"水手惊讶地发出感叹。

的确是这样，还有的船舶海员还会在通过海盗活动区时，还会写一段标语，直言不讳用洋泾浜英语告诉海盗："We

回到主船队的秋河轮（3）：新加坡泰昌布庄

are Chinese Company! No money! Please go way off（我们是中国公司！没钱！请离开）。"

水手听了之后哈哈大笑，但笑声中透露出中国海员确实很无奈，虽然在那个低工资年代，海员的收入能够养活全家，但这些钱几乎不到同级别外国海员的十分之一。还真的在海盗面前抬不起头来，他们也就把中国船当成了"鸡肋"，任凭我们的船舶走过，路过，而没有劫持我们的欲望。

好了，我们的船舶通过马六甲海峡后再直驶印度洋，勇闯海盗老巢亚丁湾，淌过苏伊士运河，穿越直布罗陀海峡，抵达了欧洲各港装卸。又满载集装箱再从欧洲返回远东。那一路风光无限伴随一路坎坷啊，海员的遭遇集满了甜酸苦辣，回味无穷。

在欧洲伦敦，代理拿了鼓鼓的包裹爬上舷梯，值班水手知道代理手里的包内肯定是累积了一个多月的海员信件。他引领代理进入生活区，直奔船长办公室。

事务长满脸堆笑地跟在代理后面："Dear Sir, I am purser. Do you have any letters for us（先生，我是事务长，有没有我们的信件）？"

代理头也不回："No, there's no letter for you, only for the captain（不，没有给你的信，只有给船长的）！"

在外国只认一船之长的，代理在中国船上见得多了，用阴冷的表情看看事务长，在他的眼里船长才是最大的。你事务长算哪根葱？算个啥官？询问包裹是谁的，不是你事务长的业务。

事务长讨了一个没趣，怏怏不乐地跟在代理的后面，站在船长接待舱室（大台）的外面。

海员弟兄们见到代理拿了一沓包裹，就尾随事务长来到大台外面。"航行近一个月了，不知道家主婆会写信给我吗？"海员们想尽早看到信。而事务长想的是早点完成发信任务，再拿到英镑上点蔬菜。每个人立场不同，思考问题的角度也不同，因此他们存在不同的焦虑。

事务长被代理呛了一句后，呈现了少有的尴尬，把怨气发在海员身上：

207

一位上海船长的老照片

"走，走，走！别跟在代理的后面，信件我会带下来的。"他驱赶急吼吼等待信件的海员，海员纷纷在大台门外的楼梯口驻足扒窗偷窥。事务长在代理面前，展露一下在海员面前的权威。

不一会儿，事务长拿了信件出现在海员聚集的餐厅中。他把一沓信举过头顶大喊："狲狲（Bosun），你老婆来信了。"然后戴着近视眼镜凑近看第二封信封："你老婆真行，一下子写了5封信！警告你不要在外面轧姘头呀？"事务长站在凳子上居高临下，用不可一世的态度调侃木匠。

事务长举着一封信："轧煞（Cassab）在哪里？"

一位水手说："轧煞在马路上！"

在场的众人大笑。

事务长向这位水手瞪一下老鼠眼，接着用唾液蘸了一下信封："哦，这是你的，弃妇（Chief Mate）；煞根（Second mate），你的；寿头（Third mate），你也有两封信。好了，发完了！"

"拍杀（Purser），你再看看包裹里还有没有我的信，出来的时候我跟父母说，每隔一个星期要写一封信给我。"一位刚入职的水手用英语谐音轻轻地向事务长发问。

"请你写信回家，催你父母马上发信给你。"事务长看了看年轻水手，一下把年轻水手的闲话拍死了。这位水手怏怏不乐，表情痴呆地站在大台门口。

事务长在分发信的时候，把海员英文职务统统用谐音读出来，也算把代理不搭理他的气恼发泄在了海员身上。

"喂喂，大家听好，接船长、政委通知，我们在这里上一点蔬菜但不能多买，多买了就得在新加坡少买'晕浪食品'！另外开航前2小时，我在大台的邮箱中收信，封包后让代理寄回公司，过期不候！"

事务长掌握财政大权，海员弟兄们对他的傲慢态度敢怒不敢言，甚至有时船长和政委也让他三分。但海员们拿到信后，就把前嫌忘得一干二净了，纷纷到房间内享受读信带来的快乐。

那位刚入职的年轻水手本来性格就比较内向，没有收到信的就表现出焦虑

回到主船队的秋河轮（3）：新加坡泰昌布庄

的样子。在海员们散去之后，他还是呆呆地站在大台门口等船长出来。当船长送代理出来后，他走到船长面前："船长，你再给我看看，有没有我的信？我父母说好给我来信的。"

钱船长看着水手郁闷的表情，担心不合群的水手心理状态有问题，马上出言安慰："我们还有多个港口要靠，伦敦之后还有汉堡、鹿特丹和安特卫普，或许你父母发信晚了，公司收发室没赶上寄往伦敦的包裹。没关系，船上都是你的兄弟，我和政委都是你的长辈，我们会关心你的。"

水手点点头低头走了下去，把自己的舱门关了起来。政委看着水手的背影说："船长，你放心，我来做他思想工作，还要叫医生做一些心理辅导，告诉大副要求水手长多关注他工作中的情绪变化。"

"来，我们到活动室去打一局扑克牌'大怪路子'，看看谁的牌艺精湛？"水手长晚餐后拉着年轻的水手到海员弟兄集中的活动室，让他消除孤独感，感受海员之间的温暖。

在整个欧洲港口，水手都没有接到来信，他的情绪又开始低落了。

船长到代理行的机会，给公司调配员打了一个电话，汇报了水手的情况。调配员说马上安排工会人员进行家访，了解他的父母情况，争取在新加坡收到来信。

返程的航路上，船长和政委一直给予水手安慰、保证道："你一定会在新加坡收到来信的。"

漫长的返航开始了。拂晓，年轻的水手看到安特卫普的引航员下船了，看着返回港内的引水船，他又转过身看着东方英吉利海峡广阔的大口子，这就是

有着"海员的坟墓"之称的比斯开湾。他的心情又变得低落了。

水手长招呼他:"来,跟我到驾驶台去,看看二副如何在驾驶台发号施令的。"

引航员下船后,船长看着前面英吉利海峡越来越宽广了,一些欧洲人正驾驶自己家里的帆船在横渡英吉利海峡。偶尔有一些帆船直冲到我船的舷边,站在帆船首的一对青年男女正在向我们驾驶台招手。我为了防止帆船太接近大船,向舵工发出了"把定"的舵令:"Steady as she goes!"

舵工马上应舵:"Second mate,she don't answer(二副,舵没有反应)。"

年轻的水手竖起耳朵倾听我发舵令了,然后向水手长提问:"水头,二副怎么说英文舵令啊?听起来好复杂呀!"

水手长说:"你听得出来吗?他们发布的舵令中都带了'She',为什么呢?告诉你吧,海员是很浪漫的,我们海员都把船舶当成一位姑娘来看待的。"

"啊?船舶是女性?"

"对的,船舶还有很多航海习俗呢,我在返航途中会慢慢跟你讲浪漫的航海故事。"

年轻的水手脸上露出了笑容。

"走,我们到餐厅吃饭去了。今天餐桌上还有在安特卫普买的蔬菜呢!"水手长拉着情绪渐好的水手,一起走进了餐厅。

秋河轮又到了马六甲海峡了。菲利普斯水道拐一个大弯就可以到新加坡锚地灯浮了。

新加坡海峡十分拥挤,很多小船来往于新加坡和南面的印度尼西亚。为了确保安全、防止马六甲海峡海盗进犯,政委派出了反海盗巡逻组,船长用对讲机呼叫水手长和木匠到船首瞭头。

根据新加坡代理的电报,港口泊位紧张,一时还不能靠泊,需要在锚地抛锚候泊半天。

秋河轮接到了引航员,引航秋河轮到了候泊锚地,船长在驾驶台传来抛锚的命令。

回到主船队的秋河轮（3）：新加坡泰昌布庄

船首升腾出了一团黄色的烟雾，向着下风方向飘去，沉重的大锚开始潜水默默无闻发挥锚定船舶的作用了。

刚刚抛好锚，从港内开出了一艘木头小船，她在新加坡海峡中摇摇晃晃地对着秋河轮开过来，代理来了。他带来了一大捆信件。

事务长接过船长递过来的信件，先找出了年轻水手的六封信，再到大台桌子边上，清清那个老公鸭似的破嗓子："奥迪纳瑞，赛罗X（Ordinary sailor X）你有6封家信！"

年轻的水手接到来信，高兴得跳了起来，把六封信视如宝贝一样捂在胸口："船长、政委！我收到父母来信了！"

船长、政委摸摸小伙的头："小子，这下放心了吧，我们海员经常会收不到信件的，原因很多，但祖国、公司不会忘记我们的，收发室的人也是当海员下船的，他们深知家信对海员的重要意义，一定会想方设法让海外的海员及时收到家信。今后当海员经常遇到这样的情况，我们都要能承受寂寞、枯燥和孤独的压力。"

我从事务长手接到家主婆的来信，里面还有一张她和女儿的合影！

"今天安排两批人员下地，现在是10：00，第一批海员下地，你们15：00回船。第二批在15：30下去，到20：00回船！注意外事纪律，3人一组，不许单独活动！听明白了吗？"政委不知道什么时候出现在正在拿信的海员中，对大家宣布下地的注意事项。

"水手长，我跟谁下的？"年轻的水手有点着急。他还没有到过新加坡呢。

水手长接着话头："还跟谁？就跟我！下地后不要跑散了，否则你在新加坡不要回去了，留在这里做华侨吧，反正新加坡讲华语，你听得懂！"水手长作弄水手。

水手抓抓头皮："猢狲，新加坡是外国啊，怎么会讲华语啊！"

"你到下面就懂了，新加坡总理李光耀提倡的。华语不仅在新加坡流行，在东南亚，只要有华人的地方都流行，懂哇！"

"懂懂懂！那么我在新加坡买东西就说中国话了。我可讲勿来英格莱西

一位上海船长的老照片

（English）的。"水手抓抓头皮。

代理办好事情后，第一批海员由船长带队，在舷梯上鱼贯而下，敏捷地跳到了木头船上，木头船拖着浓烟向着新加坡红灯码头游去。

年轻的水手坐在木头小船上，看着远方耸立的新加坡大厦啧啧称奇："猢狲，这新加坡真漂亮啊，你看海峡中都是热带风光，一杆到天的都是椰子树吧？"

45分钟后，木船慢慢悠悠地靠上了新加坡红灯码头，水手环顾四周，都是海员模样的人在红灯码头交通艇上下来，长长栈桥引向新加坡陆上。

我顺着水手长的话，也开始天南海北聊起当年海员的光荣历史。

"怪不得海员都说新加坡是购物天堂，海员们采购的物品带回家后，不仅被未来丈人、丈母娘相中，还被村里的'小芳'们青睐。海员可以把村里最美丽的姑娘拥到怀里，在城市中出类拔萃的小学、中学的女教师也被海员们娶回家里。海员给女孩一米阳光，女孩们就有了一辈子的灿烂！"

年轻的水手是江苏农村出来的，他张大嘴巴听我继续吹牛。

"那年头从部队转业到中国远洋公司来的士兵们，都在上海找到美若天仙的正宗上海老婆，在远洋新村生根开花，叶枝繁茂。远洋新村里的海员都会讲洋泾浜上海闲话。不讲上海闲话，外地海员睡在床上就被老婆踹下床的，看看我们船上的外地海员，他们都会不伦不类的上海闲话，就是被上海老婆逼出来的。"

水手长也挑水手上山，作为激励："在船上当三副、二副的高级海员更是漂

回到主船队的秋河轮（3）：新加坡泰昌布庄

亮姑娘随便挑挑，海员吃香啊！"

年轻的水手非常振奋地做白日大头梦了："我也要做三副，今天就去买姑娘喜欢的东西，回去找个上海漂亮妹子当老婆。"

代理一手拿雨伞，一手提了公文包，跟船长打招呼，然后用雨伞一指方向："船长，沿着林荫大道走过两条马路就到泰昌货栈了。"代理知道泰昌老板今天又要发财了。

船长告诫海员"请大家千万不要高声喧哗，也不要在公共场所抽烟，还要注意卫生，不要随便吐痰，更不能把泡泡糖残渣吐在马路上，这些行为如果被新加坡警察逮着会严加处罚的。听说过鞭刑吗？如果犯事，新加坡法院会判你一个鞭刑，可以把你打得皮开肉绽。"

水手长说，刚才我还说呢，在新加坡行为不端要吃鞭子的。水手听得毛骨悚然并乐起来了："船长，如果被鞭打得不动了，留在新加坡，不就是当华侨了吗？这不是更好了，别人还出不了国呢！"

船长瞪了一下水手，用上海话说："侬（你），戆徒（傻瓜）！想叛逃啊？新加坡要犯法的人吗？鞭抽打受伤，最多给你包扎一下，抬也要抬你到机场遣返回国，你还当光荣来着？"

大家在一阵哄笑中不知不觉已经到了泰昌货栈了。

泰昌老板堆起了笑脸，把"财神们"引入了他并不大的店堂。他就是中国大陆海员在新加坡最熟悉的人，只要去过新加坡的海员肯定见过他，他至今还在和老海们中喋喋不休地谈论他当年的见闻。

泰昌货栈门口还倒放大瓶水桶，水龙头有两只，一只放凉水，一只放热水。旁边还放了包装的雀巢咖啡、伴侣以及方糖。

老板的笑容像中午的太阳一样灿烂，热情地招呼海员们进店："哎，这位同志真有眼光，你看的涤卡是昨天刚进的货，面料挺括，做中山装、西装都合适，颜色齐全，价格也便宜。你手里拿的颜色很配你，怎么样，剪一段做套装？"

老板顺着国内称呼叫法，这个亲切的称呼瞬间就击中了这位在外漂泊已久

的同志。他毫不犹豫地叫老板剪了一段布料，随后满怀惬意的心情，坐在凳子上冲了一杯咖啡。

东边刮来一阵乌云，接着豆大的雨滴哗哗下来。刚才被烈日晒得滚烫的马路上出现了细细的雾气，西边太阳却还洒在马路上。泰昌柜台上那台四喇叭录音机飘出了华语女歌手的歌："东边下雨西边晴"之类的甜美歌声。水手才知道这个地方与中国的不同，是讲中国闲话的外国！

"哎哟，这位小兄弟拿的粉红色'的确良'，很适合你对象做衬衫。你对象肯定很漂亮，一定喜欢的。哦，我们店里还进了自动三折伞，颜色鲜艳。小兄弟买一把吧，美女穿粉色衬衫配碎花伞一定花枝招展、风姿绰约、秀色可餐啊。"

老板顺溜的中国成语犹如一箩筐鲜花，开在每位海员的心中。可毕竟这里的文化氛围不同，老板虽然说的是中国话，但是无意间的表达方式与当时中国流行的话不相符合，惹得这位小兄弟嗔怒，以为老板把他看成不正经的阿飞勾引拉三[①]。

他瞪了老板一眼后，扔下手中的粉红色"的确良"走出店外。老板丈二和尚摸不着头脑，为什么他会发怒走掉？很快，老板意识到自己讲错话了，把生意赶跑了。

年轻的水手没有多少外汇钱，翻到袋底也就是20多块坡币。面对琳琅满目的商品，能买什么？在水手长的建议下，年轻的水手为阿爸、姆妈买了足够做两件衬衫的白色"的确良"。用余下的一些零钱买了一把三折伞。看着更多好看好用的东西，便只能望洋兴叹。他希望下一次多赚一点外汇，带更多的东西回家，给姐弟们都买一点，让全家高兴高兴！

水手长将积攒下来的外汇，买了一块梅花牌手表，船长比较新潮买了一台犹如盒子式的单放录音机，还买了很多磁带。海员弟兄们"赤条条来，胀鼓鼓去"，满载而归。

---

① 上海方言，意为不正经的年轻女性。

回到主船队的秋河轮（3）：新加坡泰昌布庄

购物完成后，海员们三人一组，各自从不同的地方汇集在红灯码头，等交通木船的时候，他们叽叽喳喳地聊天。看上去大家都分外兴奋，把远航生活带来的寂寞孤独一扫而光。

木船驶向锚地里的大船。船边第二批下地的海员已经等不及了，他们冲下舷梯与我们匆匆交流一下购买物品的价格，坐在交通艇上一脸的迫不及待，恨不得木船马上开到红灯码头去。

第二批海员在20：00上船了，他们收获也不少，最得意的还是买了录音机的海员，他们将录音机拿出来炫耀："别动，擦呱啦新（簇新）的录音机，弄坏忒了，侬（你）赔啊？"

他把磁带小心翼翼地塞进了单放机内，邓丽君轻柔的歌声从录音机中飘荡而出，传遍了整个生活区，海员们听得如痴如醉。

船正在上伙食，大批的食品也同时上船。威化饼干、雀巢咖啡、美禄、乐口福等应有尽有。开航后，在事务长的带领下，大厨、二厨正在分发"晕浪食品"，不一会海员们房间内就填满了发下来的食品。刚才这些食品还在公共场所堆积如山，现在分田到户，都变成了私人拥有的财产了。

海员的脸上都挂满笑容了，他们总算可以到家有个交代了。

22：00引航员上船了，船靠上了新加坡码头装卸后，第二天10：00就起航驶向香港。

在香港停靠24小时后，向北驶向天津去了。

部分海员弟兄开始打包，他们又要工休离船了。

海员职业来来往往，如同海洋中的潮汐，涨潮了，来了！退潮了，去了！

滚装船小石口轮（1）：赤道祭

秋河轮返回上海后，令我尊敬的钱船长和王政委下船工休了。来接班的船长竟然是原滦河轮上的李船长，他处事十分教条，导致原滦河轮上事故频发。

真是不是冤家不聚头，我的脑子里又想起了这位船长"娘娘腔"的作风。

我送钱船长和王政委下船时，钱船长对我说："衣羊，你的大副提升报告已经在船委会上讨论通过了。"

我要送王政委去火车站，赶南京的火车，提职报告委托李船长交给上船来的人事调配员。"小伙子好好干，争取下次与你同船时你就是大副了。"

我双手抱拳感谢钱船长、王政委在船上对我的关爱与帮助。

秋河轮下来后，某天，我毫无征兆地在颈项的右侧摸到一个硬邦邦的肿块。

第二天家主婆赶紧请假，陪我到淮海路上的远洋医院就诊。外科医生一个接一个的问题，问得我胆战心惊，家主婆的声音也有点颤抖了。经过影像报告和颈部肿块切片检查，医生得出结论说："你得了痨病，懂哇？也就是肺结核！"我们才稍稍放心了。

医生马上将我的病情以传染病向院部报告，他们说我必须马上转入远洋医院北面的肺结核防治中心，同时通知了公司调配科，在未治愈前，我暂时不能

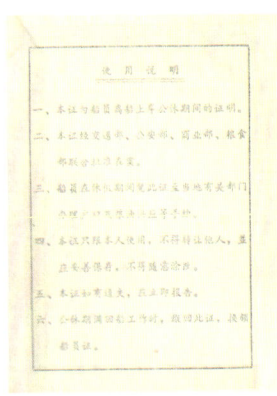

滚装船小石口轮（1）：赤道祭

上船。

记得我和家主婆是从当年生意红火的华亭路小商品市场走去医院的。

路上，我并没有担心自己的病情，而是很遗憾地对家主婆说："我还没有当船长呢，我还得上船去奋斗。"家主婆把手里的东西扔在地上气愤道："生病了，家都不要了，还要上船去，你去、你去！你的命重要、家重要，还是当船长重要？"

我拾起东西，拍掉尘土说："我要治好病，健康重要、家庭也重要，但当船长是我一生的目标。不过，这也是好事，我能有较长的一段时间在家陪你和孩子了。那邮电局的摩托车也可以休息一段时间了。现在我听你的话，好好在家静养身体，把身体养得胖胖的，再'智取威虎山'！"

"生病了，还有精力开玩笑？"她一把抢过我手里的东西："走吧，不着急，好好治病，等你病好了、健康了再去当你的大头船长去！"她知道我犟得像头蛮牛，不是一只"衣羊"。

肺结核防治中心的医生看了诊断报告后对我说："远洋医院大惊小怪，这点病毛毛雨，只要坚持吃药，过几个月毛病马上就好。"就这样，我提了一大捆治疗肺结核的中药和西药雷米封（异烟肼片）和一张病假单回家了。

退休后，某天我带着社区的民众来到远在临港新城滴水湖畔的中国航海博物馆参观。我作为馆内的志愿者，带领大家进行了细致的导览。当我走到船舶展馆中，指着一艘式样很特殊的船只说："我乘坐过很多类型的船只，你们现在看到的是装运汽车和集装箱的滚装船。中国远洋公司的特种船，主甲板还可以停放直升机，被外媒传说的直升机母舰。特别是有尾跳板，坦克可以直接开进她的肚子里去。二十多年前，我在这艘滚装船上当二副，大家找找看她的船名叫什么？"

众人马上低头寻找船头和船尾标注的船名："小石口！"

"对，小石口轮！我们称为小口字号滚装船，船舶长度146.55米，载重吨7374吨，可装载集装箱430标准集装箱，其中冷藏箱30标准集装箱。"

我开始给观众讲起我在小石口轮上的故事了。

 一位上海船长的老照片

我从秋河轮下船后,在家里待了足足十个月。再到医院去做肺部检查,发现肺结核已经钙化了。检查后,医生宣布我已经康复,而后医生通知了公司人事调配科,可以安排我上船工作了。

调配员说:"我们安排你到'小石口'号上去工作吧,你还没有去过南半球呢!"我拿了调令高兴地登上了挂在宁国路浮筒上的滚装船小石口轮。林船长是我的校友,他身材"五大三粗",一看就很结实。他航海技术全面,善解人意并且乐意带教,在我们公司是一位非常有名且受人尊敬的船长。

我根据船长的指令,设计了穿过琉球群岛到南太平洋的航线。

在热带区域航行,低纬度海区出现了绚丽的云彩。那云,时而像原子弹爆炸时升腾起的蘑菇云,时而如万匹骏马在空中驰骋,一会儿又化作雪白的鹅毛云一丝丝地飘浮在蔚蓝的天空上。小石口轮犹如拖拉机耕地,将平如妆镜的洋面犁出了一道翻滚的波浪,渐渐地扩散到船后方,航迹拖向天际边缘的水天线。

低纬度洋面,海水变成了深蓝,与天上的纯洁的白云形成了鲜明的反差。好一派南洋风光!我站在驾驶台上真想对着大洋高声呐喊:"太平洋,中国海员来了!"

低纬度航行,洋面的气温正在飙升,水好像要被太阳光烧开一样,海水也不似往日般清凉,烈日蒸腾起的热浪扑面而来。我下班后在甲板上溜达一圈,身上就像洗桑拿浴般汗流浃背。

上船一个多星期了,我对海员流行语言时有耳闻,听来听去就觉得他们用上海闲话开玩笑,还略带了点"黄色"。我刚上船那时就领略了平安城轮水手长把英语谐音淋漓尽致地发挥出来。在小石口轮上,这位水手长又开始了他毫

滚装船小石口轮（1）：赤道祭

无止境的发挥。

那天我听到水手长在甲板向水手布置工作："把副水手长、木匠叫过来布置维修保养工作，今天到驾驶台顶上高作业，顺便叫木匠把工具带过来。"

水手又把全公司通用的甲板部人员的绰号拿出来活学活用了。他拉开嗓门大叫："轧煞（Cassab），猢狲（Buson）叫侬过来……"

你听得懂吗？不懂？原来他们讲的是上海洋泾浜英语。

副水手长叫 CASSAB，音译为轧杀；水手长为 BUSON，音译为猢狲；木匠叫 Carpenter，音译为轧姘头；套儿就是英文 Tool 的谐音名；门槛就是 Monkey 的谐音名，就是猴子；甲板叫"Deck"，驾驶台顶叫猴子甲板；而"摸到侬死"就是由维修保养的英文 Maintenance 音译而来。

哈哈，水手表达得淋漓尽致，连上海老克勒都被甩到悬天八只脚，不知道东南西北了。这番话把老海员们乐得直不起腰来。

下午，我听到船长在驾驶台跟水手长在一旁支支吾吾，不知道在说什么，脸上还露出了狡黠的微笑，我丈二和尚摸不着头脑，对船长和水手长也还以傻笑。

我猛然想到要过赤道了，难道真的妖魔鬼怪要在赤道上出现？船长和我说："二副，你是第一次过赤道吧？你就在驾驶台看一出好戏吧！"我真不知道船长葫芦里卖什么药，走到海图室，看一下海图上的 GPS 船位正好接近赤道线了："船长，马上要到赤道线了。"

"好的，根据 GPS 船位，到了赤道线，你就给我把汽笛拉响，我现在到船头去了。"

不一会儿，驾驶台前有喧闹声，我连忙凭栏观望，只见全体海员都在船首甲板上。甲板上放了一张桌子，上面放了很多吃的东西，从上海开航前上的水果、瓜子、红葡萄酒等都放在桌子上，似乎在举行 Party（联欢会）。船长和政委坐在桌子边的椅子上说说笑笑，一些水手的头上还顶着一层肥皂沫。

船上的这位水手跟我一样，也是头一次过赤道线，他看到这样的场面感觉非常好笑。

当他还没有回过神的时候，神出鬼没的水手长从上甲板倒下一盆海水。只见一股清澈的海水倒向水手，从头淋到脚，他一惊，仰头大笑起来："船长，现在过赤道了？蛮好白相（好玩）的，船长过赤道线都是这样吗？"水手看着舷边稍有一点浪花的深蓝色海面。

只见船长站起来说："赤道到了！"政委指着水手装着严肃地说："把你的鞋子脱下！"

水手抓抓头皮，仿佛一根筋搭错，不假思索地脱下一只鞋，像扔手榴弹一样，毫不犹豫把鞋扔了出去！那只鞋在天空划了一条漂亮的弧度，扑通一声掉入大海。

接着政委说："把另一只鞋也扔下去！"水手看看船长，船长用眼神示意让他扔鞋。

他又傻乎乎地二话没说，就把第二只鞋扔向大海！然后对着船长、政委嘻嘻地说："嘿嘿，船长你还要我扔什么？"

"等着！"船长回答水手。

不一会儿，水手感觉赤脚在甲板上站不住了。他两脚轮流点地，想摆脱炽热的甲板。呵呵，我看到水手被大家戏弄，才明白：原来赤道附近的土著舞步是被炽热的大地逼出来的。

"你给我过来！"船长拿了一张纸头。水手胆战心惊地走到船长面前。船长对着水手宣布："你脚跨南北半球，现在成了一名真正的海员了！给，这是一张你过赤道的证书！弟兄们，大家庆祝水手第一次过赤道！来吧，把他的头上涂满肥皂沫。"同伴们开始欢呼起来，水手拿着船长自制的证书，看着蔚蓝的大海，原来航海还有这样的乐趣！

船长告诉我，按习俗首次过赤道海员还应该接受"赤道龙王"的洗礼。

早先，航海不发达，凶多吉少，所以常年出海的人们信奉海神，希望得到海神的庇佑。过赤道时，会由老水手扮成"赤道龙王"用绳索把年轻水手捆起，从一舷抛下海，再从另一舷拉上来，说是这就代表到赤道龙王那里报过到了，今后航海就不危险了。

滚装船小石口轮（1）：赤道祭

海员过赤道举行的仪式和庆祝的习俗，被叫作"赤道祭"，寓意保佑海员平安吉祥。所以当船过赤道时，除了值班者，其余的海员放假一天，大家大摆酒宴，用整猪、整羊祭奉海神。有的船长还在驾驶台设香坛祭祀，海员们一边喝酒一边跳舞，祈求海神赐福，保佑海员平安。

这种习俗一直沿袭下来，乘船出航过赤道的人们都有这个仪式。受洗礼的都是第一次过赤道的海员，在一群手持钢叉和腰刀"小鬼"监督下，他们依次被叫到"龙王"面前，先由"鬼医生"拿着碗口大的"听诊器"检查身体，接着把船用通风筒取下来放置在甲板上，受洗礼者依次钻过去，叫"脱胎换骨"。然后两名手持钢叉的"小鬼"轮流朝他们头上涂抹一种涂料，颜色有红有黑，叫"改头换面"。随着又把成桶海水由头顶直浇下来，叫"冲洗灵魂"。经过"考验"后，受洗礼的海员重新被唤到"龙王"面前。

"龙王"此刻正襟危坐，口里念念有词，正式宣布在"生死簿"上勾掉了受洗礼者的名字。根据受洗礼者的特征，分别起了过赤道的诨名，像沙丁鱼、铁桶、月亮神、海豚等。有的海员们还请人把图案刺青在身上作为纪念，整个仪式充满了欢乐，增进了友谊。

随着时间的流逝，"赤道祭"在新一代海员中，已经慢慢地淡化了。如今在中国的远洋船上，当船过赤道时鸣汽笛1分钟就结束了。

我第一次走南半球航线感觉赤道祭蛮有趣的，远洋船上的生活并不枯燥啊！

当我一口气讲完赤道祭的故事后，在小石口轮模型前的观众沉默了数秒，开始鼓掌。他们要求我出版文字"赤道祭"，想让孩子们了解海员过赤道的有趣故事。

滚装船小石口轮（2）：林船长的故事

也门同胞专家遇叛乱水深火热，林船长临危不惧驾艇冒死相救。

林船长上驾驶台了，我对水手们的吹牛戛然而止："林船长是我们公司英雄呢。我们来听听林船长在潍河轮上冒着生命危险，驾艇去往民主也门木卡拉港将在叛乱者的炮火中焦虑等待的我国131位援助民主也门的专家、医务人员和工人救了出来的故事。"

"不值一提，我们在场的每一位海员接到公司命令都会去做的。但是那次救助的确非常危险，"林船长凝视驾驶台洋面上可望而不可即的水天线，拿起手中的茶杯盖，对着杯内醇香的茶叶吹了一口气，茶叶挤在一边，流出了一个口子。他啜了一口茶水，抬起头来，向驾驶台内的人员开始了口述回忆，小陈记者拿出了随身笔记本和充满墨水的钢笔，等待林船长的深情描述。吕老师也驻足在林船长身边倾听他的故事。

那是在1986年1月13日，南也门政府发生叛乱，政府军和叛军在干枯的沙漠中持枪对峙，剑拔弩张，引发亚丁地区的大规模武装冲突，出动飞机大炮，没几天时间南也门土地上腥风血雨，动荡不安。无辜黎民百姓被夹在两军阵地枪口之下。当双方接驳战火后，遍地尸横。城门失火，殃及池鱼。中国使馆和使馆区，中国各经援、承包组所在的赫尔·木克赛小区以及阿比扬省中国医疗队所在地，都是冲突双方激烈争夺的战区。中国援外人员头上悬了一把随时落下的战刀，怎么办呢？

苏联的舰船凭借军事实力，开始用军舰撤离本国侨民。他们还联系了南也门政府军坦克，将苏联使馆区严密地保护起来。苏联军舰派军人，将使馆区的华约组织中各国使领馆工作人员统统护送到港口。苏联军队派人到中国使馆询

滚装船小石口轮（2）：林船长的故事

问是否需要帮助，中国使馆将 5 名女性工作人员跟随苏联战舰撤出战区。

中国使馆又积极联系在南也门撤侨的英国皇家邮轮不列颠尼亚号，将上百名中方人员安排上船撤往亚丁湾对面、红海口子曼德海峡南边的吉布提。吉布提的大使馆联系法国驻军事，动用军车将抵达吉布提的中国人员分别转移到安全地方。

但是，仍有 200 余名中国被困人员还在也门内陆，他们抵达港口还有一段时间，路上还时时受到叛军骚扰，外国舰船接好自己侨民后，纷纷离开战火纷飞的港口区。

如何接运这批中国人员呢？全球航行的中国商船成为撤侨行动的唯一选择。接到上级指示，我轮正好在亚丁湾附近，马上改向急赴南也门木卡拉港，撤回被困的中国专家侨民。

潍河轮与滦河轮集装箱是姐妹船，此时正载运 1000 多个集装箱货物从芬兰返航途中。我轮先行到达木卡拉锚地。我当时是大副，根据船长指令，我和水手长制作了一面红十字会旗升在驾驶台主大桅上。船长指挥船舶摸索前进，通过高频与港方联系："我是中国商船，我们接受中国政府的命令，前来接中国专家，请回答。"

可是处于战乱中的港口当局已树倒猢狲散，船长对空呼叫，简直是"肉包子打狗，有去无回"。无线电值守人员可能躲避战火逃之夭夭了，没有应答。

直到离木卡拉港约 5 海里时，港口留守人员害怕叛军从海上进攻港口，以强硬的口气逼潍河轮调头出港，停在 15 海里外，否则枪炮伺候。

船长为了海员安全和救助援外人员，只能退避三舍。

为争取时间，船长通过中方代理与港方反复交涉，联系上了中国援外专家组，不幸的是有专家在炮火中遇难，专家和侨民心里充满了恐慌，他们渴望有船早点来拯救他们。

直到 24 日 06：00，港方才同意我轮进港。木卡拉港已经清晰听到炮声隆隆，战云密布，气氛阴霾，码头上政府军荷枪实弹戒备森严，他们不准海员下地。

一位上海船长的老照片

时间就是生命！船长紧急召开会议，马上组织战时敢死队，驾驶救生艇冲进港口，将援外专家和人员接到船上来。我请求船长批准我带领人员驾驶救生艇作为第一梯队，冲进已经失控的港口。船长要求留船人员腾出空余的舱室接纳援外人员。要求事务长和大厨马上做好饭菜，让惊恐的援外人员吃上祖国流动土地上的中国饭菜。

与此同时，中国公路专家组冒死指挥，将分布在也门各地的中国专家和侨民聚集在码头上。整个码头上都是中国人员，情况十分危急，只要双方交火，其后果不堪设想。

我们开始往战区中的港口勇敢挺进了。当船离开码头百米之远时，港口当局就不让我们靠近码头了。我把两舷救生艇全部放在水面，看准航道导标，在港口政府军枪口下冒死前进。

我把救生艇停在码头边上，指挥中国专家分批登上救生艇，来来去去、一波接一波地往船上撤侨。到了1月26日我们救生艇一共完成了131名专家和侨民登船作业。船长马上下令驶离战火逼近的港口。就在我轮开航后4个小时，木卡拉港就遭到了飞机轰炸。炮弹横飞成了送行我轮和石景山轮的礼炮。

援外人员避免了战火荼毒，死神与船舶擦肩而过，安全撤往吉布提。

林船长诙谐、轻松地讲完南也门撤侨之旅后，我们驾驶台的人员不禁为林船长奋不顾身壮举所感动。驾驶台空气凝结了很久，我们沉浸在林船长的故事中。

眼前拿着茶杯的林船长在我们的眼前是多么的坦然、威武和坚毅。

听了林船长的故事，现在想起后，不由得对比我曾经看过的某在亚丁湾撤侨的电影故事。如果1986年1月潍河号撤侨，由中国海军在亚丁湾护航的话，那么将对动乱国家的敌对双方都有威慑力。我们商船不会被当地政府军持枪威逼监视了。

我看到2015年也门撤侨的照片，其中一张就是码头中国海军卫兵庄严地站在"请远离中国海军防卫区！"牌子前。

只有祖国强大了，我们才不会被欺负。

半集装箱船抚顺城轮

一聊到小石口轮,谈资便一发不可收拾,下面来聊姐妹船平乡城轮和抚顺城轮。

当小石口轮返回天津港后,曾随船采访调研海员生活的三位记者离船了,船长、政委也下船工休了。我站在舷梯口目送着他们离开。公司宣传部门的吕老师在码头上向我挥手告别:"今天我也下你的船了,你继续航行吧,我会一直

目送你,关注你,希望能有机会听你继续讲述后面航程中的精彩故事。"

我3月份工休,在家休息了5个月之后,又在8月11日登上了平乡城轮的姐妹船抚顺城轮。我在抚顺城轮上仍然担任二副,而大副却是比我晚毕业两届的师弟,宁波人氏。上船后,我在船舶资料中和遗留的船史簿上发现了两艘姐妹船天大的秘密。

德国"HANSKRUGER GMBH,HAMBURG"航运公司老板经营地中海内的航线,赚得盆满钵满。老板无微不至地关怀两个女儿,两个女儿要啥有啥,被惯得欲无止境。她们常常跟随父母到海上扬帆远航,领略地中海的旖旎风光。两个女儿深深陶醉在地中海的风光中,她们萌生了念头想亲自驾船出海,与水手一样勇敢地在风浪中奋斗,接受海洋的洗礼,享受精彩的人生。

某天,两位宝贝女儿向老板提出,要自己开设附属于父亲的分公司,自己

一位上海船长的老照片

调度船舶,从此便可以去哪里就去哪里。

老板顺从两个宝贝女儿的意愿,斥巨资于1969年3月,在联邦德国ELSFLETHER WERFT AG船厂建造了两艘像豪华游艇的货船。这两艘船不仅可以用于观光游览,还可以用作装载杂货或装集装箱的多用途船。两船的结构为球鼻型船首,方形船,机舱位于艉部,艉机型船。船舶甲板上最多可装载70标准集装箱,舱内可装载107标准集装箱,总计全船可载177~202标准集装箱。船总长117.61米,型宽18.14米,型深10.00米,最大高度37.50米。夏季载重吨7047吨,满载排水量10350吨。叶数4叶的螺旋桨,重量8208公斤。

第一艘船于1969年10月25日顺利下水,同年11月舾装完工,这艘特别设计的外形,凹凸错落有致,水线下是海蓝色的油漆,水线上是红色油漆,粉刷得如同少女飘逸的裙子,那白色线条围绕船体舷墙一周,宛若一条洁白的丝巾束在少女的腰间。甲板上的重型船吊与红色相配,而驾驶台上层建筑涂成了

半集装箱船抚顺城轮

象征纯洁的白色。这艘船俨然成为一位美丽的少女。体现了西方国家对船舶的共识——"船舶是一位女性"。

后来我考高级船长职称时，一道考题：The reasons a ship is called a "She"：There is always a great deal of bustle about her, there is usually a gang of men around her. She has waists and stays. She takes of paint to keep her looking good. She shows her topsides, hides her bottom, and when coming into port always heads for the buoys〔"船舶"词性为女性的 N 个理由：她招风引浪，周围不乏卖命的男士；她体态均匀，常年紧衣裹身；她涂脂抹粉，妆容优雅；她炫耀着起伏的胸脯（上层建筑），却隐藏了性感的臀部（底盘）；当她驶入港湾时，频频颔首向钟爱的男孩暗送秋波〕。

从德国老板为两个心爱的女儿的打造的船舶看，也坐实了现代航海文化中将船舶性别认同为女性的习俗。在海洋国家中只要涉及船舶，无不与女性有着密切关联，譬如说在海上见到本公司同类型的船舶称为"姐妹船"、船舶第一次进入陌生的港口叫"处女航"。

连国际海事法规中都是以"她"作为船舶的第三人称。还有即使在船长在驾驶台发布舵令和车钟令时，也是用"她"来实现操纵指挥。譬如船舶把定在 150° 航向上，用英文发令："Steady as she goes to 150°！"意思就是："把定航向 150°！"

还有船舶下水举行仪式时，会请一位有较高社会地位、举止优雅的女性去开香槟，为船舶命名和祈祷，这位女性就是这艘船的"教母"。我们中国远洋公司在船厂接受新船时，会请一位船长、或政委、或轮机长的家主婆去开香槟，体现了对海员集体的尊重，和为企业做出奉献的船长的尊重，同时彰显中国央企航运雍容、敦厚和积极向上的企业航海文化。

德国老板将两艘船分别以他的两个女儿的姓名命名，其中一艘船名为："BRITTA KRUGER"（布丽塔·克鲁格）号，她的船籍港为汉堡、悬挂德国旗。

为了容易揽到自己想去的地方的货源，顺便带货赚零花钱。两艘船设计夏

 一位上海船长的老照片

季吃水 7.91 米,最大航速 17 节,营运航速 15 节。船舶在船厂造好后,还在船尾生活区的露台上搭建了遮阳篷、放置了躺椅,在驾驶台烟囱下面还设有一个迷你的游泳池。

对于亿万富翁的父亲来说,赚不赚钱无所谓,即便不运货也可以驾船去往想去的地方。船上有 30 名海员。他们除了确保船舶航行安全外,还要为老板的女儿陪驾,以满足她们在大海航行的愿望。

自从布丽塔·克鲁格轮投入地中海航运后,整个地中海沿海国家都留下了她的航迹。航行于地中海的其他商船见到这艘船,驾驶员都会情不自禁地拿起望远镜,看看这位"公主"是否穿了比基尼在船尾露台上晒太阳,或者跳入迷你游泳池一展迷人的身姿。

半集装箱船抚顺城轮

在当年尚未有豪华邮轮为富豪们提供海上玩耍场地的时候，这两艘船成为地中海上两颗耀眼的明珠。

大概两个女儿乘船在地中海旅游玩腻了。8年后这两艘船带着少女的馨香，被真正搞航运、急切开拓集装箱业务的中国远洋公司在1977年12月买了下来。布丽塔·克鲁格轮改名为平乡城轮，挂上五星红旗，船籍港也换了换，在船尾写上了"上海"两字。

在将近半年后，1978年9月26日中国远洋公司用平乡城轮装运162标准集装箱货物，从上海港驶往澳大利亚的悉尼和墨尔本港，开辟了中国第一条集装箱班轮航线。自此，这艘货船又在第二位船东身边，一改过去"娇弱"的角色，承担起开创中国集装箱运输的重任，从此这位"她"又孕育出了世界上最大班轮公司之一的中远集装箱运输公司。

当年10月25日，又一艘半集装箱船熊岳城轮从上海港驶往澳大利亚。两船往返60天，形成每月一班的班轮服务。这一年，两船共运输2187标准集装箱，运量为1.84万吨。两位"美女"在太平洋上展示成熟女性的风采，又成为了一道亮丽的、南北太平洋上的风景线。中国远洋公司的那帮男人又围绕在平乡城轮身边，努力实现中国海洋强国的理想。从此，中国真正有了自己的国际集装箱班轮运输。

我在宁波镇海的甬江边上集装箱码头上了平乡城轮的姐妹船抚顺城轮，开始了中日周班航行，那是在舟山群岛内航行的航线。

了解了抚顺城的来历后，我开始在船上寻觅德国船东老板的二女儿在船上留下的踪迹了。我端详了自己住的二副房间，设在船长房间边上。三副级别以下的高级海员、底下的水手和机工的房间都居住在非常狭小的舱室，卫生设备是公用的。

大副的房间是在右侧，内部布置非常豪华，可惜的由于长期保养不善，只要遇到风浪或者下雨天，大副房间天花板就会有滴滴答答的声音，这位"公主"老了。

我走到主甲板那层狭窄通道，右边从前到后就是一个舱室，现在变成了政

 一位上海船长的老照片

委的舱室了。这里就是德国船东"公主"的前"闺房"了，看来还是政委有"艳福"住进了二公主的闺房。

经得政委的同意，我走进"闺房"，只见入门处有一块硕大无比的穿衣镜，还有一排精雕细刻的棕黑色大立柜，这是"公主"的客厅，里面一张椭圆形的桌子和一排靠背座椅。

再进去一间房间是卧室，再进去就是带浴缸的浴室和卫生设备的豪华卫生间。想象一下当年的卫生间中，在热气弥漫的袅袅云雾中，一具迷人香艳的躯体，在哗哗流水中是多么的性感。我走进去后，那浴室仿佛还飘着公主馨香。

我乐乐呵呵地对政委说："政委，你的'艳福'真的不浅啊，竟然能够睡到船东老板闺女的床上，约等于变成了船王老板的乘龙快婿了，床上一定是'楚留香'了。"我用金庸武打书籍中的人物名与政委开玩笑。

政委哈哈大笑："这是我作为政委的待遇，这船上连船长的舱室内都没有六尺大床。"

走出通道，外面就是后带缆甲板了，一部扶梯直通二层甲板的露台，这里还有两张躺椅和遮阳伞的插座。我想象当年"公主"大概就在甲板上，穿上比基尼，把皮肤晒成古铜色。

我再去到烟囱（驾驶台甲板层）下面，只见那曾经供"公主"畅游的游泳池竟变成了杂物的堆放场了，真是暴殄天物啊。

好了，我在生活区转悠一圈后，又走上了货舱甲板。唉，这货舱、这船吊操纵以现在的眼光来看太复杂了，估计装满200多个集装箱就得花费一天的时

间。如果要用现代化的集装箱桥吊来装卸，这200多个集装箱或许只要一小时就完成了。可是，当时是在中国集装箱运输的起步阶段，比起同样吨位的杂货装卸需要四五天来看，我们中国的集装箱开始起步了。

我们船上的集装箱装好了，宁波籍的施船长从家里回船准备开船了！

一个多月后，我接到公司人事调配的指令，接师弟的大副班。我在航海生涯中又向前走了一步。这一步跨得很冗长，因为那位李船长的故意扣押我的提升报告长达6个月，从而致使我当大副足足推迟了2年。人生有多少个2年可耽误啊。

我驾驶过纯集装箱船舶，当我踏上抚顺城轮，我感觉自己见证了中国集装箱运输的发展。这是我航海生涯上多么值得骄傲的经历啊。

半集装箱船熊岳城轮（1）：与张船长搭班

抚顺城轮每个月至少3次靠镇海招宝山附近的集装箱码头，港口停留的时间约二三天。因此，靠好码头后海员都会按照船上安全班的规定成群结队地下去兜兜逛逛，到汰脚店舒舒服服地按摩走累了的脚膀子。与社会广泛接触让海员们觉得不像跑大远洋航线那般枯燥。

但时间长了，不免心生思念家主婆的念头，因此，每当我下地时都会张望镇海客运码头，那里的高速气垫船只要2个多小时就能开到上海十六铺码头。很多家在上海的海员弟兄们都做了中长期打算，守住抚顺城轮，每一次靠港叫家主婆来宁波镇海探船，然后再在靠港的三四天时间内，享受团圆之乐。有的还常驻镇海招待所，那里几乎成为现代"望夫崖"。

半集装箱船熊岳城轮（1）：与张船长搭班

抚顺城轮虽然被新集装箱船替代了，逐渐在近海航线上维持生息，但带给海员的是经常靠港的快乐。宁波镇海离上海近，交通方便，又是固定的日本神户航线，偶有横滨港口靠靠。海员们到了日本港口下地，就是去神户地铁下的二手货市场淘旧货带回国内，让探船的老婆再带回上海。有的海员开始淘旧货做差价的生意了，还真听说有的海员下船登陆后，根据在抚顺城轮上累积的从商经验，做国际"倒爷"发了财。

有一次，抚顺城轮与气垫船正好一前一后进港，当气垫船靠泊码头时，家属们在气垫船狭窄的甲板上挥手招呼弟兄们，让气垫船上的旅客都激动起来，对海员家属充满羡慕之情。

甲板部弟兄们怀揣家属到来的激动心情，带缆的速度既快又安全。水手们非常感谢气垫船给他们带来了家庭生活的幸福，就像我们船舶带给社会民众幸福一样。

可惜由于海员的远洋运输劳作远离社会，距离社会民众的视线有些远，少有民众知晓海员为社会民众带来了舶来品，为中国乃至国际社会带来了国际物流的发展，中国因此也成为了经济长足发展的世界第二大经济体。不知道民众是否也为我们海员带给他们丰富的物资感到快乐吗？

看兄弟们从客轮码头接着"花枝招展"的家主婆上船，我也心动了。我多么想在我轮刚刚靠好码头后，我的家主婆就能出现在气垫船上。然后我到客轮码头接她到船家，享受两人生活。可是，我宁愿憋着生理欲望，就是不叫家主婆到船上来。

其一，家主婆到宁波来之不易，每次来船，家中年幼的小孩无人带领。

其二，家主婆在工厂上班，如果请假，不仅要作为事假，她的岗位要派人顶岗，长此以往，领导会对她另眼看待。工厂领导不会理解海员家庭分离的苦衷。

其三，舟车劳顿，购票不易，让一个女人家独自承担奔波之苦，我心中实在不忍，爱她就不要给她任何压力。再则，我刚刚当大副，趁着在小船当大副的机会，我对船舶集装箱配载都是倾力而为，我得好好学习一下大副业务。权衡利弊，我还是决定把大副的职责和业务弄熟了再说。

在国外靠港下地，我不会挑选购买家主婆和女儿的衣物。起因是某次我在新加坡买了我感觉非常时尚的衣服，没想到拿到家里被家主婆泼了一盆凉水说："从农民阶级进化到工人阶级了，这衣服这么另类，能穿得出去吗？"

从此以后，我再也不上外国商店购买衣服了。所以，每次到日本，我关注的都是家用电器之类的物件了。当然在神户铁道下淘了一部两喇叭的录音机在舱室内听听邓丽君的歌曲，也会为海员生活增色不少。

四个月后，1989年12月初，我就在抚顺城轮工休了。还为家里带了一套震撼周边邻居的音响设备，集胶木唱片、CD、盒式磁带、卡拉OK和收音机为一体。

我与家主婆团聚的快乐时光又开始了。那一段时间，我总是在音响上下功夫，把电视机的音频接到音响设备上，把影视中的音效发挥到了极致。我还常常拿起话筒，独自一人扯着破嗓子唱卡拉OK。

我带着女儿去逛南京路、人民公园等地，尽力弥补因我长期不在家，孩子缺少父爱的缺憾，让孩子在我工休时享受父爱。在南京西路上，我带女儿进入儿童用品商店里，我让女儿在漂亮的衣服中间穿来穿去然后说："你自己挑选衣服，无论多贵爸爸都会给你买！"

女儿转了一圈后咬着我的耳朵说："爸爸，我喜欢公主裙，这条粉红色的公主裙，我喜欢。"看着女儿欢喜的样子，我眼睛也有点潮了："女儿，你让爸爸感动了！"我仰头看着商店的天花板上闪烁的璀璨灯光，航海生活所承受的辛苦在这一刻释然了。

说说看，一个常年在外的父亲对女儿的深情，我无处表

半集装箱船熊岳城轮（1）：与张船长搭班

达，让我能够为她购买她喜爱的衣服就让我感到深深的满足。海员有海一样的博大胸怀，但也需要将自己的心爱的女儿搂在怀抱中传递父爱的温暖。那天买好衣服后，我端详了女儿许久，对她说："我们一块儿去厂门口接妈妈去了！"

一晃又是4个月过去了，我接到公司的电报，要求我上熊岳城轮。这又是公司的一艘具有辉煌船史的船舶！但随着大量新造集装箱船舶的服役，熊岳城轮再也无法站在集装箱船序列的首位了。"长江后浪推前浪，前浪拍在沙滩上！"就像人老了，该退休了。但熊岳城轮还不甘老去，继续发挥余热，为中国集装箱发展继续做一块坚实的压舱石。

我是在1990年3月1日上熊岳城轮的。我风尘仆仆地赶到天津港码头，见到了一艘如同刚刚从海水里捞出来的船。随着船龄的增长，钢板的锈浊如同烧饭后铁锅底上的饭糍（锅巴），铁锈水如同溻鼻涕一样，布满了两舷，熊岳城轮功成名后，逐渐显现出了老态龙钟的一面。

熊岳城轮在最辉煌的时期，是由公司最著名的贝汉廷船长执行船长职责的，其班轮航线也是由他部署的。连公司经理都要征求老船长的意见和建议，他们共同促进了集装箱运输的发展。

现在的一船之长是公司教育处负责船长、驾驶员培训的张船长。他也是海运学院毕业的大学生，早就持有远洋船长证书，但没有做过船长，是典型的"本本族"。

因此，为了成就他真正意义上成为远洋船长，戴着船长的头衔继续任教，他请求公司给予机会，让他上船担任船长。

公司人事调配员为了让张船长当好真正的船长，就相中了我到熊岳城上当大副。

在公司人事的档案中，我终究是大学生，虽然大副做时间不长，但人事部门还是认为我可以协助张船长做好船舶管理工作，同时让张船长减少压力，致力于累积航海实际经验。

熊岳城船龄已大，已经没有能力跑远洋，她只能在中国沿海跑南北航线了。从天津出发，再去上海、香港，然后周而复始。

一位上海船长的老照片

　　这条航线受到中国沿海季风影响较大,特别是在 2~3 月份时,东海、黄海海域是江淮气旋的发源地。所以气旋发展过程中,海上风浪也是很大的。特别是台湾海峡的北部,在海峡狭管效应下,遭遇到 6 级以上风力的话,也够海员们喝一壶的。左右摇摆 20~30 度在这个季节是常事,我上船第一航次就在长江口南部遭遇了大风浪。

　　根据我在抚顺城轮当二副累积的航海气象知识,我建议张船长走南北航线的靠岛屿的浅水海区航行,也就是东线航路,可以避免深海区风浪大涌浪大,造成船舶剧烈摇摆。

　　我指着长江口附近的海图:"在长江口灯船东面通过,转入到花鸟山航道,航行通过西半洋礁西方,再穿过小板门狭窄水道,我们就可以直插台湾海峡。根据国内航行资料,在风浪较大的天气情况下,连大型船舶也常常走小板门航路航行。我们熊岳城轮只要熟知小板门潮汐流的时间,控制好风流压差,完全可以安全通行。不过要注意,有时候军舰、潜艇从基地前往军事训练区也是通过小板门水道的。缺点是有气旋出现时,也是赶在风前抓鱼的渔船最活跃时

半集装箱船熊岳城轮（1）：与张船长搭班

候，我们稍加留意就行。"

张船长上船工作是蜻蜓点水，更形象地说就是"河蟹放到阳澄湖中汰浴"冒充阳澄湖大闸蟹了。他没有走过这条航线，担心驾驶员没有具备足够的航海技术。

我跟张船长说"这段航路都是不会变动的岛屿，只要勤测船位，与 GPS 船位互相对照不会有事的。只要船长你在驾驶台坐镇就是夜间通过也没什么问题。"他采纳了我的建议。

到了 5 月份后，此季节台湾海峡盛行东南季风了。台湾海峡和东南部，两眼抹瞎的平流雾季节开始了。还未升温的东海冷水面与东南风吹来的暖湿气流交锋，冷暖能量交换的结果是水汽在洋面上大面积凝结，生成了海员们害怕的平流雾，在驾驶台上白天能看到 50 米开外的船头已经不错了。张船长工作做得很细致，在北方港口开航前就开会做了雾航布置。

船长把书本上的理论知识和《1972 年国际海上避碰规则》条款全本搬出，他谨慎采取了典型的雾航措施，把驾驶台两翼的门开启，每隔 2 分钟手动拉汽笛，雷达在不同距离档上扫描海面，守听高频电话，还不时进行广播通告，叫我排班让水手长安排水手瞭头，船尾敲大锣。那船上雾航就像梅兰芳（梅派）或周信芳（周派）两"芳"唱一出全本京剧，好生热闹。

张船长还在驾驶台的夜航命令簿上写上很具体的注意事项，最后还加粗写了："有任何未能独立处理的事情，或起雾请即刻叫我！"

毫无疑问，张船长采取的措施无懈可击，都是符合雾航要求的措施。可惜他没有注意到即便熊岳城轮已经进入老年了，驾驶台设计的瞭望窗玻璃都是全封闭的。在浓雾盛行的海面上，开启了两舷门，本意是想密切关注听清楚海面上其他船舶拉响的雾笛，来判断来船的动态。可惜避碰规则上的教条已经不适应像熊岳城轮这样的万吨巨轮了。等在驾驶台听到来船的雾笛声时，或许已经形成了碰撞局面了。

你能听到剧院内唱戏的锣鼓喧天，但是在广阔的海洋上，铜锣发出来的声音在雾茫茫中已被长距离空气吸收了，听不到了。当听到微弱的锣声或许两艘

船舶已经"香鼻头"（接吻）了。

措施是《规则》硬性规定，不摆样子还不行，就说船尾的破锣，水手真的能够每隔几分钟敲一阵子？在实际航行中不太适用了。我们完全可以用雷达来取代雾笛、锣声和高频电话的发出通告来辅助雾航。

"大副，驾驶台里面黏糊糊的潮湿啊？这两舷开门好像不行啊！"水手抱怨了。

我说："驾驶台打开窗户、两舷门是《1972年国际避碰规则》（以下简称《规则》）的规定，张船长做得对。那是因为《规则》订立的时候，都是电子导航仪器不太发达的年代，对大型机动船已经不太适应了，规则需要顾全大局，只要海上仍存在所谓的原始船舶（帆船、蒸汽机船、没有电子导航仪的船）就得将这款规定放在《规则》中。

再则，规则订立的话语权全部掌握在帆船时代进化过来的西方人手里，他们怎么会摒弃这个规定呢？你看，在驾驶台开了舷门，雾气畅通无阻，像穿堂风一样在驾驶台中散发，电子导航仪器在工作时遭遇雾气会短路损坏的。"

正当我说给水手道理时，躺在海图室内沙发上的张船长醒了："大副在说我坏话呀？哈哈，这《规则》的确不适用了。我躺在沙发上也感觉潮嘎嘎的，大副把两舷门关起来，总不能把雷达弄坏了，瞎了眼那才变得不适航了。以后下船做培训的时候，我可以当经验向船长、驾驶员讲授现代船舶如何雾航了。要灵活机动而不是一味教条对照《规则》，执行不适用的条款。"

在张船长的传授培训经验的启发下，我瞎讲讲的雾航措施让我上心了。我当了大副开始注重《规则》研究了。

无心插柳柳成荫，我似乎因为与张船长的同船，几十年后，在结束我的航海生涯前，我竟然也当上了船长、驾驶员的培训师，而且是首席培训师，当然这是后话了。

半集装箱船熊岳城轮（2）：艰难的雾行

朋友见到我发了熊岳城轮的故事后，纷纷给我发信息：《熊岳城轮走出来总经理》的主人翁金忠明船长也曾经在该轮任船长，他是崇明人，大连海运学院毕业。

熟悉中国远洋的朋友说："衣羊船长，熊岳城轮是中国最早的集装箱船之一，全国劳模贝汉庭担任过其船长。"我查了一下记录，的确有贝汉廷船长和金忠明总经理签名的航海日志。

一些人说："记得以前中国的海轮烟囱颜色是黄色的，中间红腰带，五角星两边是水波纹，船舶颜色一般上白下绿。现在都五颜六色了。"其实准确地描

一位上海船长的老照片

述，中国远洋早期的烟囱标志底色是红色，左右各三条黄色水波纹，中间是一个黄色五角星。

我十分感谢关注中国航海文化和远洋运输的朋友。这也说明只要航海界的朋友在各种媒体上大力宣传航海文化，我们海员的光辉形象就一定会树立起来。

像一块硬币一样，总有正反两面，任何职业都有优点和缺点，由于海员职业与社会大众距离较远，因此很难让大家了解海员的职业。我们可以更多地关注海员对社会作出的贡献，给予他们更多的理解和鼓励。

我再叙述熊岳城轮工作的故事吧。

一转眼，我已经在熊岳城轮上工作4个月了。"天有不测风云"，中国沿海从南到北，从1月初南方海面的平流雾到7月初北方渤海湾中的平流雾，几乎每一个航次都是在雾里看花，雾中航行。那时候的雷达是需要遮光罩的阴极射线显像管，伴随着平流雾随季节北移的整个过程，几乎每个驾驶员鼻翼到额头上都会烙上一圈深刻的血色印记。

被雾航累得几乎趴下的还是为了"镀金"而上船、没有航海经验的张船长！根据公司规章制度的规定，海面上能见度低于5海里必须叫船长上驾驶台亲自指挥。而平流雾在海上几乎覆盖了500海里，甚至1000海里范围左右。船长日夜站在驾驶台操纵船舶，当雷达上显示移动物标少了，才谨慎地叫驾驶员接替值班瞭望，可他不放心，几乎住在轮驾驶台里，在驾驶台里吃喝拉撒！在航海日志中还清清楚楚白纸黑字写明船长上下驾驶台的时间。

航雾盛行的季节中，南北航线上若某个航次碰巧没有茫茫白雾，船长就会

240

半集装箱船熊岳城轮（2）：艰难的雾行

跟我唠叨了："本航次我额头碰到天花板——高兴透顶了！"

"船长，7月份到了，横行中国南北海上的平流雾即将烟消云散了，这才是中国沿海的航海黄金季节呢！"我也开心地对船长说。

船长在驾驶台报房拿出了每4小时一张的气象传真报往我面前扬扬："开心侬（你）个魂灵头！平流雾过去了，台风来了。你看，菲律宾洋面上低压扰动已经闭环了，热带低压气团形成了。不出意外4天后就是热带气旋了，在移动中热带气旋还会吸收能量，接近台湾东部洋面前肯定会加强到台风级别了，预计近中心风力超过12级。看好，根据7月份的热带气旋移动路径，我们从天津南下时正好阻挡我们去香港的航线。"

我拿来船长手中的气象传真认真分析了一下："船长，根据目前太平洋副高形势，热带气旋很快会在副高南面继续加强，副高的北面还有冷性的低压气旋东南方向。在太平洋副高两边形成两军对阵，太平洋副高西伸，北方低压对我轮影响不大，它将掠过渤海，扫过朝鲜半岛，再进入太平洋。高空引导气流将牵制台风向西北方向移动，估计台风移动方向在台湾中部进入海峡，再扫大陆，或许在浙江温州附近登陆。现在我们只能继续观察。"

船长听了我的分析后，喃喃自语道："像熊岳城轮这般老旧的船况，在中国沿海航行，是考验我们的航海智慧了。"随后船长对我说："没关系，我们从天津开出后继续南下，到长江口附近的山（岛）里避台风如何？"

旁边的操舵水手跟我悄悄地说："大副，我们船真的可以到山里面躲避台风？"

"你这家伙夹忙头里捧千金。"我白了水手一眼。水手还拎不清："啥叫'夹忙头里捧千金'？"我无暇搭理他就说了一句："我们都在商讨如何避台呢，你站在边上就听着，不要插嘴，我们在讨论台风对船影响，你就不要再影响我们了，这下你懂了吗？"

"OK，可以的，我们是明知山有虎，偏向虎山行，烂泥萝卜揩一段吃一段，但愿台风在温州登陆，对我轮的影响就不要太大就可以了，选择避台锚地是必须考虑的。"我点头认可船长的判断。

一位上海船长的老照片

船向南方航行,面对台风变化任谁都没有十足把握,船长和驾驶员都有点寝食难安。船到了黄海长江口附近的佘山、鸡骨礁附近后,船长再把我召集到了海图室,看着海图和台风路径图、气象传真图运筹帷幄。船长指着正对着台湾南部移动过来的台风对我说:"再向前航行要受到台风影响了!"

"南方的台风可以沿着太平洋副高的边缘向偏西方向移动了。也就是说台风在高空气流引导下,将沿着太平洋副高的边缘,长驱直入浙江南部随后进入江西,随着内陆高低不平的山峦,能量很快衰减,中心气压升高变性为低气压,对我轮没有大的影响了。从台风移动方向看,船舶与台风最近会遇距离可能在150海里左右,这将是船受到台风影响的最大峰值,此后台风将与船拉开距离。我们得寻找合适的锚地抛锚,让台风越过船舶行进的航线后并保持在6级风之内就可以拔锚起航续航了。"船长分析台风走向后,拿出了抛锚的方案。

我建议船长抛锚地点应该选择在长江口绿华山内。船长说可以,就这么办。

船长看了海图后,拿出平行尺和铅笔绘制了改向航线:"直插长江口灯船的分隔航道,进入花鸟山航道和绿华山上海港务局散货船驳载锚地。这个地方四面环岛,是天然避风锚地,我们的教科书上也是这样写的。"船长注重理论知识。

根据北半球低压气旋的特性,我在驾驶台观察,风从左舷头部来。根据右手定律我握紧右手的拳头,拇指向上,四指弯曲方向就是风向。目前5级风,判断台风在熊岳城轮的左前方,可能还需要1天多的时间才能越过计划航线,我轮可以解除台风警报。

在船长的指挥下,船在绿华山内淌航,慢慢进入了绿华山锚地了。很快,驾驶台传来船长抛锚的命令,我在船头抛下左锚7节落水。

"我向公司调度发了停航电报。大副你再把右锚备好刹牢,以备风力增大走锚能应急抛下备锚。好了,观察一下锚链受力情况,锚链松弛了,你就可以回来了。我再躺一会儿。"船长打着哈欠,略显疲劳。从天津开出来之后,船长真的为台风路径困透了。

半集装箱船熊岳城轮（2）：艰难的雾行

绿华山内波光粼粼，天空中一波波白云在台风推动下，正在向西北方向飘去。我们静静地等待台风穿越船头。

与我一起值班的水手问我："大副，你总是提及花鸟山、绿华山，哦，还有普陀山。可这些山明明是岛啊！我们是躲在岛中，而不是在山中。"我回答水手："海中的岛也是海里的'山'啊。这是一个有趣的问题，这些海里的岛屿是受到当地民众语言习惯影响而命名的。"

"在渤海和黄海中，大部分岛屿被称为'岛'。如大连附近的蛇岛、老铁山水道中北皇城岛、山东高角附近的摩椰岛、青岛的潮连岛等。在黄海和东海交界海区，大一点的岛屿被称为'山'，如花鸟山、绿华山、佘山；小一点称为'礁'，如海礁、鸡骨礁等。福建海上的岛就被称为"屿"了，如鼓浪屿、猴屿、七星屿等。而广东地区的岛屿就被称为'岛'或'洲'了，如珠江口的桂山岛，珠江内的舢板洲，香港维多利亚湾内的青洲等。"

"有意思吗？我也是看中国南北航线的海图后才关注到这个命名规律的。"

第二天台风改变移动方向了，根据气象预报，台风将在浙江岱山登陆。公司调度室来电："请马上起锚，向北方航行避台。"

张船长立即命令机舱备车，叫我到船首起锚向北航行。

不想，台风实现了"不到苏杭，到死要喊冤枉"的愿望，它带着云雨，一路潇洒地游览了杭州、苏州，然后直接向连云港花果山冲去。

而我们熊岳城轮也正开足马力，驶向青岛的胶州湾去迎接台风了。

我看了气象传真图并把预计台风未来移动的位置标识在台风路径图上后，赶紧把船长叫到驾驶台。船长看了路径图后，略微思索后马上下令："右满舵，全速南下到香港去！"

可是稍晚了一步，台风从连云港重新入海后又得到了能量，我们在"逃逸"台风的追捕时，还是迎面碰到了6级台风圈内的大风浪。

台风还不过瘾，它还要到韩国釜山、日本海、日本本岛"旅游"去，根本不想顾及熊岳城轮了，我们正逐渐远离台风了。

熊岳城轮被公司调度一纸电报去"追风"了。台风在中国苏杭大地笃悠悠

一位上海船长的老照片

地"旅游"了一阵子,带给苏杭大地一地鸡毛。它一路横行,一路施虐,一路灌水,风灾水灾统统不落,还像开封大相国寺门外鲁智深倒拔杨柳树一样,把根深叶茂大树硬生生吹倒,留下它的斑斑劣迹。

熊岳城轮在黄海,正好右边偏顺风,得意洋洋地乘风破浪,与台风共同北上。当我早晨拿到气象传真图,看到台风与我轮相向而行,不得了,再走就与台风"香鼻头(吻)"了。

我连忙叫醒船长,船长噔噔地上了驾驶台:"昨晚气象台说好的在陆上行走的台风将消失,我就在床上躺了6小时,怎么说变就变了?从日照又杀将出来,纯粹与我过不去啊!"

船长看到气象传真图后,斟酌一阵后下令:"转向,南下,去往香港!"

一场抗击台风并被台风死盯不放的场景,证明与天斗的确其乐无穷。

这航次完成任务后,熊岳城轮回到天津。船长"阳澄湖大闸蟹汰浴"仪式完成,下船回公司去了。现在他可以名正言顺地说自己是船长了,虽然他也就当了四个月的正式船长而已。

张船长工休离船了,现在他的名片上最显著的两个字就是船长!

在航海界有这么一句话:"你考出船长却没有做过一天船长就是徒有虚名。但要你上船,以船长的身份独立工作一天,你就可以堂堂正正对外宣布,'我是真正的船长'。"

航海界还有一个通常做法,当过船长的公司总裁和各级经理,他们一般对自己的行政职务不是太在乎,但是,在名片最显著的抬头上,一定是写着"船长"两字!或许叫他们某某总裁,会显得刻意和生疏,但叫他们船长,必定会获得他们的笑意回报。在航企领导岗位上,船长的抬头太重要了。

做船长要讲"真操实干",否则,你印在名片上的"船长"就是徒有虚名,即便别人叫你船长,你可能也会脸红。

好了,我也跟着张船长工休了。

又回秋河轮（1）：冷藏箱突发"心梗" 40

1990年12月后，我又被公司派到了秋河轮。不过，现在的船长不是钱船长了，而是宋船长了。王政委工休后还是回来了，我与王政委第二次同船了。

我在上海黄浦江系泊浮筒上船没两天，秋河轮完成装箱后，在上港九区张华浜2号码头开航。数天之后船已经在印度洋中航行，去往欧洲的途中了。

印度洋上的晚霞已经映红了在巨大船体。晚餐后海员弟兄们都走到船头，坐在缆桩上开始吹牛侃大海，眺望太阳没入水天线一瞬间的光辉。

平静的洋面上波光粼粼，水手长倚在舷墙上看着船头，球鼻首如同外国人脸上高高耸立的鼻子一般在海面掀起了波浪，间或一群海豚快速地游了过来，与球鼻首前的波浪翩翩起舞，互相追逐嬉戏。一群小飞鱼受到了海豚和船舶兴波的惊吓，顷刻间一起聚在船首乌呀呀地、如同飞机一样从海面上起飞。贴着洋面低飞的飞鱼，似一支支离弦的箭矢直插前方。

徒有虚名的飞鱼仅飞出百步之远就扑通、扑通掉入海中，在水手的眼中留

245

下点点水花。前方的鲨鱼张开巨口吞掉了一条条飞鱼,飞鱼一通逞能结果还是成为鲨鱼的美食。

我站在驾驶台侧翼上,拿出了罗经方位仪,根据航海天文历参数,计算出了精确到秒以内的太阳入水时间。与船首的弟兄们欣赏太阳营造的美丽晚霞不同,我除了享受绚丽的太阳光芒外,最重要的是观测太阳落山的方位,来校正磁罗经磁差和电罗经误差,确保航向的精确。

随后,我又拿出了六分仪,对着刚刚眨眼的恒星和星星进行测天定位。

六分仪是古典航海中导航仪器,测天定位是驾驶员航海的基础。虽然秋河轮已经配置了 GPS 定位仪,也即已经进入了精确航海的年代了。但公司和船长都要求驾驶员在天气晴朗、晨昏蒙影、繁星眨眼之时继续锻炼测天计算船位的船艺,以便与 GPS 船位进行对照。一旦船舶 GPS 出现问题,驾驶员还能通过六分仪进行大洋定位。当我将电、磁罗经校对完成后,又拿起放在侧翼露天箱子内"娇气"的六分仪。

与我一起值班的一等水手(舵工)问我:"大副,什么叫测天?什么叫晨昏蒙影?我搞不懂为什么在测天之前,你要一直把六分仪放在室外?误差又是怎么回事?又不是 100 米田径赛跑,为什么要准备秒表?"这些是什么道理呢?

我看着刚刚从二等水手提升为舵工的高中生,边做测天准备,边高谈阔论起来:"哈哈,你现在是四分之一的船长(一水的英文为 Quarter Master),这还不懂?简单说测天就是利用航海人熟知的天上星座,认识恒星、星星、月亮和太阳,用六分仪测量它们到水天线的高度夹角,然后通过天文历、天体高度、方位表计算出一条位置线的方式。"

现在年轻人都喜欢玩星座,以测算自己的运势。他们大多数仅仅知道天上的十二座星座,什么天秤座、水瓶座、处女座、白羊座等,但是具体的星星名称知道吗?但是作为船长和驾驶员需要知道一年四季星空中的 88 个星座。同时知晓每一个星座里面最亮星星的名称,用来测星定位,俗称测天!

辨别天体有几个步骤,你需要天文知识辨认春夏秋冬的夜间星空,通过星座来辨认星星。老航海家们创造了一篇打油诗,还写进了大连海运学院编撰的

又回秋河轮（1）：冷藏箱突发"心梗"

《航海学》中，可以让人很方便地辨识天空的星星：大熊斗狮子，室女南十字（春）；天鹅携天琴，天蝎南三角（夏）；仙后骑飞马，南鱼月波江（秋）；御夫会猎户，大犬卧船底（冬）。

还有简单记忆的：春看大熊连北斗，夏瞧牛郎织女星，秋观仙女骑飞马，冬天猎户捕天狼。我们只要大致记住各个季节中出现的这些星星就能满足测天的需求了。

测天步骤：通过已经辨识的星星，用六分仪镜片反射影像拉到水天线，在星星和水天线相切，或者太阳的下弦弧度中点相切瞬间，按下手中的秒表，记录下测天时的时间，把高度夹角和时间记录下来。

计算步骤：根据高度夹角和秒表时间，通过复杂的公式计算和修正各种误差，确定星体高度和方位，然后再查表得到理论的星体高度和方位，两者相加或相减获得一个差值，航海上叫截距。在较短的时间里，连续测量多个星星，就会得到多个截距位置线。

绘制测天船位步骤：将得到的截距和表查得到的方位角，以推算的船位为参考点，在海图上绘画一条位置线。以此类推，把计算得来的数条星星的位置线，消除了测天时间差形成的误差后全部标绘在海图上，形成一个多边形位置线交叉点，其中心点就是获得的测天船位。

我指着最远的水平面和天平面结合的一条线对舵工说："这叫水天线，是一条人类视线能见到地球曲率边缘、但永远无法达到的线。夜间是看不出来的，在视线很模糊的情况下不能精确测天。只有当东方开亮，出现鱼肚白的时候才能看出来，此刻就叫晨蒙影。而当晚上太阳落到水平线之下后还能看到水天线的时候叫昏蒙影。所以，天文航海上合起来就叫'晨昏蒙影'。'晨昏蒙影'是测星定位的最好时机，此时测量就能得到比较精确的船位了。"

舵工似懂非懂地点点头："这么复杂啊？这大概要学了天文才会测天啊。那么，这六分仪又是什么东西呢？"

"当然啰，在海运学院要学习一年的天文航海呢。简单地说六分仪主体就是一个扇形的弧度，刻度弧为圆周的 1/6，在这 60 弧度上勘刻 −5 度至 +120

 一位上海船长的老照片

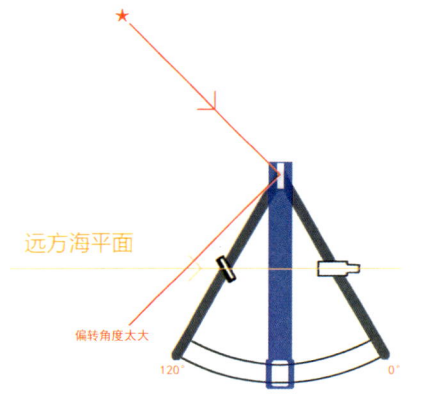

度的标识线。其组成部分包括一架小望远镜，一个半透明半反射的固定平面镜即地平镜，一个与指标相连的活动反射镜即指标镜。使用时，观测者手持六分仪，转动指标镜，使在视场里同时出现的天体与海平线重合。根据指标镜的转角可以读出天体的高度角。六分仪测天需要用到各种表册，如《航海天文历》和附表，《B-105天体高度方位表》，国际上多数使用的《航空表》等。由于个人的测天习惯，定位的不连续性，测天船位允许存在 2 海里的误差。"我解答给舵工听。

听得起劲的舵工，突然发现天上很多星星了："大副！我已经看得到天上的星星了！"

其实在跟舵工聊天时，我已经拿起六分仪在辨识星座和星星了。随后，我举起六分仪开始左右摇晃起来，突然停顿下来按下秒表，跑进海图室核对天文钟。把测得的六分仪高度迅速记在测天簿上。随后又跑到侧翼拿起六分仪测另外一颗星星。

我重复几遍动作后，拿到三颗星星的测天数据后，开始在海图室内翻阅表册在测天簿上计算位置线。舵工好奇地看着我测天的动作，拿起备用六分仪模仿起我的测天动作了。但是，他是跟着和尚买篦箕——不知其所以然。

大约过了20分钟，我把位置线画到了一张大比例尺的空白海图上，开始确定和核对船位。我经过与推算船位比对之后，敲定了目前的实际船位，然后郑重其事地再将其转移到了小比例海图上。"总算有了实际船位了！"我根据实际船位，微调航向，纠正了偏离航线的船位。完成了测天定位后，我得意至极，指着驾驶台内饮水机边上的那瓶雀巢咖啡对着舵工说："阿弟，泡一杯浓咖啡，不要伴侣！"

又回秋河轮（1）：冷藏箱突发"心梗"

"来了，一杯热气腾腾的雀巢咖啡！"舵工像饮食店跑堂一样，憨笑着端了盘子走到我的面前。他也兴致勃勃地陶醉在我的讲述中了。

"大副，再问一个问题，在测天前为什么要把六分仪放在外边啊？"舵工摸摸头皮傻乎乎地询问我。

我顺手把海图桌上的放大镜放在冒着热气的咖啡上，不一会儿放大镜被热气模糊了："六分仪是精密的仪器，受到外界温度变化会产生仪器误差。所以，在室内外温度差的情况下，要在测天前把六分仪箱子打开，再放在外面平衡外界温度，以便防止镜片雾化产生误差。"

"啊哦，原来是这样啊！"舵工恍然大悟了。

"懂了什么？"我考考舵工。

"就是……就是雾气啊！冷的放大镜遇到了热的空气后在镜片上产生雾气，是吗？"

我得意地回答："你还是蛮聪明的。不过反过来镜片在室内温度高的情况下，突然间拿到室外低温下，也会凝结水汽的。"

舵工信心不足，带着疑问咨询我："大副，我能做驾驶员吗？"

"当然可以！你比大学生还要有资格，只要在船资历超过2年，再到港监培训机构培训半年，通过9门专业功课考试，就可以拿到驾驶员适任证书了，再经过三四个月的实习就可以当驾助，再过一段时间就可以成为三副，成为真正的远洋船驾驶员了。"

舵工听到我耐心地示教，激动地表示："大副，给我上工大的机会，我也要当驾驶员！"

"只要肯努力学习，你一定能够当上驾驶员的，你可要把握好机会哟。"

晚上下班了，我带着水手到甲板上检查巡逻一周，顺便按照规定对全部冷藏箱温度进行了登记。我发现一只40英尺的冷藏箱记录仪上的冷冻温度迅速上升。

"不好，冷藏箱出现问题了！"我赶紧返回办公室，打电话给电机员。此刻，轮机长和电机员在机舱集控室内正在为冷藏箱的故障伤透脑筋，原来他们

在例行检查时也发现了这只冷藏箱不制冷的问题。

他们告诉我不是冷冻液泄漏，而是冷藏箱压缩机内部的电动机出现了故障，无法启动制冷了。正好碰到发生故障的冷藏箱，但船上没有相应型号的备用压缩机，电机员绞尽脑汁也无法修复。

"大副，请你查一下冷藏箱清单，箱内装的是什么货？"轮机长对我说。

我查了一下箱号，然后从清单上看到"Frozen Chicken Breast（冻鸡脯）"冷冻温度应该在零下22摄氏度！轮机长感觉问题严重了。现在正航行在低纬度的热带印度洋上，如果箱内温度继续上升的话，一两天的时间鸡脯闷在箱里就会全部解冻，冷藏箱内鸡脯变质就完了。由于冻鸡脯变质，将影响其他冷藏箱抵港后卫生检疫，可能货主还要拒绝接受这票冻鸡脯。

船长获知情况后，当即用卫通电话与公司商务部门领导汇报，接着起草了书面报告用传真发送出去。公司机务部门查阅了船上的冷藏箱备件清单后，立即作出决定，继续检查故障原因，如果无法维持冷藏箱温度的话，等待公司后续决定。公司海务主管要求船长做好海事声明等报告的资料收集。后续商务问题由公司处理。

第二天清晨，我带着没有睡觉的疲倦出现在驾驶台。电机员、轮机员和水手机工仍然在故障冷藏箱边上尽力抢修，以期能够修复。但是冷藏箱得了"心肌梗死"，无论如何竭尽全力去抢救，这台压缩机的"心脏"都再也跳动不起来了。

早餐时，船长、轮机长与政委正在紧急磋商。怎么办？船长决定再通过卫通电话向公司汇报。

那么究竟如何处理故障冷藏箱呢？

又回秋河轮（2）："百鸡宴"辞旧迎新

印度洋有明显季风气候，主要是由信风带的季节移动和海陆热力差异的共同影响导致的。

北半球和南半球的季节正好倒置，每年北半球的冬季，正好是南半球的夏季，北面信风带南移，赤道低压移到南半球，亚洲大陆冷高压强大，高压南部的东北风就成为亚洲南部的冬季风。每年6月开始，澳大利亚进入冬季，在南半球印度洋是一个低温高压区。由于北半球进入夏季，受到太阳向北纬移动的影响，南半球的东南风也乘着太阳北移的便利搭上了顺风车，气压梯度由南向北下降，低压中心出现在印度半岛。南来气流跨越赤道后，受到地转偏向力和热力的影响，形成南亚特别的夏季西南风。

简单地说：从10月至来年的3月或4月，亚洲大陆被强大的高压所笼罩，在北印度洋海面盛行东北季风。印度洋洋面风平浪静，几乎像一面平静的镜子。从5月到9月，南半球印度洋低温高压区北移穿越赤道，形成了印度洋盛行西南季风，其风力程度不亚于南印度洋39度的咆哮西

251

风带。

此值1991年2月14日除夕，春节来临之际，气温高达36摄氏度，风和日丽，洋面平静，是印度洋"航海黄金季节"。海员们沉浸在过年心情放松的心理状态中。只是船上没有节日休假的概念，临近春节，海员们仍然在甲板上工作。

昨天甲板部工前会上，我告诉甲板部水手长，工作任务摆在这里，甲板部维修保养都在自己手里面，平时多做一点，除夕、春节当日的活就带带过行了。弟兄们听到我的安排之后，情绪也高涨了，手里的活也没有耽搁下来。

现在，秋河轮航行在印度洋南亚半岛的北纬8度航线上。船舶甲板的维修保养工作也进入了平稳阶段。大副是甲板部的部门长，我作出了甲板维修保养工作计划，热带洋区在集装箱阴影之下工作。如果实在太热，我们可采取早出干活，中午休息，到傍晚再干的方式来躲避炎热，确保弟兄们不暴露在炽热的太阳底下。只有保障海员的安全和健康，才能创造出最大的生产力。

繁星下的甲板绑扎桥夹弄内，在轮机长的指挥下，电机员和轮机部的弟兄们还在为出现故障的冷藏箱进行"外科手术"，期待通过"电击法"能够让冷藏箱恢复压缩机启动制冷。

可是对压缩机而言已经没有起死回生的灵丹妙药了，压缩机彻底"心梗"，我们无能为力了。

电机员痴痴地看着一堆工具和拆除的零部件，抹了一下头上的汗水摇摇头："老轨，没有备用压缩机，压缩机无药可救了。看来只能靠岸基支持了！"

轮机长听了电机员的话，脸上出现了苦的笑："巧妇难为无米之炊，岸基支持那是一句体系文件中的空话，现在能空运一台压缩机吗？公司的机务人员一部分是在船上混不下去的轮机员，碰到这个情况，即便娴熟技能的机务领导也只能望洋兴叹，长臂管辖失灵啰！你能指望他们的岸基支持？算了！这样吧，天已经开始放亮了，你到舱房去洗洗澡然后休息睡觉，后续处理的事宜，我跟船长和政委商议一下，争取尽量减少损失。"

电机员站在冷藏箱前，低头看着一堆零备件和工具，仿佛为故障冷藏箱

又回秋河轮（2）："百鸡宴"辞旧迎新

致哀。

船长、政委都躺在沙发上，他们一直关注着甲板上轮机长和电机员修理冷藏箱的进度，希望能够恢复冷藏箱的制冷功能，确保箱内的鸡脯完好无损。可是接到轮机长的电话汇报后，他们的心跟室内的空调一样凉了。船长真希望把生活区的空调冷气接到冷藏箱里面，可惜空调不是冰箱，是不可能达到零下20摄氏度冰冻低温的。

"看来，我们还得寻求岸基支持，当然这个岸基支持只能听从公司商务部门对冷藏箱处理了。"船长说完，政委和轮机长都点头同意。

南亚印度洋与国内的时差不太大，此刻船上时间是凌晨5点钟，国内公司是北京时间8点钟，公司人员刚上班还没有完全就位，值班调度说再等半小时，具体负责人到场后打电话吧。船长放下卫通电话："做好拆封开箱准备，再根据货物运输应急处理预案将伙食肉库清空，把冷藏箱内的冷冻鸡脯肉统统转移到肉库去，我们的肉类伙食放进鱼库。"

作为大副，我也同意这个方案，毕竟我也想减少货物损失。

政委补充道："既然公司未上班，除了值班的人员，我们先动员全体海员，早餐后趁着甲板气温不太高马上行动，尽可能在上午搬完货物。"

正在此刻，公司相关部门来电话了："收到船上发来的电传，同意你轮的建议，马上开箱把冷藏箱内的货物全部转移到肉库去，开箱时用照相机记录，形成图片资料，开箱做好货物数量清点记录。其余相关处理事宜，请保持联系。"

早餐后，船上的正常维修保养工作全部停顿下来了。1月的印度洋天气是酷热的，大厨倒穿上了厚厚的棉衣，在冰库中指挥水手将一块块猪肉、牛肉转移到隔壁的鱼库中去。

水手说："猪肉进了鱼库今后我们吃大白菜炒肉丝就成为名菜'鱼香肉丝'了。"

我到现场参与清理肉库。一位水手跟我说："这肯定是美味的秋河轮新式菜肴。我们会得到伙食费补偿吗？如果是，我们的'晕浪食品'又可以多发了。"

根据我的具体安排，甲板部水手长在冷藏箱内搬冷冻鸡脯，木匠在肉库内

负责堆放鸡脯，事务长清点鸡脯数量。在烈日下，冷藏箱舱门被我掐断了海关铅封，我和大管轮打开箱门。

奇迹不是冷藏箱恢复了制冷功能，而是冷藏箱内部余冷的物理反应，当打开冷藏箱门后，弟兄们看到一股冷气腾腾的"蒸汽"升腾而上，如同一股"阴气"吐着白雾扑面而来，在印度洋酷热环境中，穿了连体工作服弟兄们感到寒气透衣而入，顿时透心凉。

还好，冷藏箱内的鸡脯还在有余冷，鸡脯没有变质。

从甲板到冰库的弯弯曲曲的路径毛估估也有60米，靠着徒手加上一辆机舱手推车，弟兄们搬得"日照甲板冷藏箱，背上冒汗凉胸膛！蓝天白云腾白露，寒气热风两重天"。

为了保管货物的责任，远洋海员们擦一下背上汗，捂一下胸前寒，不叫苦不叫累，迅速将冷藏箱内的鸡脯转移到肉库。

事务长奔过来："大副，肉库容积已满，多余的鸡肉无法放进去了。怎么办？"

我也两手一摊："怎么办？船上冷藏的空间是无法变更的。"

船长和政委也在现场："向公司汇报。"

船长马上到驾驶台拿起卫通电话向公司汇报冷藏箱鸡肉脯处理的情况："船上冷冻肉库满了，还有近一多半的鸡脯还在冷藏箱内，怎么办？"

"好的，我去询问商务部门负责人，然后告诉你们怎么办。先把电话挂了吧，卫通电话费很贵的。"

15分钟后卫通电话又响了，商务部负责人来电指示："公司商务部决定，为了确保下段航程安全通过苏伊士运河以及海员身体健康，在鸡脯变质前，命你轮现场处理剩余的鸡脯！就这么办了，处理方式由船长决定，但要保证不能污染海洋环境。"

"为了更好地处理故障冷藏箱，请领导马上发一份电报给船长，以书面指示为准，谢谢！"根据责任划分，船长做到了面面俱到，表现出远洋船长具有深厚的商务处理能力。

254

又回秋河轮（2）："百鸡宴"辞旧迎新

"弟兄们，我们晚上就用冷藏箱内的鸡脯做'百鸡宴'，除夕会餐加大餐。请大厨烧好羊年春节晚宴！"船长向大厨下达了指示。

"这么多鸡肉如何吃得完啊？多余的鸡脯怎么办？"弟兄们拍拍肚皮。

船长手臂一挥："弟兄们，肉库堆满了，没有关系！我们搬部分鸡脯到厨房去，再把剩余鸡脯统统下海喂鱼！让印度洋的鲨鱼、海豚也吃上一顿中国春节晚宴！"

"好哇，吃完'百鸡宴'，活捉坐山雕！"弟兄们在印度洋上欢呼起来。

"不过，冷藏箱内鸡脯是塑料包装和纸箱，怎么办？如何处理？大副，你给大家示范一下。"船长把我叫到弟兄们跟前。

我接过船长的话题："把一箱鸡脯倒在甲板上，然后用水手刀划开塑料纸，拿出鸡脯扔进印度洋里，把塑料纸放进原来的纸箱内，随后统一放到垃圾房内，到港口后退给垃圾回收站处理。我们不能把塑料包装纸扔进大洋里，哪怕是一片塑料纸也不行！弟兄们，我们行动吧！开始向大海抛扔鸡脯。"

直到下午，剩余的鸡脯才处理完毕。我站起来看舷边洋面，鲨鱼高兴地"载歌载舞"紧盯秋河轮，不放过海员扔下的美味佳肴。

天上的海鸥尾随鲨鱼，将鲨鱼吃剩的残羹剩饭吃得津津有味。正是鱼欢、鸟欢、人也欢，皆大欢喜！大概唯一不欢的是承保货物的保险公司了。

大厨不负众望，这顿除夕'百鸡宴'琳琅满目：冬菇蒸滑鸡、剁椒鸡、辣子鸡脯、鸡脯海鲜菇煲、栗子焖鸡脯、银耳蒸鸡、鸡丝拌海蜇、宫保鸡丁、鱼香鸡丝……

这一顿'百鸡宴'吃得大家嘴巴抹油，青岛啤酒"销量"陡增。船长说："没关系，现在是大洋航行，除了驾驶台的值班人员，大家可以一醉方休，看谁喝醉了套圈圈得第一名。"

弟兄们酒后自发到了娱乐室，我下班后也紧随其后，与大家拿起了麦克风，一起唱起 20 世纪 60 年代海员中传唱的《远航归来》激情歌曲：

> 祖国的河山遥遥在望，祖国的炊烟招手唤儿郎，啦啦啦啦啦，招手唤儿郎。

一位上海船长的老照片

秀丽的海岸绵延万里,银色的浪花叫人感到亲切甜香。

祖国,我们远航归来了,祖国,我们的亲娘!

我们远航归来了……

那个除夕夜,海员弟兄们尽情抒发了情感。一想到春节离家,漂泊在海上,所有的甜酸苦辣一起涌上心头,他们将娱乐室内的音响开到了60分贝以上,拿着话筒不吵不闹却又哭又笑,真情暴露无遗。他们突发奇想看央视春晚,希望在春晚上冒出一个远洋海员形象。可惜电视机只有唰唰的杂音,也没有图像信号,在船上看一次春晚成为了酒醉后的梦想。

我们海员心中的纠结就是没有被社会民众理解他们远洋生活的艰苦。海员们在酒醉之下眼泪齐刷刷流了下来,然而弟兄们像被按了录音机回放功能,一遍遍连续唱起了《远航归来》的歌。

歌声中,弟兄们挽起布满老茧的双手,如同一个水手结,串起海员奉献远洋运输的力量,那歌声在印度洋上激昂飞扬。

我睡觉梦里也在唱歌:"祖国,我们的亲娘,我们远航归来了。"

第二天,海员们又恢复了常态,他们没有消极失望,继续在印度洋上航行,去往亚丁湾、红海、苏伊士运河、地中海、直布罗陀、比斯开湾和英吉利海峡、西欧各个港口。海员们没酒醉,也没有心碎,以航海工匠的精神,沉醉于为中国远洋运输的奉献中。

轮机长和电机员起草一份详细的冷藏箱故障报告,船长签字后,作为海事声明的附件,取得第一靠港公证机关的公证后,一份交给代理、一份邮寄到公司、一份由船长留底。

船舶到了德国汉堡后,船上肉库中的鸡脯,由代理根据船长的报告,重新做了一份货物清单,海关和检疫人员上船检查其他冷藏箱状态正常,确认鸡脯没有问题后,才由货主直接到船边提货。

据说货主向保险公司报了这个冷藏箱全损,获得了全额赔偿,还白拿了船上替他保管的一半的鸡脯,他赚了一笔外快。

又回秋河轮（2）："百鸡宴"辞旧迎新

事后，货主特地拿出了一笔钱，感谢全船弟兄们的精心保管他的货物，船长不收也不行，还说好这钱一定不能上账，也不能交给公司，否则他知道后将追回这笔奖金。

还有这么烦恼的事？船长和政委决定，将钱平均分给全体海员，美其名曰"劳务费"！

君子兰的故事

话说冷藏集装箱故障后,全体海员在大洋上处理好一箱鸡脯后,正好碰上 1990 年的春节,于是在秋河轮上举办了一次别开生面的"百鸡宴"。吃饱喝足后,海员兄弟们那思念家乡、思念老婆孩子的情绪,趁着酒劲,在船舱内暴露无遗,他们拿着卡拉 OK 的话筒又唱又跳、又笑又哭,尽情抒发了海员兄弟们平时埋藏在心底的苦闷。

秋河轮很快过了运河、过了直布罗陀海峡。船在比斯开湾又受到冬季低气压形成的大风浪考验,整个船舶被折腾得发出像要断裂似的可怕声音。

巨浪盖过驾驶台顶,像倾盆大雨一样,把瞭望窗打得啪啪响,连离心刮雨器都来不及扫掉海水,雷达天线也被大风吹得几乎停止扫描。船首和驾驶台顶上无线电天线都被吹得时而像弓背的老人,时而又像一把射箭的弯弓。

在船长的指挥下,船舶减速航行,稍稍调整了航向,减少了风浪对船体的冲击力。

冲过了比斯开湾后,一路都是西欧靠港,到了浪漫的法国里哈佛港口(Port of Harvard, France),又迎来了英国伦敦;穿越多佛海峡后,航行在德国风光秀丽的易北河的

君子兰的故事

汉堡港。船舶靠港口，把放在冰库中的鸡脯处理后，海员们得到了货主的慷慨奖励，满心欢喜的海员吃过晚餐后，缆桩海员俱乐部的人员就开车来到了船舷边上，把空闲的海员带到了去往汉堡市中心的步行隧道口。然后走进了汉堡市中心。

汉堡有一个船长和轮机长都熟悉的，有点老油子的船舶备件供应商，是德国人。他瞅准我们这些集装箱船舶都是德国造的船，又吃透了中国海员和船公司的心理。

所以，那些船舶备件生意都被他垄断了。每一次甲板部和轮机部所申请的备件，公司都安排他供应，绝不让其他供应商染指。所以他在备件供应上赚得盆满钵满。为了保持垄断供应备件，暗戳戳的事情也做了不少，据说他经常到公司"烧香"笼络感情。

每当船舶靠泊汉堡港后，他都会上船向大副、轮机长推销船舶备件。当然，船长也不是吃素的，总是让供应商卖了东西还要他吐出点骨头来。船长还把供应商在中国公司里的琐碎杂事拎出来，敲敲他的木鱼，顺便冷嘲热讽一番他在交际圈里的风流轶事。

以供应商的处世哲学，他也拎得清要堵住船长的口，以便将备件业务可持续地发展下去。只要上船推销他的备件，他就会带很多小礼品送给船上。

供应商算盘打得精，按船上职务高低分发不同档次的礼品。

让大家争先恐后去领的小礼品都是钥匙小挂件、精致防风打火机和男人专用刮胡子刀，人人有份，安抚全体海员。他也十分了解中国国内的行情，知晓上船送什么礼物好。

供应商在德国汉堡就与船长、轮机长订购好了事先向公司申请的船舶备件，但由于船期影响，他不可能立即采购到备件。好在

一位上海船长的老照片

欧洲都是申根国家,来去都不需要办理签证,供应商就把德国订购的备件,亲自驾车送到靠泊荷兰鹿特丹的船上。

在遍地都是风车和郁金香的国度,他像风流倜傥的贵族男人,总是带着风花雪月的浪漫,顺路在荷兰鹿特丹花店购买大量花卉,其中最为名贵的就是送给船上"五大头"的君子兰!

要知道当年国内有某个作家写了一篇关于君子兰的长篇小说。一下把北方君子兰的价格抬得几乎要上天。据说一棵盆栽秧苗级别的君子兰售价高达5000元人民币,一盆含苞待放的君子兰,其售价可达到数万,甚至数十万人民币。

买君子兰的人们还连眼睛都不眨,搬了君子兰花卉,扔下一捆钱就走。

君子兰贩子数钱数得抽筋,笑得合不拢嘴。还有人数钱数得血压升高,差点乐极生悲啊。这不是我编造的,当时的书中就有这些描述。

如此,德国供应商也趁着这波君子兰热潮,就在荷兰鹿特丹买了很多远比国内便宜的君子兰和杜鹃花,塞进了送备件的汽车内。到了船边,还特地叫水手长开伙食吊把君子兰、杜鹃花像乘电梯一样送到甲板上,随后船长给大副一张清单,分发君子兰和杜鹃花。一时间船上海员就像当年领"晕浪食品"一样热闹。

反正,船上"五大头"都拿了含苞欲放的君子兰和一盆杜鹃花。而船上其他弟兄都拿到了需要精心护理的君子兰秧苗,全船皆大欢喜。

回来的航途上,船上的每一个房间里面都在交流君子兰的培植经验,胜过了在船上研究船艺的热度,几乎大家都成了专业园艺师。

"五大头"舱室的舷窗上,君子兰还没有过运河就在"地中海"中绽放了。

260

君子兰的故事

那开花的盛况成了船上一道靓丽的风景线，想想看比后来的崇明花博会还要闹猛。可惜君子兰深藏在船，只能让主人独自欣赏。

那些拿了秧苗般君子兰的弟兄们也不一般，他们并没有因为收到的君子兰是秧苗而失去信心。他们将大厨磨豆腐产生的豆渣集中放在甲板的角落中发酵，制成了君子兰和杜鹃花的有机肥料。很多海员朋友都是出生在农村，给君子兰施肥就像铲甲板上的铁锈一样熟悉。经过20多天的远航，在海员兄弟的悉心照料下，等到过了苏伊士运河后，"五大头"的君子兰都花谢了，而弟兄们手里的君子兰，却拔节抽穗了，到了上海港正好处于盛花期。

他们高兴极了。等到动植物检疫一通过，海员们当夜就拿了君子兰和杜鹃花下船回家。

第二天，海员兄弟们拿了昂贵的君子兰来到了花鸟市场。正当社会上推崇君子兰的热度将退未退，一盆君子兰竟然也卖到了一两千块人民币，有了这个外快，水手们高兴极了。

"五大头"做事还是比较"君子"的，他们不会像弟兄们一样，把君子兰急吼吼地拿到花鸟市场去变卖。再说君子兰和杜鹃花都已经过了盛花期，这花品相已经"人老珠黄"了，去花鸟市场只能等待被"经济调节"的命运了。所以他们心有不甘，把正在进入凋零期的君子拿到了家里面，当着家主婆的面说，好好养君子兰，这可是我本航次带回家最值钱的物件！

没过多久，像经济危机、银行暴雷一样，中国北方市场上的君子兰价格一落千丈，那些种植户在价格顶天立地时跟进的，到头来竹篮打水一场空，成本价都无法回收，欲哭无泪啊。那君子兰开的花也变成喇叭花了，劲吹！

我偷偷莞尔一笑，君子兰再好，散发出的也不过是沁人心脾的原始花香。

船又向远东返航了。在途经香港靠泊时，我用多年远洋积攒的外汇津贴购买了一辆当年最时髦的本田125摩托车，我拥有了社会民众梦寐以求的摩托车，成了让别人羡慕的有摩托车一族。

船长跟我说："大副，船舶领导已经向公司教育处申请，你的大副在船资历已经满了1年了，这次下去工休后就去上海海运学院分院参加船长考证培训班。"

船到上海后，我参加了海事局实行统考后的第十届船长培训班。

我能通过船长考试吗？请继续关注接下来的故事。

船长考证班

白驹过隙,时间过得太快了,眨眼之间我已经在航海职业中摸爬滚打了10年了。我拿出了《远洋船员工作(休假)记录簿》,从头到尾数了一下,我驾驶过了11艘远洋船舶,有大有小、有新有旧,其中包括了杂货船、集装箱船、滚装船、外派船等船型。

秋河轮下来工休后,调配员把我的卡片抽了出来,写上了"参加船长考证班"字样,对我说:"处领导同意你参加港口监督局的船长考证班,这是交通运输部实行全国统考后的第十次适任证书的考证。你先去教育处丁大力科长那里报到,听他的安排。"

大力对我说:"大副,下一期考证班是8月底开学,你先好好在家工休吧。"

天助我也!我不是在香港购买了一辆本田125摩托车吗?我有大副船舶适任驾驶证书,倒还没有机动车驾驶证呢。正好利用工休时间考出摩托车驾驶证!我暗暗得意自己把工休计划安排得如此完美,于是便马上付诸了行动。

浦东源深路杨源路路口在当时还是一片刚刚征收的农田,一扇铁栅栏门上挂了一块响当当的"摩托车培训二部"的牌子。那时正值上海驾驶摩托车兴起之时,毕竟汽车的梦想还很遥远。作为最时髦的出行工具,摩托车为年轻人所钟爱。摩托车训练部在各区都方兴未艾,纷纷抢占先机,争着割一把鲜嫩的"韭菜"。我扒着铁栅栏往里面一看,都是俊男美女戴着头盔,威风凛凛地骑在摩托车上,沿着培训场内设置的道路障碍进行科目训练。

"喂,250号,不要分心看前面美女,注意过弯道时收油门,脚踩刹车,左侧脚要准备踩地拐弯。否则,你就撞到美女的屁股上了。"教练言辞犀利,怒骂250号学员。美女车手听到教练粗暴训斥自己后面的帅哥,脸被羞得通红。

我从铁栅栏的边门进去。

"干什么?"门卫一声吆喝,把我的脚步刹停了:"同志,我想报名考摩托车驾驶证。"

我递上一支外烟,拿出一支包装精致,但非常粗糙的打火机想给他点烟。门卫凑过来,从我手里拿过打火机反复翻看:"我自己点!"

点好后他把打火机放进自己的口袋中:"进去径直走,到边上的二楼找摩托车培训报名柜台,在业务员处报名登记,然后她会指点你如何缴费等手续。"

"谢谢!"

到了报名处,一位女性工作人员说:"下期培训班马上开班,到出纳台缴费吧。培训15天,费用包括每天一顿午餐和用餐工具。要用自己的摩托车进行培训。这是交通规则和模拟题,考试80分通过,不通过笔试就不能上车培训。"

她给我一套上面印有"上海市摩托车培训二部"的搪瓷盆子和不锈钢勺子。下星期考交规,通过后就来培训,补考只有一次机会,否则重新报名。

"我还没有摩托车驾驶证,我怎么把摩托车开过来?"我摸摸脑袋,心里面总想着没有驾驶证上路是违反交通规则的。

那女的说:"你能够买得起摩托车,总归认识个有摩托车驾照的朋友吧,让他开过来就行了。"

被她一指点,我想起了在嘉哈拉轮上的一水——夏同学,严格说他是我读小学时的同学。因为他是农村居民享受城镇居民待遇,哥哥姐姐们都插队落户去了,初中毕业时享受了哥哥姐姐的庇荫,成为分配时的"硬档",加上家庭

264

背景清白，符合出国条件因而被中国远洋公司录取。

在当时他进中国远洋公司就把我羡慕透了。当我进中国远洋公司时，我还是个实习生，他就已经是公司老水手了。也很凑巧，他与我同样在公司调配四处，所以就有了一起外派嘉哈拉轮的巧遇。我做二副、他当一水。值班时我指挥他，下班后他跟我玩，但船上没人知道我们是同学。

他早已有了一辆幸福250摩托车了，回家工休时他不时带着我兜风。正好他现在在家，我就把摩托车开到培训部的任务交给了他。

听到我要劳驾他了，他得意洋洋："呵呵，看你在船上五吆六喝地叫我做啥干啥，不留面子。现在下船啰，二副，你也得听我的口令了。"

"哎，朋友帮帮忙，开过去就行，回来，我烧几个拿手菜，咱们喝两杯。"

"算了，我烧的菜比你好吃，看看在船上哪一顿夜更饭不是我烧给你吃的。船上一水的厨艺都是可以与大厨一决雌雄的，业余的总是卖力去做，而专业的大厨，天天看着锅勺瓢罐头都痛了，做一天和尚撞一天钟就是工作了，所以烧不出一水的味道。"夏同学头头是道，船上闷声不响，到家了"没大小"了，叽里呱啦都是他的话。

同学变成工友了，船上的什么官衔都一律作废了。

"什么时候把摩托车开过去？"夏同学让我敲定时间。

"一个星期后，我参加交通规则理论考试通过后告诉你。"我不假思索地回答他。

"交规考，毛毛雨，凭你要考交

通规则，还不是跟你接下来考海上避碰规则一样？死记硬背就行了。我还考了95分呢！"夏同学挺硬气地对我说。

我后来告诉夏同学，我把交规考到了最高境界，以傲人的100分顺利通过，星期一他就把我的摩托车开到了培训部去。

一个月后，我的摩托车的科目全部考出通过。教练说："摩托车不能寄存了。"他暗示让我们自己开回去。可是他还拖了一个尾巴，驾驶证未发，后果自己考虑。

大部分学员都闷声不响，当教练宣布培训班结束后，全场的摩托车都绝尘而去。

后来，我才知道摩托车培训部已经向交管部门打点好了。看到同伴们的摩托车都消失无踪，教练在旁说："还等什么，别人已经走光了。"

此刻，我才发动摩托车在杨高路上无证驾驶了一回。回到家里总有负疚感，直到拿了驾驶证，我才光明正大地上路了。

为了犒劳家主婆在家带孩子上班的辛苦，当我拿了摩托车驾驶证后，就每天接送家主婆到鲁班轮渡站，这样她过江后只要走几分钟就到厂里了。可是有一次，到家还有200米路了，货车在马路上散落了零零落落的黄沙，虽然开得不快，但我刹车后一打滑，我们两人带车摔在路上，家主婆的裤子都擦破了。从此，家主婆再也不乘我的摩托车了。

船长考证培训班开班了。我每天骑着摩托车上学放学，好不潇洒。

考证班的授课老师都是海运学院退休和即将退休的航海系教授，他们没有当过海员，没有做过船长，是典型的"黑板上开船"的教授，他们教学经验丰富但缺乏实践经验。

某天，航海系一位资深的教授上地文航海课。老教授凭教学经验加上过去积累的航海技术理论，对讲台下经过大风浪考验、老油子般大副们开始滔滔不绝地讲起了类似"马尾巴的功能"的经典航海理论课，学员中还有他一手教出来的学生。

"同学们，今天讲船舶跨大洋航行即将接近彼岸港口时的内容。由于船位受到海流、潮汐流、风的影响会产生推算船位偏离航线误差,而港口如平原一般都比较低矮,没有显著的雷达定位的物标。此刻,船长应该采取什么样的航行方法确定船位呢?如何修正航向寻找进港航道并确保船舶航行安全呢?"

培训大副们没有举手发言,航海教授得意地继续授课:"我们选择接近岸边显著物标来定位,修正偏差。我们先在海图上详细了解岸边的地形特征,对照实际岸形来确定入港航道。"

教授还在讲述理论知识:"有经验的船长会叫水手长去打水拓,测量海底水深,再慢慢地航行。一路测过去,扣除涨潮因素后,对照等深线变化规律确定船位。当然加强驾驶台航行瞭望也是十分有必要的,可尽早发现港口航道助航导标等。"

教授继续讲道:"同学们,当你们发现水深和物标、助航导标与实际不符时,你们应该采取什么措施呢?"

下面听讲的大副们继续保持沉默,教授却认为是大副们的课堂纪律好。教授心想,这些大副不愧是在船上锻炼数年,有了对学习知识的渴望,并且身体力行地做到了尊师重道,这些年的历练看来让他们的素质得到了升华。

教授继续兴致勃勃地授课:"经验告诉我们,观察中发现任何不正常的地形和水深变化不符合海图水深标注的规律,作为保障航行安全的船长,此刻,你必须毫不犹豫地下达停车命令,立刻把船停住!甚至下达倒车命令,按照原来的航迹退出去!绝对不能原地转向掉头出去。因为这样操作有可能会导致严重的后果,船舶可能会触礁搁浅的。"

大副们的眼睛都盯着教授,让教授觉得自己的授课更加"深入人心"了:"同学们,很多触礁、搁浅事故都发生在结束大洋航行,抵达彼岸幸福港湾的门口,船长寻找进口航道时发生的。因此航海者一定要记住,接近海岸,无论物标高程如何,应该开启雷达,提前加强瞭望,反复确认物标,直至对船位确信无疑,方可继续航行,决不能粗枝大叶,贸然行事。谨记航海者永远把航海安全作为第一考量!"

此刻,一位曾经是教授的学生,如今就职于地方中国远洋公司的大副举

一位上海船长的老照片

手了。

"哦,给大家介绍一下,这是我的学生,很不错,现在是船舶大副了,你有什么要说的?"教授看着得意门生。

"教授,你讲的地文航海理论课,我在当学生的时候,就听你讲了许多遍了。您讲课富有特色,深入浅出,的确得到我们在座各位大副的尊重。可是你讲的航海课是基于当年船上导航仪器局限性较大的古典航海理论来考虑接近陆地的船舶操纵。谢谢。"

"很好,请你继续发言!"教授对自己学生的点评感到满意。

"教授,我一直在船上担任驾驶员,我们船也从751型雷达进化到了自动雷达标绘的ARPA雷达了,也就是自动避碰雷达了。船上也配备罗兰A、罗兰C以及台卡无线电定位仪了,比磁罗经、六分仪航海时代大大进步了。最有效

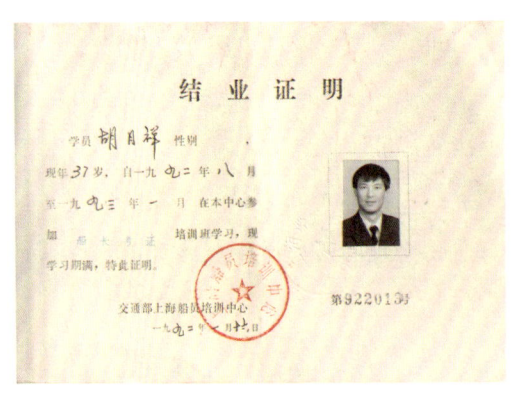

的是我们进入了精确定位的航海时代了,目前船舶都在使用美国海军的卫导定位系统,更多的船舶都在陆续配备GPS了。您的古典地文航海有用但不适用了。现在,船长在入港前都有精确到数十米的船位,很容易确认港口航道了,过去地文航海课似乎不太适用了。"

教授听了得意门生的一番表述后,一下子闷住了,他赶紧喝口水遮掩窘迫。不想,喝水过大呛了一口,情不自禁地大声咳嗽起来。沉静了半分钟后,教授清理了一下嗓子:"这位同学开拓了我的思路,的确,我知道目前的航海定位系统进入了精确定位的时代,但我不得不提醒在座的各位同学,现在你们不是讨论古典航海的功能和用法,我想如果船舶因各种原因而断电了,现代导航仪器罢工了,你还能精确定位吗?""可是,现代船舶导航仪都有应急电源和两套设备来保障船舶航行安全。"

课堂上教授露出有些尴尬的笑容，与之相随的是大副们的哄堂大笑。

教授拍拍手，示意大副们安静，他停顿了一下，针对大副们的嘲笑，铆足了底气："虽然，再先进的导航仪器保证的了可靠性，但我作为教授可不敢保证你们能可靠地通过考证！你们现在面对的问题不是精确定位，而是精确、无差错地考出地文航海课，古典航海理论是适应你的船长考证。当你考出了合格的地文航海科目，这才是硬道理。否则，你拿不到船长适任证书，这精确定位系统还与你有关吗？"

姜还是老的辣，教授的一番铮铮雄辩，正好击中课堂上每一位大副最脆弱的神经。他们来培训的目的不是与教授进行先进学术讨论，而是通过教授的再一次复习古典航海理论应付考试。大副们沉默了，他们还得听教授细细分析古典航海中这段经典的航海操作。

果然不出教授所料，由于课堂热烈的探讨，在地文航海科目考试时，大家都得到了高分。

我也彻底理解了我在滦河上碰到的李船长了，他就是一直用掉头倒开的方式来调整抵港时间的，他的古老航海技术与这位教授如出一辙。

我考证了一下，教授和滦河轮上的新船长都是同一海运学院出来。不过新船长那时专业课还没有上完就毕业了。

海船驾驶员、轮机员全国统考已经第十期了，港监也累积了大量的考证题库。对于已经在船上久经考验的大副们来讲，只要平时稍加关注，就像考机动车驾驶证一样，选择题猜猜也就及格了，海船驾驶员应对考试并不吃力。

果然当培训结束，港监统考时除了计算题外，几乎都是选择题。我记得中国远洋公司大概去了23个大副考船长适任证书，一次性通过19名，当年的第十届船长考证班竟然是中国远洋公司有史以来参加国家港监部门统考后的最佳成绩，教育处的丁科长笑得合不拢嘴。

44 提升为实习船长了

在家工休了2个多月,我考出了摩托车驾驶证。在交通部上海培训中心度过了5个月,我考出了船长证书。一箭双雕,我圆满完成了工休之处设定的任务目标。或许是偶然中的必然吧,家就是我追求目标的原动力。

家主婆给了我全神贯注复习航海理论功课的条件,特别是在备考阶段,我回家等待吃晚餐间隙就捂在沙发里看书背选择题。经常背着背着就"背过去了",躺在沙发呼呼打鼾,书本掉在地上也没有知觉。

不过,冥冥之中,很多难解的题目在这鼾声如雷的梦中获得了解答。

家主婆就把我掉在地上的书拾起来放在台子上,为我盖上毯子。

有时我在沙发上做梦时想到了难解问题的答案,急得从沙发上跳了起来,睁眼一看已经是万家灯火阑珊时了。考证阶段,家主婆打破了原本我在工休期间承包家务劳动的惯例,承担了所有家务。

这几天是考证复习的最后几天,看着一桌还在冒热气的菜肴,我感觉考试动力足足的,考不出来也就对不起每天眼前的这桌热菜。离十多年前,我发誓要当船长的愿望越来越近了。

提升为实习船长了

我有把握相信自己的船长适任证书考试能够通过，内心虽然有底气，但在交通运输部上海培训中心没有公开成绩前，我仍然处于忐忑不安的心态中。这个长假彻底改变了我的人生，我终于要实现我当船长的夙愿，终于有机会迈向船舶职务的顶峰。

刚刚考好船长适任证书没有几天，记得是1993年的1月21日，村口的摩托车声又响起了。这不是我的本田125摩托车的声音，而是两根排气管的幸福250，那摩托车的、排气管的声音简直是在放机关炮，还涂了绿色的油漆。摩托车一进村口，全村人都知道邮差送电报来了。

"又是邮电局的摩托车！"我知道公司调配员又在近距离发报了。在通信工具欠发达的年代加上电报接收人必须亲自签收，公司最便捷可靠的通信方式就是"电报"！船上通信是电报、通知海员上船也是电报！一个航企就是这样豪爽慷慨，只有一些无关紧要的通知才通过信件传递。我拆开电报："接电后到调配科报到。"

调配员对电报也是惜字如金，毕竟一个字的费用就要0.25元，你看这份电报就需要2.50元，这其中包括那个句号。对于当年社会工资普遍在百元的阶段来说，用电报来传递信息是非常奢侈的。但海员的收入在那些年却得到了极大改善，通过免税政策我也买得起摩托车了。

第二天，我骑了本田摩托车出门了，发出和顺的排气声，声声悦耳，风驰电掣般地从上南路再到浦东大道，一直飞驰到公平路轮渡站，"突突突"地开上了轮渡船。

摩托车还没有停妥，很多乘客都围了过来，欣赏我的摩托车。

乘客开口第一句就是询问我"胖（朋）友，侬（你）是海员吧？"我点点头。

"看，远洋海员就是财大气粗，有钱，阿拉还在骑自行车时，侬就有了摩托车。"众人的目光中都流露出羡慕的神色。年轻乘客还把手搭在摩托车上，嘴里发出了啧啧的羡慕之声。

"当海员很苦的，常年在外不能回家，寂寞、枯燥，其实是非常难熬的。"

一位上海船长的老照片

我实话实说,海员的生活不是每一个人都能承受的。

"朋友,帮帮忙好哇,当了海员就讲风凉闲话了,骑了摩托车还惦念自行车!阿拉(我们)两个人对调一下吧,你当工人,我到船上当水手。再讲还有外汇拿拿,啥地方能寻到这样的工作呢?怎样?不想调了吧,我知道你是阳奉阴违。"这位乘客话直戳当时年轻人的心底。

"当海员是要读书、出国要政审的,不是每个人都能上船当海员的。"我调侃式地拒绝。

乘客说:"看侬(你),吾要讲对调工作了,侬(你)就打岔了,气短了。说明侬(你)还是蛮喜欢海员职业的。阿拉(我们)只好学革命样板戏'海港'中的码头工人韩小强,天天渴望工作证啊,工作证,啥辰光才能换成海员证!"

我笑笑:"侬(你)真正喜欢的是海员能够带进来的免税的四大件吧,其实海员买一个大件也是需要一两年的。我买辆摩托车在船上待了2年多时间,你说当海员容易吗?"

"可是,我们就是在工厂待上5年、10年也买不起你的本田125摩托车啊!"

"来来,朋友,来一支外烟'良友',阿拉(我们)都是良友。"我掏出外烟,递给附近唠嗑的几位乘客,还拿出防风的电子打火机。其实,我是不抽烟的,口袋里都是招待烟。

"朋友去过的地方不少吧,出国看看风景也不错。"乘客抽着喷喷香的"良友"跟我聊。

"是哦,亚非拉美,还有欧洲呢!"我自傲地背起了熟悉的航线:"从上海出发,到香港、新加坡、穿过马六甲海峡、到印度洋,然后看看斯里兰卡的风景就到了亚丁湾,进入红海。"

"再有呢?"当我看着黄浦江中来往的船舶和停靠在公平路客运码头上的客轮,我的思绪短暂地游离了,乘客催我继续讲下去。

"过苏伊士运河,就是有金字塔的埃及。再到地中海,穿过直布罗陀海峡,

提升为实习船长了

进入大西洋沿海航行,穿过有着"海员坟墓"之称的比斯开湾,就到了英国、法国、德国、荷兰、比利时。"

乘客们听得直起了耳朵,生怕漏了精彩的故事。正在此刻,轮渡上的水手从驾驶台下来了,他准备带缆靠岸了。

"朋友们,下一次再在轮渡上有缘碰头,我给你讲更多的航海故事。"

乘客一边往码头上走,一边还跟在摩托车的后面:"当海员就是风光。"

"朋友,再见!"我跟乘客们挥手道别后,再看黄浦江上一艘客轮"长山"轮正靠在公平路客运码头上。我顿时眼睛发亮,这不是送我到大连去的客轮吗?

我踩了摩托车启动挡后,摩托车载着我向东大名路378号驶去。几分钟后我到了公司调度那里。调度员的绰号叫兔子,他跟我说:"现在船舶实行定员,先派你到洛河轮去代班大副一个航次。考试成绩出来后我即刻通知你。"

我毫不犹豫答应兔子:"没关系!不过,明天就是除夕,一上船就过年了。"

兔子曾经与我一样在秋河轮上做到二副,几上几下数次就是屡屡错过,我却从来没有与他同过船。他后来到公司做了调度员,安慰我说:"我也有这样的经历,调令就是年初一也得上船,一顿年夜饭也吃不好。洛河轮这次也很巧,碰上了除夕夜靠泊张华浜码头。"

我返回家里,家主婆不舍地看着我:"不在家过年了?"

"明天晚上洛河轮靠张华浜码头,大副工休下船我就去替班,公司说一个航次。"我低头整理衣物。"不过,没有关系,到了春暖花开我就回家了。"海员职业,就是船上时间长,回家时间短。我整理好行李后到菜场买点菜,今晚就叫父母、阿姐、阿妹、阿弟们一起吃顿小年夜饭,也算是在家过年了。第二天傍晚,家主婆和女儿送我到了周周线上。

女儿向我告别:"阿爸侬早点回家,我和妈妈每天都在等你回家。"

我从车窗口向她们招手。

除夕夜,整个上海沉浸在温馨的守岁过年的气氛中。我孤独地站在张华

一位上海船长的老照片

浜的码头上眺望吴淞口的灯塔,灯塔忽明忽暗,闪着只有航海人懂得的信号含义。

再转过头看着吴淞镇的上空,只见上海人家刚刚时兴的蹿天烟火正在噼里啪啦地飞上天空,还发出热闹的声响,意思就是年到了,红红火火又一年!

五彩斑斓的烟火倒映在黄浦江上,与吴淞口灯塔互相辉映。我再转过头看着黄浦江东岸的土地,只有散落在田野中的村庄闪烁着微弱的灯光。这块沉睡的土地已经开始萌动了春芽了,上海浦东新区的建设已经启动了,浦东即将迎接属于它的黎明。

此刻我望着浦东,想着浦东的家,虽然周家渡和吴淞口都是在一条黄浦江上,张华浜离开周家渡还是"离开八只脚——远着呢"!此刻除夕离别家人的心情,如同宋代李之仪的《卜算子·我住长江头》所言:"我住长江头,君住长江尾。日日思君不见君,共饮长江水。此水几时休,此恨何时已。只愿君心似我心,定不负相思意。"

刚刚接到码头指挥中心的信息,洛河轮,已经在吴淞口101号浮筒附近了。再过半小时就到码头前沿了。码头带缆水手正在从工棚内慢慢地走出来,他们见到我站在江边泊位附近的集装箱边上:"兄弟,除夕夜还在码头上,你不回家过年?哦,明白了,你准备上洛河轮啊?"

我默默地点点头,再一次转头看着吴淞口,一艘巨大的船舶正在驶向泊位。

船上的徐船长是工农兵大学生,也是公司新生代的卓越船长。此刻他正在驾驶台配合引航员将这艘庞然大物徐徐滑向码头。船刚刚靠好码头,舷梯正在放下时,家属们就出现在码头边缘上了,这是公司的班车带来的一群"海嫂"。她们在除夕夜迎来了丈夫们的回归。虽然,丈夫们有的要值班回不去,公司还是把过年的关怀送到海员面前。

等到家属们走上了舷梯,我才在水手的帮助下,登上了洛河轮。洛河轮与沙河轮是同级别姐妹船。

随后,班车驾驶员装模作样地通知船长,公司规定海员家属在24点前必须离船。船长抬头看看手表:"哦,现在已经是 00:15 了,是第二天了。家属们没有过夜!"

驾驶员连忙接茬:"对、对、对,我也可以回去交差了。弟兄们要回去的,我现在就送你们到市中心去啰!"除了家属没有来船的海员,班车载着三四个人回去了。

当晚我就与交班大副完成了交接班,到天亮时,交班大副就回家过年初一了。好在张华浜码头除夕夜和年初一上午也不作业,所以正好有空让我熟悉了洛河轮的操作管理。

一切顺其自然,卸货结束后,洛河轮又驶进黄浦江定海桥浮筒上,等待 4 天后的下一个航次。到了年初五洛河轮又返回张华浜码头装货。这段时间洛河轮充满了家庭的温暖气息,海员和家属们真正做到了"爱船如爱家,船舶就是我的家!"

船舶在上海港装了大部分集装箱之后,洛河轮汽笛长鸣,在引航员的引领下离开了泊位。家属们站在码头边缘安全地带,向海员们挥手告别。

这个航次,海员们在上海母港过了新年,收获了亲情,其乐融融,海员们的心理情绪达到了最佳状态,操作解缆也劲头十足。

很快,家属们眼中充满温情的洛河轮渐渐离去,吴淞口防波堤外的 101 号浮筒过去了。洛河轮在长江中乘风破浪驶向香港和新加坡,加载集装箱后又横渡印度洋去往欧洲的航线。

印度洋正好在东北季风季节,风平浪静,船舶向西航行那种惬意的航海黄金季节,让海员享受了大洋上的绚丽风光,印度洋呈现给中国海员美妙的彩虹和彩云。

南亚半岛通过了,那座被海员弟兄们一直惦记的马尔代夫群岛北半球延伸的麻风岛(Mincoy Island)正在夜半星空陪伴下,灯塔闪烁明亮的光芒。海员中一直传言,历史上南亚大国在该岛上流放麻风病人,直到现在,海员都非常忌讳这个岛屿,只要接近该岛都会停止运行海水淡化造水机。其实,这种担心是多余的,这仅仅是南亚大国的一个军事基地而已。

一位上海船长的老照片

我在下午值班时,报房内电报主任正在守听无线电。他发现有洛河轮的船名呼号,电报主任马上排队收报。当其中一份电报收到后,他对我笑笑:"大副,好事情!"碍于无线电报务员的保密条例,他没有透露电报内容。他把电报夹在电报签收簿内,跑下驾驶台,把收到的电报交给船长。

船长阅读电报后告诉报务主任:"抄一份电报内容给大副!"

船长郑重其事地将电报交给我:"大副,恭喜你,从现在开始你就是本轮的实习船长兼大副。不久的将来公司的航运历史上就有你这个船长了。"

我惊喜万分,颤抖的手接过船长递给我的电报。电报上写道:"胡月祥通过了适任考试,经公司经理会议讨论决定,拟提任为船长。在洛河轮上继续当大副兼任实习船长,回上海后下船,另行安排其他船舶继续实习。"

就这样,我在徐船长手把手地带教下,开始熟悉船长的业务,学习船舶管理的一套职责。

我在哪艘船舶正式当上船长的呢?请看下文。

迟迟未转正的船长

洛河轮船长将电报递给我，说已经在经理办公会上同意提升我为船长。

我情不自禁地回想起了职业奋斗历程中所经历的甜酸苦辣。

总结有两点：一是兴奋！经过十多年的努力，我终于如同唐僧西天取经一般修成正果。也是我对

培养我的母校和老船长们关心、关爱的回报。在20世纪90年代正值中国远洋公司船队大发展。这次公司并没有要求船舶领导递交提升表格，只要在本次船长考证中通过的大副都及时向所在船舶船长发报并立即转入实习船长序列。我就乘着东风，飘到最高的位置上了。

二是心酸。

首先我心疼的家主婆，她在十年中含辛茹苦，独自在家中支持我的事业，凡事都随我，从未在我离家之时硬拖硬拉，不让成行，以种种理由"威胁利诱"逼迫我下船。因为我有航海梦想和当船长的梦想，家中的父母兄弟也总是尽力帮助我，女儿在家也沉浸在温暖的大家庭中。所以，我才有了成为船长的今天。

其次是在我的成长道路上虽然碰到的大多都是友善帮助我成长的老船长和公司领导，但仍然碰到了暗地里对我使绊子的个别船长，或许是因为我的"情商"没有到位吧。

那年，我等着提升大副的任命书。可是，我等了很久却没有等到。我一直

蒙在鼓里,心里想着为什么我没有被提职。因为一旦错过提升,要重新来过就需要以年为单位的时间。

几十年过去了,我退休后,原调配的处长见面谈起我的航海经历时告诉我,在秋河轮上钱船长、王政委通过的提职报告被后来的船长扣押了。他将我的提职报告压在抽屉里根本没有上报;因我与他有过几次激烈的航海学术争议,他说不过我,他认为我绝对是个"刺头",因此我的提职就被他搁置了下来。

那是1987年的11月,天气已经由秋转入冬。我们从欧洲返回远东,在新加坡开出北上时,发现菲律宾以东正在酝酿发展热带气旋。

根据气象传真提供的数据,热带气旋移动方向穿过菲律宾、中国台湾之间的巴士海峡。

在即将到来的冬季,这热带气旋具有早衰的特征,能否成气候还要打一个问号。

我从气象传真进行分析,终年在太平洋游荡的太平洋副高已经退缩到关岛、夏威夷岛那里了。北方冷空气已经主导中国沿海乃至中国南海广大海区和洋区,正在发展的热带气旋受到冷空气的影响,热力供应不足,成不了气候,可能就会"早产"。

我再分析弱冷空气不断南下,逼迫热带气旋移动路线也不会径直向西偏北方向行进,而是向西偏南方向移动。也就是可能在海南岛琼州海峡以南登陆。热带气旋来势汹汹,但我推算它是虎头蛇尾、逞能气短!

当秋河轮还靠在香港葵涌集装箱码头装卸作业时,热带气旋离开香港还有800多海里,近中心风力在8级左右。

船长召集我们驾驶员开会,他拿出了标绘热带气旋的路径图说:"根据热带气旋的发展和行进路线,为避免船舶坠入大风圈内,我决定香港开航后,向中国南海避离热带气旋,保持在6级风外围滞航,等气旋过境后我们再北上,请大家对我的避台方法谈谈看法。"

既然谈看法,作为二副,我就当了"出头椽子"先说了自己的看法:"我坚决执行船长的指令南下!等会议结束,我马上修改航线。不过,根据我航海气

迟迟未转正的船长

象知识分析,我想谈谈对热带气旋的后续发展的看法以及最佳的避离方式,船长可以吗?"

船长脸马上铁青了但还是让我说下去:"请继续谈论你的看法。"

"根据我的分析,当前冬季天气形势下,气旋经过的洋面温度对热力补充已经不够,不会发展成为台风级别。如果偏西北移动,极端情况下我们北上的行进路上会遭遇至多8级风浪,风向为顶风。好在离开近台风最大风圈还有至少400海里之上,我们北上绝对没有问题。"

船长脸上的表情一下子沉了下来,但我的脾气是不吐不快,根本不顾及当时的驾驶台气氛继续说了下去:"由于受到北方过低气温影响,热带气旋只能加速消亡。要不,它继续向西偏南方向移动,以获得低纬度热力发展,可是在低纬度又缺少地心偏转力,热力不够,偏转动力也不足,它还没有登陆就消亡了。如果我们到南海避风,有撞到它枪口的可能,热带气旋与我轮的态势将会是跟踪追击,步步紧逼。"

船长不耐烦地说:"还有吗?"

我就直率地告诉船长:"这种避风方式不妥。刚才我也听到你跟你老同学某船长通话。他的船现在也在香港,也劝你不要南下,在桂山岛锚地抛锚,或者香港开航后直接北上。由于地理位置问题,航线似乎看上去与热带气旋逐渐接近,但到汕头海面,船舶航线与热带气旋移动方向线岔开了,我们遭遇也就是6级风,浪也不大。"

船长的脸开始涨红了,心想:这个二副怎么不给我面子?但表面上还是:"请继续!"

我抬头一看船长的脸色不对,连忙补充:"船长,我肯定会执行你的指令,我说的仅仅是建议。我修改好南下的航线后给你审阅。"

船长对我说:"不用了,我自己来绘制避风航线。"

就这样,我们在香港出口后,直接向南航行了。果不出我的预料,台风行动轨迹一直从东向西南方向移动,在秋河轮的左正横方向接近。船长命令机舱老轨全速前进。此刻热带气旋停滞在巴士海峡不动了。船开到北纬04°,到了

一位上海船长的老照片

曾母暗沙附近了他才停车漂航。

正在巴士海峡停滞的热带气旋,终于在没有热力接续下,近中心气压回升了。我预计热带气旋没有登陆就消亡了将成为事实,但李船长还是在北纬04°那里等待。

大副建议船长续航北上了。船长一句话:"在班期和安全的选择中,安全才是第一,我会适当考虑气旋走向后北上的。"驾驶员们都保持沉默了。

秋河轮用了4天时间避台,台风没过巴士海峡便消亡了。此刻,船长才开始续航。

当我们风平浪静驶向上海港后,班期还是晚了一天。抵达上海港后装卸作业一完,船马上开始装下一个航次集装箱了。

这让当年适应在定海桥浮筒上舒服待上3~4天的海员弟兄们怨声载道。好在我在本航次抵达上海后下船工休了。我还得感谢这位船长给我机会让我在驾驶员阶段冷静学习,以至于我当上船长后,对远洋气象的分析更加扎实了。在船长生涯中,我写出了很多获奖的航海气象论文,其他航海论文也屡屡获奖。

好事多磨,原来只要6个月的船长实习期还在无限期延伸,我还是在实习船长的岗位上挣扎。我自以为考取船长证书了就能当船长了,并且心想公司总经理会上也对我有任命了。

但我从洛河轮下船后在家里待了2个多月。其间,不断要求公司调配让我上船,结束船长头衔前面的"实习"两字,调配员却又把我安排到秋河轮继续做实习船长。

当我再一次返回上海时已是1993年的9月底了。大半年时间又被耽误了。

我实现了船长梦

工休一个月后,我被派上公司早期挂巴拿马方便旗,296 标准箱位的美达轮,那是一艘小到不能再小的集装箱船。

她的前身名为沭河轮,在远洋集装箱运输的发展中,也是一艘历史厚重的集装箱船舶。在中国远洋公司的历史回忆文字中写道:1982 年 12 月 28 日,远洋运输公司从日本买进一艘集装箱船,命名为沭河轮。该船由日本鹿儿岛船厂(KAGOSHIMA LOCKYARD & IRON WORKS)1978 年建造。此为中国远洋公司第一艘全集装箱船。球鼻型船首,方型船尾。机舱位于船尾部。船

一位上海船长的老照片

长107.0米,宽18.4米,深9.25米。全船2个货舱,额定载箱量296标准集装箱,其中甲板装载箱量126标准集装箱(含冷冻箱10只),舱内170标准集装箱。该船买进后一直固定在中国——东南亚各线运行,后来为了经营便利悬挂了巴拿马国旗,改名为美达轮。

根据公司船长提升规定,新船长必须从小吨位的远洋船做起。我实习期满了,公司调配还是安排我在美达轮上实习,等候接替离船的船长。我要接替的付姓船长,他和我一样也是刚刚提升的新船长,脾气也是很犟,他说:"我有船长证书和资历,总会让我当船长的。"

终于4个月后付船长离船。我在经过一年上船、工休、上船、工休的循环后,那些领导终于不好意思再压我了。终于让我将就地在美达轮上堂堂正正当船长了。

1994年年初,我行使了人生第一次船长职务的交接,当船长时我的年龄已是39岁。

大家觉得我当船长太老了,别人在35岁前就当船长了。我乐呵呵地说:"不老!我是39岁的新船长,比35岁的老船长更有经验!与我一起参加船长适任考证的地方中国远洋公司大副已经55岁了,他还是踌躇满志要当船长呢!"

付船长离船后,我一头扎进了驾驶台,把从张华浜码头到长江口的全部航线海图,逐张翻阅过去,把每一段航向统统记在笔记本上,把转向点附近的航标、闪烁的时间一个个储存在我的大脑中,谈不上倒背如流,但不夸张地说我已经做到滚瓜烂熟。

天渐渐地黑了,我脑袋里也变得黑了,一种莫名无助、恐惧慌张的心理渐渐在心里面搅动。过去我在船上担任驾驶员没有问题,自己处理不了的事情,还有船长在前面挡着。如果站累了,还有船长支撑着。从现在开始一切都没有依靠了,只有靠自己去支撑这艘不算大、已经进入暮年的美达轮了。

船上的一位水手正在驾驶台降信号旗,听到我捧着笔记本如同老和尚念经一样,背诵转向点和航标号,就对我说:"船长没有必要,中国远洋公司的船舶

282

我实现了船长梦

是要请引航员引航出港和进港的，你这样强行记忆，脑细胞要死掉多少？头发要白了多少？"

我对他笑笑："即便船上行走狭水道有引航员，其责任还是在船长身上，万一引航员不能履行职责了，我还可以从容指挥船舶继续狭水道航行。"

我把与公司联系的调度开航报、目的港代理报等报文格式阅读数遍，事先在办公室内写好报文，留出正式开航时间、ETA（预计目的港抵达时间）等参数备填，算是有备无患吧！

老天似乎也在考验我，天气预报分析，中国黄海南部、东海北部有7~8级的大风。晚上开航前，我在码头就感觉到了北风呼呼地响，桅杆的浪风绳开始发出了琴瑟般的音调，仿佛在说："风来了，考验你的时候到了！"

引航员上船后，我第一次以船长身份接待和配合引航员操纵船舶离泊。吴淞口101号浮筒被我轮甩在后面了，我根据记忆，数前面的灯浮号码以及确定下一个转向点的航向。

"船长前面就是南漕九段沙灯船了，航向116度，后面还有三个航向就可以看见长江口灯船了。去日本的话就直接向东航行就行了。因长江口引航站附近风浪太大，引航船停留在九段沙灯船附近。对不起我不陪你了，要在这儿下船了。"

引航员下船没有商量的余地，当时就把我这个新船长扔在了九段沙灯船边上。我眼睁睁看着离去的引航员，开着最低航速前进的船，心里很茫然。"现在怎么开呀？"我对操舵的水手说。

水手马上回答我："你是船长该知道怎么走！"

水手的回答，仿佛给我头顶上浇了一盆凉水，哦，叫醍醐灌顶吧！我清醒了。

"前进三，航向116度。"

我发出带有上海浦东人浓重乡音的普通话口令。船在我的指挥下，全速向着日本横滨港驶去。

经过11年多的努力，我的船长生涯的第一艘航船正式起航了。

一位上海船长的老照片

我因为我的脾气使然,面对公司管理中的不正之风,从来都是昂头挺胸,绝不理睬。公司调配员一直分配我在小船上做船长,我也不抱怨。虽然在小船环境特殊,需要处置的技术问题繁多,但这是当好船长的基础,我学会了,也渐渐成长了。

20世纪90年代末,我羡慕公司大型化集装箱船舶,但没有机会上去工作,我只能考虑到外派船上去工作。我在外派船上吃尽了苦头,屡遭挫折,但永不言败,我的船艺和技术都得到了前所未有的提高。

我上的第一艘外派船是一家有深厚背景的民营单船公司,是一艘摇摇欲坠、3000吨级的破烂船,机舱主辅机故障频发,货舱的舱盖板都是一块块的木板,再加上两层油布作为货舱水密,船上海员的生命安全都无法保证。

这是一艘不适航的船舶,我在船上工作了3个月后,毅然决然向领导慷慨陈言:"为了海员和我自己的人身安全,必须撤离这艘船舶!"

我不吵不闹,就用保留原始证据的方式,将船舶现状发给公司领导。我认为不要为了那些蝇头小利,让海员的生命暴露在没有设备保障的老旧船上。

领导们斟酌再三,才不得不把我们全部撤下了,船被其他航企海员接手。

不久该船在海上发生主机严重故障,船长都对外发送"SOS"求救信号了。我庆幸自己和海员们又躲过了一劫。

后来,我又被派往香港某国内全资船东公司的船舶上当船长,一个纨绔子弟在日本横滨港内把油污水舱当成压载水舱,向港池内排放一港池的污油,被日本海岸警备队抓了正着。

我和轮机长成了替罪羊,被警备队传唤,回国后就被船东炒了鱿鱼。由

我实现了船长梦

此,我的声誉一落千丈,成了公司里面最蹩脚的船长。

我当了四五年船长,仍在公司小型集装箱船或者在外派船上混,混也混不出名堂来。

很多朋友暗戳戳地跟我说,要改变你目前境遇,建议你要向船上的木匠"三根毛"学习建立人脉,这样很多事情就好办了。你看他达到人生的最高境界,从木匠做到事务长,再从事务长做到公司某部门科长,还能当足球队领队,风靡全国。

我说我不会重演《红楼梦》中《好了歌》的结局。我回怼这位朋友。

由于我行稳致远的风格,使我一头扎在努力提高航海技术上,不研究社会环境的变化,自然偏离了人际关系,情商自然也没有了。用一个非常恰当的词语形容我,就是一个呆头呆脑、不开窍的书生。

管理者铆准我的弱点,干脆派我到马尼拉挪威国际学校培训一星期,拿挪威船长证书,让我感受世态炎凉的外派船工作环境,改变我的性格。

领导告诉我,考不出挪威船长证书,你就自己主动考虑下岗吧。

就是因为领导与我下了一盘棋,我憋着一口气暗暗使劲学习。结果,我竟然咸鱼翻身了。我拿到当时仅有少数中国船长才能持有的挪威船长证书,在挪威船上尽情发挥了我的航海才能。

由此,彻底摘掉了我在公司中蹩脚船长的帽子,让我骄傲了一辈子。

公司外派部门还是把我派到挪威船队去。领导们都在担忧我是否会被船东炒鱿鱼回家,影响整个外派部派员进入国际海员市场,狠下心来把我再一次撩到角落里,让我自生自灭。

据领导说,我在去往美国上船的飞机上时,船东就通知外派部要求准备接替我的船长。

我历尽艰辛,饱受船东的抱怨,还经历了船东实操抛锚的监督考验。我却像孙悟空一样,险过九九八十一难,在各路神佛的庇护下,我打开了另一扇窗户,也打开了航海视野,周游了集装箱船舶无法去的小港口,航海业务水平发生了质的飞跃。我成为了公司外派的一面旗子。

一位上海船长的老照片

在我不屈不挠的努力和诚信服务的态度下，为中国远洋公司打开挪威北欧海员市场。让挪威船东最后选择了中国远洋公司海员，我们的海员队伍成为北欧海员市场最显耀的中国海员队伍。

做为外派基础队伍，公司为此成立了专门与挪威船东合资的船舶管理公司，船队最多时有15艘不同类型的外派船。

我站在挪威散货船的驾驶台上笑了，公司看到我在挪威船舶的成绩不得不放下来对我的成见，对我刮目相看。

"海阔凭鱼跃，天高任鸟飞"，在集装箱改变世界的世界航运趋势下，我的理想是登上正在如火如荼发展的超大型化集装箱船舶上当船长，跟上航运发展的步伐。

我返回公司后，向领导说我要上主船队的大型集装箱船舶工作。

领导说你是外派船队的，本是无法调动的，但念你对外派工作作出的贡献，你可以上大型集装箱船舶在境内港口周转时进行知识更新。

这样，我上了当年最大的集装箱船舶鲁河轮。

我在鲁河轮上保持像海绵一样的求知欲，跟着鲁河轮走了一个上海—天津—上海航次。我沉下心态，利用一个星期时间，把大型船的操纵、装卸以及管理统统学了一遍，将操纵大型集装箱船舶技能统统用脑袋和笔记本记录下来，为今后上超大集装箱船舶打下扎实的基础。

我明白了无论是超级巨轮还是别的类型的船舶，船长的日常管理业务与小型船舶一样，船舶调度指令与小船一样，海员配员一样，与各港口国代理的联系也是一样的，其差别就在于船舶价值不同，集装箱货物价值不同，

我实现了船长梦

船长承担的责任大小不同!

做个形象的比喻,驾驶小汽车的人,经过熟悉大型车驾驶后,照样能够把大型车的车轱辘在公路上转,但关键在于你能凭自己的才能管理好大型车,创造出更多的价值。驾驶大型船与驾驶小型船最大的区别就在于大船需要的航道更宽、更深,大船需要的旋回圈更大。

好了,不兜圈子了!一句话,大型集装箱船舶与小型集装箱船舶需要一样的专业、技能、知识和责任!所以,当我摸透了大小船的航海奥秘之后,心里就有了底气。

7天后我从鲁河轮下船,我毅然决然地向公司人事部门递交了辞职报告。

在2002年底,我离开了我热爱的中国远洋公司,到外高桥刚成立的滚装船码头当Harbour Master(码头船长)了。

在外高桥码头,当我站在码头缆桩边上,看着中国远洋公司大型集装箱船舶在长江中航行,其中还有我曾经驾驶过的船,在码头上靠泊时,我潸然泪下:"不,我不是码头船长,我是远洋船长,我必须回到远洋船舶驾驶台!"

8个月后同学聚会。在海运集团领导岗位上的同学说,目前公司能够胜任远洋业务的船长仅仅有13位,他们也是刚刚经过外国公司集装箱船舶业务培训的船长,现在集装箱船队急需懂得远洋业务的船长,中国远洋公司应聘进来的都认识你,但他们都是退休返聘的船长,只能带带新船长,然后到公司机关做管理。你在远洋集装箱船舶上成长,又上过最大的集装箱船舶,有丰富的集装箱船舶管理的经验,何不来我们公司当船长?如果你进我们公司,可以说是第一位从中国远洋公司来的在职船长,带教集装箱船新船长最合适了。

"可是,我已经不是中国远洋公司的船长了。"

"脑子不转弯,你辞职的时间有多长?仅是8个月,就是个超长工休假期而已。你的证书在有效期内,现在公司招聘看的是资历而不是经历,叫你去干码头船长太屈才了。这事我向李总裁说,你最能发挥才干的地方就是在大型集装箱船舶上!"同学如是说。

我又从心动变成了行动,在同学的介绍下,总裁欣然接受了我。

一位上海船长的老照片

我终于可以站在中国大型集装箱船的驾驶台，实现了我驾驶超级大型集装箱船舶的夙愿，开启了人生第二次远洋船长的生涯。

无论在哪个航运公司，我都埋头潜学，发挥了自己的航海潜能和最佳船艺，努力跟进现代航运业务，熟悉现代化船舶的操纵和管理，为国家远洋运输作出贡献。

当我换了环境后，虽然脾气没有多少改变，但功夫不负有心人，我终于站在远洋船长的巅峰上了。我的远洋业务能力，我的船舶管理水平都是排在公司前列。我义无反顾地为大型集装箱船鸣锣开道，承担了很多"首次"任务，开辟了国内外很多新港。我在新扬州轮上开辟了世界上首个接驳岸电的清洁码头——美国洛杉矶第100号码头。我又在新扬州轮上作为环球首航船，圆满完成了中国集装箱船航运史上首次环球航行任务。

当别人在争抢个人荣誉或者利用各种手段争取晋升机会时，我选择成为了一名刚正不阿，乐意帮助年轻人上进，为海员说话并且技术全面的船长。

在船舶上工作时，我得到了同船海员们认可，每年获得公司先进生产者、先进共产党员的荣誉称号。2009年中期，我被公司临时调下船，成为集装箱船队的培训师。后来，我成为管理公司的专职首席培训师直到退休。

在2010年5月，我在参观世博会中国船舶馆时，向馆内提出了合理化建议，领导采纳了我的建议并邀请我进入船舶馆当志愿者。由此，我利用工作之余的时间连续6个月努力宣传海洋文化、造船文化和航海文化，受到了观众的热烈欢迎，获得了上海市世博会先进个人荣誉称号。

同年年底我赴京，到人民大会堂参加上海中国世博会先进表彰会，获得世博会先进个人称号，享受全国劳模荣誉。

我实现了船长梦

我于 2015 年年底退休。退休后我热衷于到社区、大中小学、航海博物馆等场所担任航海文化宣传志愿者，成了受青少年爱戴的"衣羊船长"。

很多人对我的印象是没有公关情商，没有领导做后盾，戏说我是偶尔成功的船长。

我莞尔一笑，我终于能够安然退休，继续做我喜欢的航海文化宣传使者和志愿者了。

回顾自己航海生涯，我没有后悔在远洋船上奉献了一辈子。

经历自己航海职业中的风风雨雨，我看清了世间百态，感受过人性的凉薄，但更多的是体会到了人性的光辉，让我坚定不移地坚持做一个与人为善的、有温度的人。历经人世间的浮沉，我的人生观发生了巨大变化。我关心关爱海员兄弟们，对待海员兄弟如同亲人一般亲厚友善，在船上为他们排忧解难，成为年轻人心目中贴心的朋友。

与那位李船长不同，我在船舶上当船长时，我主动承担船舶驾驶员的培养责任，手把手带教他们，与他们进行航海学术交流，听取他们的航海经验，共同提高航海船艺和物流知识和业务，给予他们力所能及的帮助，当他们的能力达到足够胜任船长职务时，我会毫不犹豫、热情地将他们推荐给公司，让他们尽快走上船长岗位。

当我成为管理公司唯一的首席培训师后，仍然给年轻人提供晋升的便利。即便年轻人存在不足，我也是热情帮助并专门给予辅导，很多年轻

一位上海船长的老照片

的驾驶员受到了我的热情推荐和提携，最后都成为现代航企的有作为的远洋船长。

我老了，但当年那些我手把手教过的船长们仍然和我保持着联系，我至今受到他们的尊敬。而我也与那些曾经帮助我成长、德高望重的老船长们保持着联系，心里敬重他们为中国的海洋强国事业作出的无与伦比的贡献。

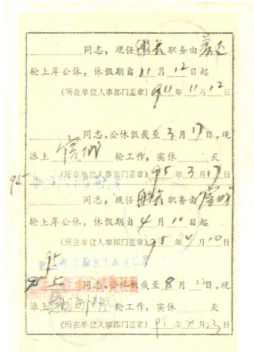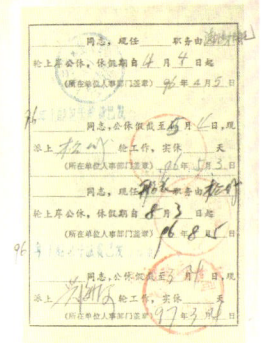

我留下了中国远洋公司的海员（休假）工作证其中第一次当船长的一页来纪念我一辈子的职业历程。

因为我热爱航海，所以无悔于自己的航海生涯，靠着一腔热忱，我把航海职业做成了航海事业。航海，让我的心胸永远像海洋一样宽广，让我成为一个爱憎分明，乐于帮助别人，甘愿做扶别人上进的志愿者。

我是中国远洋船长！

后记

我从小在黄浦江边上长大，每天都会看到黄浦江中航行的船卷起波浪，把江边的芦苇冲得左右摇摆，看着宁波沙船升起棕色的大帆，走着"之"字，听说是去往吴淞口外边的大海。

在浦东江边，我可以遥看对面的江南造船厂，看着一艘艘新船停泊在船厂码头上，还看见挂在黄浦江江心系泊浮筒上的远洋船烟囱里冒着白色的蒸汽，甲板上移动的吊杆正在装卸货物。我感到好奇，但没有机会去看看巨轮是如何被驾驶的。

我萌生了航海梦想，要做一名远洋船驾驶员，游历全世界的海洋。

我竟然把握住了人生唯一一次机缘，考上了大连海运学院，最后成了一名远洋船长，实现了我的航海梦想。航海人前方是永远不可能达到的水天线。有些人放弃了看水天线的机会，但更多的人决不言败，一直向着水天线驶去。

我知道我永远不可能站在水天线上，但我可以通过水天线看到太阳、月亮和繁星升起和落下。我以水天线为基准找到定位的北极星、恒星和行星，找到船位，找到人生已经驶过的航迹，每一段都是我的弥足珍贵的经历和回忆。

我相信水天线之外一定是幸福的港湾。